# 그들과의 동행

다섯 여의사의 사랑법

# 그들과의 동행

## 다섯 여의사의 사랑법

김화숙 김태임 유혜영 임선영 김금미 지음

bookin

책을 펴내며

# 살며시 연 작은 창

진료실에서 우리는 다양한 모습의 환자들을 만납니다. 눈으로 혹은 손끝으로 환부를 보고 느껴볼 뿐만 아니라 청진기를 대고 그들 몸 속의 내밀한 소리를 듣기도 합니다. 그들의 육체적 아픔과 정신적인 고통을 체감할 뿐 아니라, 그들의 슬픔과 좌절도 함께 느끼게 됩니다. 때때로 우리는 그들로부터 안타까운, 그리고 가슴 아픈 이야기들을 접합니다. 지식이 넘쳐나는 정보화시대에 살고 있지만 잘못된 지식과 편견이 환자들을 오도하고 있음을 느끼면서 우리의 안타까움이 배가 되기도 합니다. 이렇게 우리의 뇌리 속에 환자와 주고받은 풀지 못한 이야기들이 마치 실타래처럼 뭉쳐져 왔습니다. 이 실타래를 조금씩 풀어보려고 틈틈이 쓴 글이 우리들의 숨 쉬는 작은 창이 되었습니다.

그 동안 개원 의사로서 정신없이 바쁘게 달려왔습니다. 그러나 마음 한 구석에는 문학에 대한 동경과 갈망이 화로의 불씨처럼 살아 있었습니다. 글쓰기로 새로운 인생을 가꾸겠다는 뜻을 함께하는 다섯 여의사들이 모였습니다. 함께 잔잔한 삶의 기쁨과 행복을 나누고 지나온 인생을 되돌아보면서 삶의 지평을 확장해보고 싶었습니다.

이제 창문을 열어 진료실 안의 풍경을 조심스레 창 밖으로 내보내는 마음으로 수필집『그들과의 동행』을 발간합니다. 아릿하면서도 온기가 있는 내밀한 이야기가 그 누군가에겐 바람이 되고 햇살이 되어 훈풍으로 전해지길 은근히 기대해 봅니다. 이 수필집은 월간 수필문학지『한국산문』을 통하여 등단하면서 내놓은 글들 중 의료 수필 부분을 모아 엮은 것입니다.

우리는 의사로서 최선의 치료를 하고자 노력합니다. 그러나 실제로는 환자들을 통하여 자신들이 치유와 평안을 얻었음을 고백합니다.『그들과의 동행』을 통하여 진료실의 환자들에게 사랑과 위로를 보냅니다. 저희들의 길잡이가 되어 큰 도움을 주신 고경숙 선생님께 깊은 감사의 마음을 전합니다. 명쾌한 해설로 수필집을 빛내어 주신 임헌영 선생님께 감사드립니다. 기꺼이 출판을 맡아준 도서출판 북인과 아름다운 삽화를 그려주신 이철원 화백께 고마운 인사를 드립니다. 무엇보다도 그 동안 글 쓰는 엄마, 아내에게 격려를 아끼지 않은 가족들에게 고맙다는 말을 전하고 싶습니다.

2015년 5월

김화숙 김태임 유혜영 임선영 김금미

차

례

## 김/화/숙



## 김/태/임

유/혜/영



임/선/영



김/금/미

# 김/화/숙

## 김화숙

1946년 대구에서 태어났다. 내가 아파서 큰집에 갔을 때 주사를 주던 올케 언니는 나에게 꿈을 준 의사였다. 병원과 부엌을 바쁘게 오갔던 언니는 '일과 가정'이라는 단어를 나의 마음속에 심어 주었다. 1976년 국립의료원에서 내과 수련 과정을 마치고 현미경 보는 것이 좋아 혈액종양내과를 전공하게 되었다. 그 당시 혈액종양 분야의 환자들은 완치라는 단어를 말하기 전에 떠나보내야 했다. 의사도 병을 치료하는 데 한계가 있다는 것을 깨닫고 환자와 영원한 이별이 아닌 다시 만날 수 있는 진료실을 갖기 위해 개원하기로 마음을 굳혔다.

가정과 병원, 그리고 한국여자의사회를 동시에 꾸려가며 8명의 손주가 즐거움을 주고 있다. 글과 함께 환한 웃음을 언제나 선사할 수 있는 진료실을 지키면서…….

# 그녀와 함께한 21년

38세의 젊은 나이로 그녀는 깊은 산사에서 조용히 숨을 거두었다. 나는 주치의로 21년 동안 그녀의 삶을 지켜보아야 했다. 1980년 3월, 17세의 단발머리 소녀는 모 대학병원에서 류머티스성 관절염과 막증식성 사구체신염을 진단받고 고열이 소실되지 않아 국립의료원에 1차 입원하게 되었다. 이때 좌측 턱 부위에 엄지손가락 크기의 림프샘종이 만져졌다. 나는 결핵성 림프절염, 아니면 림프샘 종양을 의심하며 세포조직검사를 시행하였다. 그 결과 비특이성 림프절염으로 진단되어 즉시 항생제를 투여했지만 효과가 별로 없었다. 혈액을 포함하여 모든 검사를 시행하여도 혈뇨와 감마글로

불린의 상승, 류머티스성 관절염의 소견 외에는 별 이상이 없었다. 고심 끝에 아스피린과 스테로이드제를 투약했다. 고열과 림프샘종이 사라지고 전신 증상이 호전되어 일단 퇴원시키고 관찰하기로 하였다.

3개월이 지날 무렵 소화불량 및 식욕부진으로 2차 입원하게 되었다. B형 간염 항원이 음성이며 간 기능수치가 상승하여 A형 간염을 의심하였지만, 치료는 잘 되었다.

그해 10월 늦은 밤에 그녀는 고열, 호흡 곤란을 호소하며 응급실로 내원하였다고 연락이 왔다. 그때 그녀의 얼굴은 호흡 곤란과 함께 청색증으로 보였고 간과 비장이 많이 부어 있었다. 비대한 심장과 심낭에는 물이 차 있었고 부정맥도 있었다. 간 수치는 다시 상승하고, 이유를 설명하기 곤란할 정도로 전신 조직에 병변이 나타나기 시작하였다. 나는 무조건 다량의 스테로이드제를 혈관으로 투여하였다. 의학적으로 스테로이드제는 부작용이 심해 반드시 투약해야 할 지침을 지키면서 사용해야 하지만 생명에 위협을 느낄 때는 이 약이 먼저 사용되어야 하기 때문이다. 기적같이 그녀는 정상으로 숨을 쉬면서 점차 전신 증상이 호전되었다. 그녀의 부모는 점점 나에게 의존하고 나만 믿겠다고 하니 어깨는 점점 무거워졌다. 나는 이때부터 자가면역에 의한 교원성 질환(Collagen Disease)을 염두에 두었지만 확실한 진단은 나오지 않았다.

그해 12월 4차 입원을 하게 되었다. 심한 구토 때문에 흡입성 호흡 곤란이 와서 반 혼수상태로 또다시 응급실에 실려 왔다. 폐 전체에 잡음이 들렸고 부정맥과 폐부종의 증상을 보였으나 의식은 거의 없었다. 기관지 삽입술을 시행하고 여러 가지 약물을 투여하여 입원 2일째 가까스로 의식 상태가 명료해졌다. 기관지의 삽관도 제거하고 전신 상태는 호전되었다. 날이 갈수록 더욱 심각한 상태로 병원에 입원하여 의료진들을 긴장하게 만드니 도대체 무슨 질환인가 궁금하지 않을 수 없었다. 국내에서 할 수 있는 검사로는 한계가 있었다.

이듬해 3월 나는 남편과 미국 학회에 가게 되었다. 학회에 가는 김에 그녀의 혈액을 드라이아이스 상자 속에 넣어 미국 세인트루이스 의과대학병원에 의뢰하러 가겠다고 하니 그녀의 아버지는 반색하며 공항까지 배웅하였다. 때마침 그녀와 비슷한 증상을 가진 다른 환자의 혈액도 같은 통에 넣어 검색대에서 심사를 받았다. 이상한 통을 발견한 검사원은 "이게 무엇이냐?"고 꼬치꼬치 캐묻는 것이었다. 나는 환자의 병을 진단하기 위한 혈액이라고 내용물을 보여주며 자세히 설명한 후에 겨우 통과하게 되었다. 그런데 어찌나 그 일에 신경을 썼던지 혈액을 넣은 통만 갖고, 짐은 찾을 생각도 않은 채 밖에 나와 기다렸다. 아무리 기다려도 짐은 나오지 않았다. 모든 사람이 다 나간 뒤에 공항 직원은 이름을 부르며 "왜 짐을 찾아가지 않느냐?" 하면서 짐을 건네주었다. 지금 생각하면 짐도 찾지 않고 몸만 나온 초행의 외국여행을 잊을 수가 없다.

세인트루이스 대학병원에서 시행한 그녀의 혈액검사 결과는 자가면역항체(Anti-RNP) 수치가 1 : 80으로 나와 결국 혼합성 결합조직질환(mixed connective tissue disease)으로 판명되었다. 이 질환은 임상적으로 피부, 관절,

폐, 신경 등 전신에 염증반응이 일어나는 만성 자가면역질환이다. 임상 증상과 함께 혈액검사에서 자가면역항체가 양성으로 나오면 진단이 된다. 발생 원인은 자기항체에 의하거나 바이러스 감염에 의한 면역체계의 이상으로 생각되나 아직 확인되지 않고 있다. 증상은 대개 관절통, 관절염, 수지의 부종, 손가락 발가락이 찬 공기나 찬 물에 노출될 때 하얗거나 파랗게 변화되는 레이노 현상과 손에 부종이 흔히 일어나고 근염, 고열, 림프절염, 각 장기를 전반적으로 다 침범하는 질환이다. 가슴막염과 심낭염도 올 수 있고 경증 및 중증의 간 비장 증대도 보이며 폐 기능은 감소되고 X-선상 폐 간질의 섬유화 양상을 나타내기도 한다. 치료는 환자 개인마다 다르며 증상과 침범된 장기에 따라 치료를 해야 하는데 스테로이드제에 효과가 좋고 예후는 비교적 양호한 것으로 되어 있다. 그 당시 함께 검사한 34세 주부도 혈액검사상 자가면역항체

수치가 1 : 40,560으로 나와 같은 질환으로 판명되었지만 아깝게도 그해 뇌출혈로 사망하였다. 나는 한국 최초로 이 질환에 대해 학회 잡지에 보고하였다.

그 후 나는 국립의료원을 떠나 개원을 하게 되었다. 그녀는 지속적인 치료가 필요하기에 상태를 지켜보아야 했다. 그녀가 입원하면 다급하게 나는 국립의료원으로 출장 진료를 간다. 가끔 교통이 막혀 반나절이 소요될 때도 있었다. 그러나 그녀가 숨이 넘어가다가도 다시 살아나는 순간을 바라보면 가슴이 뭉클해질 때가 한두 번이 아니었다. 점점 얼굴은 창백해지고 손가락 마디마디는 휘어져 변형이 심해가며 다리는 가늘어 새 다리가 되어가고 있었다. 감마글로불린이 상승하면 호흡 곤란과 심박동이 빨라지면서 전신 증상이 더욱 악화하기 때문에 혈액의 알부민과 글로불린의 균형을 맞추어 주기 위해 혈장교

환법(Plasmaphere sis)을 시행하기로 하였다. 이 기계를 신청해놓고 나는 개원을 하였는데 1년이 지난 후 기계가 들어왔다는 희소식을 접하게 되었다. 그녀는 지속적인 혈장교환 투석을 받았고, 소량의 스테로이드제를 투여하면서 치료가 잘 되고 있었다. 그러나 가끔 발작적인 증상이 나타날 때는 대증요법으로 치료하였다.

나는 21년이라는 세월 동안 그녀의 아픔과 고통, 정신적인 문제까지 진료의 영역으로 끌어들이게 되었다. 아름다운 청춘을 병마와 싸우며 하고 싶은 일들을 모두 접어야 했던 그녀. 남자 친구가 있어도 미래가 두려워 눈물을 흘리며 이별을 해야 했던 그녀. 21년을 내 옆에서 나와 상담하며 나의 지시를 따르고 처방에 따라 하루하루를 지냈던 그녀이다. 지금도 내 귀에는 "선생님 언제면 다 나을 수 있을까요? 결혼은 할 수 있어요?"라고 말하던 그녀의 속삭임이 들려오는 것 같다. 죽음이 앞에 있는지도 모른 채 항상 희망을 안고 미래를 꿈꾸며 하루하루를 지냈기에 휴식을 취하러 산사에 갔다가 조용히 이 세상을 하직한 것이다. 그녀는 분명 메멘토 모리(Memento Mori) 죽음의 그늘에 대해 생각도 준비도 하지 않았으리라. 계획된 죽음이 바로 앞에 있다면 우리는 과연 무엇을 준비하고 실천하고 있을까?

『모리와 함께 한 화요일』에서 불치병인 루게릭 병을 앓고 있는 모리 교수는 죽음을 준비하면서 "어떻게 죽어야 할지를 생각하게. 그러면 어떻게 살아야 하는지가 보인다네." 매주 화요일마다 나눈 대화 즉 삶과 죽음에 관한 수업 속에 그의 제자인 미치 앨봄에게 던진 소중한 말이 생각난다.

# 창공에서의 진료

하늘을 날고 있는 미국행 비행기 안이다. 하얗게 질린 만삭의 부인이 간신히 의자에 앉아 고통을 참고 있다. 그 부인 의자 밑으로 피가 뚝뚝 떨어지는 것을 발견한 승무원은 놀라 그녀를 부축하고 다른 자리로 옮긴다. "환자가 생겼으니 의사분이 있으면 빨리 연락을 주시기 바랍니다." 다급한 기내 방송이 나온다. 그러나 의사는 없었다. 그 부인의 진통이 시작된다. 하는 수 없이 모든 승무원이 출산 준비를 한다. 한편으로는 기장실에서 알래스카에 불시착을 시도하자고 부기장이 기장에게 강력히 건의한다. 그러나 현 상황이 불시착할 조건이 되지 않아 만에 하나 사고가 나면 270명의 생명이 더 위험할 수 있어 불시착을 할 수 없다고 기장은 고개를 젓는다. 부기장과 언쟁이 오고 간다. 그때 기장이 "출산할 산모는 내 아내야! 한 사람 생명보다 270명 생명이 더 소중해" 하고 잘라 말한다. 결국 승무원들은 불안에 떨면서 아기를 받는다. 경황없이 아기는 세상에 나왔지만, 산모는 심한 출혈로 사망하게 된다. 〈부탁해요. 캡틴〉이라는 TV 드라마에서였다.

2009년에 내가 겪은 일이 생각난다. 샌프란시스코에서 개최되는 세계심장학회에 남편과 함께 참석하는 김에 뉴욕에 사는 딸네 식구들도 만날 목적으로 탑승하게 되었을 때다. 영화도 보고 책도 읽고 음악을 들으면서 잠시 잠이 든 순간 승무원이 "원장님" 하고 나지막한 목소리로 나를 깨웠다. 갑자기 환자가 생겼으니 진찰을 해달라는 것이었다. 나는 환자가 생겼다는 소리에 반사적으로 "네" 하고 황급히 일어났다.

환자는 63세 미국 여자였는데 심한 복통과 구토, 설사로 기진맥진한 상태였다. 문진한 결과 낮에 인천공항에서 햄버거와 콜라를 급하게 먹었는데 물 마신 것까지 다 토하고 설사는 물로만 난다는 것이었다. 나는 간단한 질환으로 생각하고 세균에 의한 장염이나 단순 위경련을 의심하였다. 혹시 세균에 의한 식중독이 아닐까 싶었지만, 우리 인천공항의 국제적인 위신을 생각해서 조금 지켜보자고 했다. 그리고 내가 비상시 복용하려고 준비했던 약 두 봉을 주었다. 이제 토하지 않고 진정될 거라고 안심시키고 한 봉을 먹이고 자리로 돌아왔다. 10분 후 다시 승무원이 와서 그 약을 먹고도 다 토했다고 알려주었다. 순간 심장 하부에 오는 급성 심근경색이 의심되었다. 평소 혈압약을 복용하고 있는 뚱뚱한 여자 환자로서 처음 시작한 증상이 명치 통증과 구토였기 때문이다. 담요를 깔고 환자를 바닥에 눕혔다. 복부는 팽만해 있었고 복부 통증과 함께 우측 하복부에 반사성 압통도 있어 급성 충수염도 생각했다. 아직도 도착은 5시간이나 남았는데. 나의 진료실이라면 심전도검사와 혈액검사만 해도 쉽게 진단이 될 터인데 답답하기 그지없었다.

혈압을 측정해보니 210/75㎜Hg로 놀라지 않을 수 없었다. 급히 승무원에게 심장내과 교수인 남편을 오게 했다. 뜻밖에 남편은 혈압이 210/75㎜Hg나 되는 환자를 진찰하고는 나이가 들면 수축기와 확장기 혈압의 차이가 크게 날 수 있으니 걱정하지 말고 조금 기다려 보라고 했다. 평소 혈압약을 복용하는 환자는 설사해서 죽는 법이 없다고 하며 태연히 팽창된 복부를 가만히 진정시키면서 "내 손은 약손"이라면서 긴장하고 있는 모든 사람을 웃게 하는 여유까지 보인다.

그러나 나는 안심할 수가 없어 승무원에게 급성 충수염도 의심되니 샌프란시스코에 도착하는 대로 병원으로 이송할 구급차를 준비하라고 하였다. 환자를 일등실로 옮겨 똑바로 눕힌 상태에서 금식시키고 지켜보기로 하였다. 얼마 후 혈압은 190/70, 170/70으로 점차 떨어지고 환자는 진정되기 시작하였다. 다시 약을 한 봉 더 먹였다. 이번에는 토하지 않았다. 한참을 지나고 나는 잠시 휴식을 취할 수 있었다. 환자는 점차 호전되어 복부 팽창도 압통도 가라앉았다. 요구르트를 먹으면 안 되느냐는 문의가 왔다. 아무것도 먹지 말고 금식하라고 하였다. 도착할 때쯤 승무원이 밝은 표정으로 와서 환자는 그 후 한 번도 토하지 않고 설사도 없어 구급차는 취소하고 휠체어를 타고 내린다고 한다. 그제야 안심이 되었다.

30여 명이나 탑승한 심장내과 교수들을 놔두고 나를 찾는 바람에 잠도 못 자고 혹사를 한 건 개원 내과 의사가 나 한 사람뿐이었기 때문이었다. 비록 편안하게 휴식을 취하지 못한 비행이었으나 창공에서 발병한 외국인을 아무 사고 없이 무사히 도착시킬 수 있었다는 사실이 가슴 뿌듯했다. 그날 경험을 통해 의사들은 반드시 비행기를 탈 때 비상용 약으로 심근경색, 협심증 환자를 위한 나이트로글리세린, 진경제와 소화제 정도는 꼭 챙겨서 다녀야 한다는 것을 실감했다. 물론 비행기 안에도 응급 의약품이 몇 가지 준비되어 있긴 하지만.

학회를 마치고 서울로 가기 위해 샌프란시스코 공항에 도착하니 KAL 지사장이 나와 응급 환자를 잘 치료해주어 비행기가 회항하지 않고 무사히 도착하여 감사하다고 인사를 했다. 후에 응급환자를 치료한 이야기를 의협신문 칼럼에 기고했더니 10만 의사들에게 탑승할 때 비상용 약을 준비해야 한다는 홍보를 한 게 고맙다며 항공사에서 감사패까지 보내왔다. 그 여행이야말로 참으로 기분 좋고 보람된 추억으로 남아 있다.

# 희귀병의 축복

"어! 세포에 털 같은 것이 보이잖아!" 현미경을 보는 순간 나는 놀랐다.

일상 슬라이드를 들고 검사실에 들락거리면서 환자들의 검사 소견을 일일이 보고 임상 소견과 함께 진단을 내리곤 했다. 그러나 이번 슬라이드는 처음 보는 세포 모양이라 몹시 흥분되고 당황하였다. 메틸렌블루로 염색된 희귀한 보랏빛 세포는 가늘고 약간 긴 흰 색의 털이 보송보송하여 민들레 홀씨같이 날아갈 것만 같았다. 어느 세포는 살짝 찌그러져 있고, 모양을 갖춘 세포는 해바라기 같기도 하다. 이렇게 고운 바탕에 연한 핑크의 동그란 적혈구는 구슬을 꿴 듯 무리를 이루기도 하고 군데군데 씨앗을 뿌려놓은 듯한 혈소판은 공간을 채워주기도 한다. 백혈구는 세포 구조가 다양하여 중성구, 림프구, 호산구, 단핵구로 세포 내 모양은 여느 예술품같이 모자이크 해놓은 듯하다. 이러한 세포의 세계를 한눈에 들여다보고 있노라면 우주 공간을 보는 듯하다.

국립의료원에 30세의 해말간 여성이 혈액내과에 입원하였다. 환자의 전신 상태는 좋았으며 입원 1년 전부터 잇몸 출혈이 자주 있었다. 6개월 전부터 달걀 크기의 덩어리가 좌측 상복부에서 만져졌으며 점점 커져 2개월 전부터 좌측 복부 전체를 차지하게 되었다고 한다. 이 환자는 수술을 위해 외과에 입원한 후 혈액검사가 비정상으로 나와 내과로 입원하게 되었다. 좌측 상복부에 손바닥 크기의 비장이 만져졌으며 그 외 소견은 별 이상이 없었다.

빈혈이 약간 있었고 백혈구는 조금 증가되었으며 혈소판 수치는 정상보다 낮았다. 비정상적인 망상의 헤어리 세포(털이 난 세포)가 50% 관찰되었다. 나는 이러한 세포를 처음 보게 되어 흥미롭고 이 세포의 정체가 더욱 궁금하였다. 문헌을 찾아보니 이러한 망상의 털이 난 세포가 '헤어리 세포'(이하 망상 세포)라고 하였다. 곧바로 골수검사를 시행하였다. 전반적인 골수 세포상은 감소하였고 골수에도 망상 세포가 60%를 차지하고 있었다.

전자현미경의 소견이 가장 중요하고 확진을 내릴 수 있기 때문에 대학병원 병리학 교수 한 분을 찾아갔다. 말초혈액과 골수에도 8~12㎛ 정도 크기의 망상 세포가 빼곡히 현미경 시야를 덮고 있었다. 수많은 세포질 돌기는 굴곡이 심하고 길고 불규칙하였다. 세포질 내에는 풍부한 미토콘드리아, 골지 복합체, 공포, 라이보좀이 동반하고 있었다. 전자 현미경의 세계는 너무나 세밀하게 보여 신기하다 못해 황홀하였다.

세포 화학적 검사를 위해 다시 다른 대학 임상병리과 교수를 찾아갔다. 헤어리 세포가 골수성 아세포에서 발병되었는지 아니면 다른 계통의 세포에서 태어난 것인지를 확인하기 위해 몇 가지 검사를 더 해보니 음성으로 나와 골수성 계통의 세포는 아닌 것으로 판명되었다. 어떤 검사는 양성 혹은 음성 모두 나오기도 했지만 그 당시 우리나라에서 시약이 없어 할 수 없는 검사는 포기할 수밖에 없었다.

이 병은 헤어리 세포 백혈병으로 결론을 내리게 되었다. 1923년 이왈드(Ewald)가 처음으로 '급성 단핵구 백혈병'이라고 이름 지어 보고하였다. 1970년 프렌더라이츠(Plenderleith)는 이 질환을 '헤어리 세포 백혈병'이라고 이름 지은 후 현재는 '백혈병성 망내증' 혹은 '헤어리 세포 백혈병'이라고 부른다. 이 질환은 백혈병 중 약 2% 정도 발병되는데 그나마 가장 완치 가능한 질환으로 현재 북미 서유럽에서 연 2,000례 보고되고 있다.

먼저 비장의 크기를 줄이기 위해 스테로이드 약물을 7일간 투여하였다. 좌측 상복부에서 촉지되었던 손바닥 넓이의 비장이 세 손가락 넓이의 크기로 줄어들었다. 수술하여 확인해보니 환자의 비장은 정상인보다 무려 10배나 커져 있었다. 슬라이드에 비장 조직을 도장 찍듯이 눌러 현미경으로 보니 망상 세포가 비장 조직 전체를 덮고 있었고, 간 조직 역시 같은 세포가 빼곡히 보였다. 비장 수술 3일 후 놀랍게도 말초혈액에서 망상 세포는 10%로 줄었고 세포질 돌기는 사라져가는 모습을 보였다. 수술 1개월 후 혈색소, 백혈구, 혈소판의 수치가 정상이 되어 환자는 건강한 모습으로 퇴원하였다.

백혈병이라고 하면 먼저 죽음부터 생각한다. 현미경 보는 것이 좋아 선택했던 전공이 내 마음을 그렇게 아프게 할 줄은 몰랐다. 백혈병 환자를 만나면 두 가닥 가느다란 철로 위로 달리는 기차를 생각한다. 슬픈 종착역을 말해야만 하는 의사이기에 늘 마음은 울적하고 괴롭다. 나의 곁을 떠나는 환자는 세월이 갈수록 늘어만 간다. 그런데 이 환자는 나에게 희망을 주고 용기를 주었다. 수술하여 거의 완치할 수 있는 백혈병이기에. 나는 이 희귀한 백혈병을 진단하여 한국 최초로 학회 잡지에 보고하였다.

헤어리 세포 백혈병 환자는 퇴원 후 7년이 지나 개원을 한 나의 병원을 수소문하여 찾아왔다. 아주 건강하게 보였으며 결혼하여 두 딸의 엄마가 되었다고 한다.

정이 들면 사별하는 혈액학을 전공한 나에게 이 환자는 유일하게 보람을 준 환자였다. 처음 이 환자를 진료할 때 나는 호기심과 함께 불투명한 삶의 현실에서 마음이 몹시 불편하였다. 그러나 문헌을 찾고 치유될 수 있다는 확신을 하면서 수술을 시행하였다. 결국, 환자가 정상으로 되었을 때의 기쁨은 생명을 다시 얻었다는 축복도 있지만 제2의 삶을 시작할 수 있다는 보람이 나를 더욱 기쁘게 하였다.

법정 스님의 『무소유』에서 “다들 죽는다, 만나면 헤어진다. 그것은 당연한 이치이다”라고 하지만, 그러나 죽음을 논하기 전에 환자와 나는 다시 태어난 기분이었다.

# 키 크는 주사

인턴 시절, 수술방에서 보조 의사로 수술을 하는데 키가 작은 나는 수술 침대가 너무 높아 발판을 놓아야 했다. 수술이 끝날 무렵, 선배 외과 선생님이 "김 선생은 다 좋은데 한 가지 단점을 찾았어. 말해도 될까?" 한다. 나는 긴장한 나머지 "고칠 것 있으면 고칠게요. 말씀해 주세요" 하니 "키가 작아서 말이야" 하고 놀리셨다. 사실 내 고민은 언제나 작은 키였다.

'키 크는 주사가 있다고 하는데……' 하고 진료실로 문의가 온다. 엄마들 사이에 입담으로 퍼져 있는 성장호르몬을 두고 하는 말이다. 외모 지상주의로 가고 있는 요즘 자녀들의 키에 대해 엄마들은 관심이 많다. 나도 손주들을 보면서 은근히 예상 키가 얼마나 될까? 계산해 보곤 한다.

성장호르몬은 대뇌 밑에 위치한 콩알만 한 크기의 뇌하수체 전엽에서 분비하는 호르몬이다. 이 호르몬은 체내에서 뼈, 연골 등의 성장과 단백질을 합성하며 지방 분해를 한다, 성장기에 뼈의 길이와 근육의 증가 등 성장을 촉진하기 때문에 성장에 중요한 호르몬이다.

성장호르몬의 분비는 송과선(pineal body)에서 분비되는 멜라토닌과 연관이 있다. 송과선은 '제3의 눈'이라고 하여 인간이 볼 수 없는 영적인 생각, 정보, 생식, 생명체, 육감 등과 관계가 있고 신경 호르몬인 멜라토닌과 세레토닌을 생산한다.

이 송과선은 1980년쯤에야 빛과 관련 있고 멜라토닌이라는 호르몬을 분비하며 야간의 수면 시간에 영향을 주는 것으로 알려졌다. 주위가 어두워지면 송과선에서 멜라토닌이 분비되고 밤이 되면 성장호르몬이 분비된다. 멜라토닌의 자극을 받은 성장호르몬은 밤에 더 많이 분비된다. 낮에는 세로토닌이 나와 멜라토닌을 억제하여 정상 생활을 하게 한다. 성장호르몬이 가장 많이 분비되는 시간은 오후 10시에서 오전 2시 사이이다. 이 호르몬은 55세까지 우리 몸에서 생성되는데 운동, 영양, 스트레스, 수면 등의 환경적인 조건에 따라 영향을 받는다. 성장호르몬은 20대까지 왕성하게 분비되지만, 점점 감소하여 60대가 되면 20대의 절반 수준까지 저하된다. 아이들에게만 필요하다고 생각되었던 성장호르몬은 성인에게도 지속해서 필요하다는 사실이 밝혀졌다.

키가 자라지 않는다고 걱정하는 부모가 많다. 저신장이란 성별과 나이에 따른 각 100명 분포에서 최저 3명에 해당한다. 부모의 키로 산출해 보면 남자는 (아버지+어머니) 키+13/2이며 여자는 (아버지+어머니) 키-13/2이다. 이 수치보다 5cm 이상 작으면 성장진료소를 방문하는 것이 좋다. 3세 이상의 소아가 해마다 4cm 미만으로 성장한다면 성장 지연을 의심해야 한다.

성장은 유전적인 인자가 일차적이지만, 추가 성장은 환경적인 인자에 의해 결정된다. 가족성 저신장이란 부모 중 한 쪽, 혹은 양 쪽이 키가 작은 경우이다. 유전의 영향을 크게 받아 또래보다 항상 작게 자라며 사춘기 때 급성장을 해도 성장 격차가 지속되면서 성장기가 끝나는 경우를 말한다. 체질성 성장 지연이란 체질적으로 성장이 늦게 나타나는 경우로 골 나이에 비해 2년 정도 지연되며 사춘기도 여자나 남자 모두 2~4년 정도 늦게 시작된다. 현재 키는 작지만, 성장이 늦게까지 지속하여 성인이 되었을 때는 정상 범위에 도달하는 경우이다.

성장호르몬 주사를 7세 때 2년간 주사하고, 24세 된 여성 환자가 진료실을 찾아온 적이 있었는데 이 환자는 성장호르몬의 투여로 근육이 너무 발달하여 허벅지와 팔이 평균보다 매우 굵었다. 그러나 그녀의 키는 어머니의 작은 키와 비교해 거의 같았다.

이 환자처럼 저신장의 치료는 먼저 생활 습관과 행동을 교정해야 한다. 운동은 성장판을 자극하여 성장호르몬을 분비하며 잠을 충분히 자면 스트레스가 감소하기 때문에 성장에 도움을 준다. 오후 10시 이전

취침하여 8시간 이상 푹 자야 한다. 그래도 효과가 없으면 성장호르몬 투여를 권한다.

성장호르몬은 나이, 몸무게에 따라 용량이 정해지며 매일 집에서 직접 주사할 수 있다. 주삿바늘이 보이지 않고 투약 용량이 자동으로 조절되어 어린이도 쉽게 투여할 수 있다. 성장판이 닫히기 전, 즉 사춘기 이전까지 치료해야 효과가 있다. "성장호르몬 주사를 소아에 투여했을 때, 주사 맞은 소아 모두가 키가 커지는 것은 아니다"라고 오연정 한림대 강남성심병원 교수는 강조한다. 성장호르몬의 효과는 개인마다 다르며 최소 2~4년 꾸준히 받으면 5~6㎝는 기대할 수 있다고 한다. 그러나 확실한 보장도 없이 연 1,000만 원의 비용과 2~4년 장기 투여해야만 하는 조건을 따진다면 무리가 있다.

아카데미 시상식에서는 60세가 지난 여배우들도 탱탱한 피부와 몸매를 연출한다. 미국 언론들은 이들이 젊음을 유지하는 비결은 성장호르몬에 있다고 보도하였다. 성인에서의 성장호르몬은 이제 '노화방지 호르몬'으로 사용되고 있다. 인간은 불로장생을 원한다. 이 호르몬이야말로 인간이 원하는 노화방지에 근접한 약물이 아닌가 생각된다.

성장호르몬이 단백질 합성과 체지방 분해를 하므로 성인에서는 노화방지 효과에 도움을 준다. 나이가 들면 단백질 합성이 감소하여 근육의 양과 강도가 줄고 뼈가 약해진다. 지방 분해의 감소로 복부비만, 혈관의 동맥경화와 심혈관 계통의 질환도 온다. 피곤함, 무력증, 우울증, 집중력 저하, 자신감 결여, 불면증 등이 오므로 삶의 질이 떨어진다.

실제 성인용 성장호르몬은 저용량으로 안전하게 개발되어 있지만, 고비용과 저녁 시간에 본인이 직접 주사해야 하는 불편함이 있다. 식약청의 임상 시험을 거쳐 국내에서 개발된 성인용 성장호르몬이 현재 쓰이고 있다. 그러나 암을 진단받았거나 치료 중인 환자, 고혈압, 당뇨병 환자, 망막에 염증이 있는 환자는 금기이다.

내가 어렸을 때는 성장호르몬을 알지도 못하고, 주사도 물론 없었다. 잠만 잘 자도 키가 큰다는 사실을 알았더라면, 성장기에 잠 오지 않는 약을 사 먹고 밤을 새우며 공부와 씨름하지는 않았을 텐데. 후회한들 무엇하랴.

인간의 욕망은 한이 없다. 자식이 어릴 때는 부모의 욕망으로 조절된다. 성인이 되면 본인의 욕망으로 꽃 피우기도 하고 망치기도 한다. 아무리 의술이 좋다고 하지만 인간의 키는 어쩔 수가 없나 보다.

# 사랑과 애환을 담은 백혈병

새하얀 눈이 쌓인 뉴욕 센트럴 파크에 쓸쓸히 앉아 있는 한 젊은이가 슬픈 독백을 하고 있다. 영화 〈러브스토리〉에서 여주인공인 제니를 애절하게 사랑했던 올리버이다. 이탈리아에서 이민 온 가난한 제니는 레드클리프대학에서 음악을 전공한 똑똑한 여성이다. 올리버는 미국의 명문 부호 배리트 가문의 아들이자 하버드대학에 다니는 멋진 청년이다. 사회적 신분의 차이를 극복하고 우여곡절 끝에 결혼식을 올린다. 주변의 냉대에도 사랑과 행복을 누리게 되지만, 올리버가 대학을 졸업하고 변호사가 되자 겨우 25세인 제니는 백혈병 선고를 받게 된다. 펑펑 쏟아지는 눈발 속에서 커다란 눈

송이로 사랑을 주고받는 두 사람의 천진한 모습, 이렇게 순수한 사랑을 엮어주는 잔잔한 배경 음악은 지금도 그 장면을 연상케 한다. 〈러브스토리〉는 지순한 사랑의 아름다움을 간결하게 그린, 아직도 우리 마음속에 사랑의 추억을 심어준 영화이다. 제니의 백혈병이 널리 알려지면서 백혈병은 불행을 갖고 오는 불치의 병으로 인식되었다.

백혈은 '하얀 피'를 뜻하며 그리스어에서 유래되었다. 백혈구가 성숙하지 못하고 반란을 일으킨 것이다. 조혈 과정에서 바이러스 감염, 면역기능의 장애 때문에 미성숙된 백혈암 세포가 증식하여 골수 및 혈액에 침범하는 질환이다. 일반 장기의 암세포처럼 혈액 속의 백혈구가 암을 일으킨 것이다. 감기처럼 고열, 인후염, 피로감으로 나타나며 이러한 증상이 자주 반복되고 상처나 수술 후에 출혈이 멈추지 않으며, 쉽게 멍이 들거나 반점이 생긴다. 잇몸이 붓거나 코피가 자주 나고 앞가슴뼈에 압통이 있으면 의심을 해야 한다.

급성 골수성 백혈병은 주로 성인에 많이 발병된다. 모든 백혈병의 치료 목적은 혈액이 정상 세포상을 보이며 고열, 빈혈 통증 등의 증상이 없어야 한다. 이러한 정상 상태를 지속해서 유지하는 것이 치료의 목표이다. 급성 골수성 백혈병의 20~25%는 예후가 좋아 화학 약물요법으로 완치될 수 있지만, 재발을 막기 위해 지속적인 치료를 해야 한다. 약물치료에 효과가 없으면 골수 이식을 해야 한다.

급성 림프구성 백혈병은 소아에 많이 발병된다. 증상은 골수성 백혈병과 비슷하다. 특히 중추신경계에 침범하므로 척추 수액검사를 해야 한다. 이 백혈병 환자의 50~80%는 복합 화학 약물요법으로 잘 치료되며 지속적인 유지 약물요법으로 관찰해야 한다. 이러한 치료에 실패하면 골수 이식을 해야 한다.

만성 골수성 백혈병은 골수에서 백혈구를 만드는 데 장애가 생겨 무한정 백혈구가 증가하는 상태이다. 간과 비장이 커지며 비교적 천천히 진행된다. 항간에 문제가 되었던 글리벡은 특효약으로 치료에 탁월한 효과가 있으며 지속해서 복용을 해야 한다. 3년 이상 되면 급성 골수성 백혈병으로 진행되는데 만성 시기에 골수 이식을 하면 70%는 치료가 된다. 골수 이식을 받은 환자는 면역학적으로 약하기 때문에 거부반응이 오지 않게 지속적인 약물 복용과 정기적인 혈액검사와 건강 유지에 노력해야 한다.

〈오스카! 신에게 보내는 편지〉는 국내 무대에 오른 연극 작품이다. 프랑스 작가 에릭 에마누엘 슈미트의 소설 『신에게 보내는 편지』를 원작으로 하였다. 백혈병에 걸려 생명이 희미해져 가는 10살 소년과 소아병동의 간병인 장미 할머니의 우정을 그리고 있다.

장미 할머니는 늘 오스카에게 "오스카, 너는 죽겠지. 하지만 너만 죽는 게 아니야. 모든 사람은 죽게 돼 있단다"라고 말했다. 장미 할머니는 남은 삶을 의미 있게 보내기 위해 하나님과 소통하면서 하루를 10년이라 생각하고 살아가라고 조언한다. 12일간 오스카는 사춘기를 지나 결혼도 하고 중년 남자가 된다. 12일 동안 하나님께 자신의 일상을 고백하는 오스카의 편지로 "삶이 원치 않는 방향으로 흘러가더라도 그 삶은 소중하고 아름다운 것"이라는 것을 보여준다. 죽음조차 있는 그대로 조명되는 장미 할머니의 모습이 오스카의 남은 삶에 찬란한 빛을 불어넣는 것처럼 관객에게도 삶에 대해 새로운 방향을 제시해 준다.

입원실에서 고운 투피스를 입고 모델처럼 뱅글뱅글 돌면서 "선생님 나 예뻐요? 내일 우리 언니 결혼식에 가야 하는데 갈 수 있죠?" 하고 잠시 외출을 허락해 달라고 졸라대던 혜진이는 대학 입학을 앞두고 급성 백혈병으로 진단받고 항암치료를 받기 위해 입원한 상태였다. 절대로 안 된다고 하였지만, 결혼식만 보고 오겠다며 다녀와서 한 달을 넘기지 못하고 세상을 떠났다.

어느 가을날 쓸쓸함을 온 몸에 가득 담고 온 현준이 어머니는 "한 달 전 하늘나라로 간 현준이 생각해서 이 난을 잘 키워 주세요" 하면서 금방이라도 터질 것 같은 눈물을 삼키면서 고이 핀 난 화분을 놓고 갔다. 국립의료원을 그만두면서 나는 그 화분을 가슴에 안고 햇볕이 따사롭게 드는 대기실 창가에 놓았다. 그러나 마음이 놓이지 않았다. 다시 집으로 옮겨 햇살 가득한 거실에 자리를 잡게 하였다. 매일 들여다보며 정성을 들이고 물을 주었지만, 도무지 꽃을 피울 생각을 하지 않았다. 그런데 10년이 지난 어느 봄날 거실 가득 향기를 피우면서 꽃망울을 터뜨리는 것이 아닌가. 난 그때 현준이와 이별하던 순간이 떠오르며 찡하게 다시금 가슴이 아렸다.

자식이 먼저 죽으면 부모는 가슴에 묻는다고 하였다. 아름다운 이 세상을 즐기지도, 피어보지도 못한 나의 환자들은 부모의 애틋한 마음을 알고나 있는지. 해를 거듭할수록 나는 무딘 인간으로 변하고 있다.

허탈한 마음을 안고 내가 계속해서 혈액학을 해야 하는지 스스로 방황하기 시작한다. 항상 백혈병을 주제로 하는 내용의 작품은 죽음과 사랑으로 미화해서 감동을 주지만 내가 겪은 현실은 아름다운 것이 아니다. 가난과의 전쟁, 자식을 보내야만 하는 부모의 찢어지는 마음을 지켜보면서 함께 마음을 다스려야 하는 일이 나의 일과가 되었다. 점차 나의 마음은 건조해지고 차가워지면서 냉혈동물이 되어가고 있다. 정이 들면 이별을 해야 하는 아픔을 더는 견딜 수 없어 결국 난 혈액학 진료실을 떠나게 되었다. 혈액학을 그만두고 개원한 후 나는 이제, 더는 슬프거나 마음이 아프지 않아 다행이다.

# 일상의 골칫거리

인기 프로그램이었던 〈꽃보다 누나 4〉는 여배우들의 크로아티아 여행이었다. 3일 동안 배변을 못한 윤여정은 오로지 일편단심 그 걱정뿐이었다. 보이는 음식은 모두 입으로 넣는다. 들어가라, 밀어내라, 나와라 하면서 먹어대는 그녀의 얼굴은 푸석푸석하기까지 하였다. "똥독이 올라 죽다." 자그레브 신문에 날 일이라고 일행은 농담한다. 드디어 의사까지 동원되고 약도 먹었다. 결국 그녀는 사투 끝에 "쌍둥이 득남했다"라고 기쁨과 시원함을 표현했다. '여우쾌변상'을 수상해야 한다나?

매일 매일 맛있는 음식을 먹고 편안한 배변을 한다는 것은 가장 축복

받은 삶이며 사람이 바라는 기본적인 소원이기도 하다. 현대 사회에서 식생활 문화와 화장실 문화는 이제 삶의 일부분으로 인식되었고 그 나라의 문화수준을 나타내는 척도가 되었다. '화장실'이라는 의미는 급한 용무만 보고 떠나는 곳이 아니라 손을 씻고 거울을 보며 몸과 마음을 정갈하게 꾸미는 공간이며, 여유 있고 편안한 휴식 공간이라는 인식도 하게 되었다.

진료실을 찾아오는 환자 중 대변으로 고생하는 분이 뜻밖에 많다. 심장판막 수술을 한 80대 할머니는 늘 변비로 고생하신다. "선생님, 변 좀 잘 보게 해주세요" "할머니, 식사량은 어느 정도세요? 음식의 종류는 무엇을 드세요?" "입맛이 없어 조금밖에 못 먹어요. 그저 김치 하고 죽 하고 먹죠" 하신다. "식사량과 섬유질이 부족하면 변을 만들지 못해 변비가 생겨요. 식사를 넉넉히 하고 나물 반찬 많이 먹으면서 물을 충분히 드셔 보세요. 그래도 나오지 않으면 다시 오세요" 하고 변을 부드럽게 하는 약제를 처방하였다. 그 후 그 분은 환한 얼굴로 오셨다.

현대의 직장인들은 스트레스가 많다 보니 며칠은 설사했다 다시 변비로 고생하는 경우가 있다. 소위 '과민성 대장증후군'이다. 직장 남성들, 비만에 과민한 미혼 여성들이 주로 호소한다. 스트레스를 피하기 위한 자아 조절법과 약물복용을 권하여 해결되기도 한다. 자아 조절법은 규칙적인 식생활과 항상 긍정적인 마음, 본인에게 맞는 적당한 운동 등 3대 원칙을 세워 편안한 하루를 만들라고 권한다.

가톨릭의대에서 실시한 표본조사에서 일주일에 2회 이하의 배변을 변비로 정의할 때 인구의 8%가 변비로 고통받고 있다고 한다. 나이가 들수록 그 빈도는 더욱 증가하고 여자가 더 많이 호소한다. 의학적으로는 배변 횟수가 일주일에 2회 이하, 대변의 무게가 하루 35gr이하(정상 200gr), 전체 배변 횟수 중 25% 이상에서 딱딱하고 굵은 변이 나오거나, 불충분한 배변 느낌이 드는 경우, 두 가지 이상이 3개월 이상 지속되면 변비라 할 수 있다.

변비가 생기는 원인은 기능성 변비와 이차적 변비로 나눌 수 있다.

기능성 변비는 화장실에 가고 싶다는 느낌이 드는데도 제시간에 가지 않으면 온다. 자주 참다가 변이 차 있는 느낌이 둔해지기 때문이다. 곡물과 채소 같은 식이섬유를 적게 먹으면 변의 양이 줄어들면서 변비가 오며 정상적인 변은 70%의 수분을 포함하는데 수분이 부족하면 변이 굳어진다. 스트레스를 심하게 받으면 자율신경의 영향으로 장운동이 감소하여 변비가 온다. 다이어트 한다고 자주 굶거나 적은 양의 식사를 하면 충분한 변을 만들 수 없어 변비가 온다. 여성의 황체 호르몬(프로게스테론)은 대장의 연동운동을 억제하기 때문에 임신 또는 배란기에는 변비가 심해질 수 있다. 운동 부족으로 복부 근육과 장운동이 감소하여 변비가 온다. 질병으로 인한 변비는 갑상선 기능저하증을 가장 흔히 볼 수 있다. 그 외 우울증과 거식증, 당뇨, 치매, 선천성 유아 항문 협착증, 거대 직장, 대장암이 이차적 원인이다.

우리가 즐겨 먹는 대한민국의 대표식품 김치와 된장은 양질의 젖산균이 가득하여 변비에 효과가 있고 요구르트 역시 변비의 대명사처럼 되었다. 변비가 있는 사람의 장에는 좋은 젖산균인 락토바실루스균과 비피두스균이 부족하다. 따라서 장 내압이 올라가고 수분을 흡수하지 못하며 복부는 팽창하고 가스로 차게 된다.

변비는 질병이 있을 경우 원인을 치료하고, 기능성 변비는 본인이 노력해야 한다. 수분이 많은 음식과 곡류(현미, 보리, 콩, 수수)와 과일, 채소 류를 많이 먹어야 한다. 다시마와 미역은 끈적끈적한 성질의 알기니가 장의 연동운동을 도와주고 사과는 펙틴이 풍부해 장내 수분 유지를 해주며 대장의 단단한 대변을 부드럽게 해준다. 모든 과일은 껍질째 먹으면 더욱 효과적이다. 물은 하루에 2L 정도 마셔야 하며 대신 차를 섭취해도 좋다. 저녁 식사 후 30분 이상 걷기 운동도 도움이 된다. 기능성 식품으로 개발된 여러 가지 식이섬유는 변비가 심할 때 도움을 줄 수가 있다. 여행이나 스트레스를 받을 때는 미리 변비를 예방할 수 있는 젖산균, 식이섬유 등을 준비하는 것도 방법이다.

이론적으로는 이렇게 빠짐없이 알고 있는 나도 수십 년 동안 치질과 변비로 말 못할 고생을 했다. 진단 결과 직장류가 생겨 직장 벽이 약해지면서 지속해서 변이 쌓여 변비의 원인이 되었단다. 수술 후 변비에서 탈출하는가 했는데 수술 후유증으로 항문 윗부분에 유착이 생기게 되었다. 수일 동안 변을 못 보고 견디다 밤 11시에 응급실로 달려갔다. 배설되지 않아 복부는 터질 것 같고 출산 통증보다 더 심한 고통을 겪으며 관장을 했지만, 유착되어 좁아졌으니 소용이 없었다. 결국, 다음날 유착 제거 수술을 받았다. 악몽 같은 변비에서 탈출하면서 변비는 '일상생활의 골칫거리'라는 것을 실감했다. 그 후 공복에 찬물 한 컵, 사과 한 개가 필수적인 일과가 되었고 진료를 하는 책상에는 생수병이 늘 자리를 지키고 있다. 식이섬유와 젖산균도 나에게는 좋은 벗이 되었다. 그러나 수술 후 1년이 지났건만 아직도 가끔 변비와 전쟁 중이다.

# 햇볕은
# 피부의 적인가?

여의사 총회 날 비타민D 측정을 하는 행사가 있었다. 여의사들은 혈중 비타민D 수치가 궁금하여 혈액을 뽑았다. 나는 야외에서 운동하고 점심시간에 늘 30분 정도 걸으니 '비타민D는 정상이겠지' 하고 결과를 기다렸다. 그런데 수치가 9.2ng/ml로 결핍 상태였다. 검사를 받은 여의사들 대부분이 결핍 상태로 나와 충격을 주었다.

눈이 부시도록 내리쬐는 햇볕을 피하려 복면을 쓴 여성들이 눈에 띈다. 선글라스와 모자, 양산까지 쓰고 자외선 차단제를 바르는 것은 모든 여성의 일상생활이 되었다. 목동 지하철역에서 일본 나리타공항까지 비와 햇빛을 피해 갈 수 있는 세상이 되었다. 겨울엔 추워서, 여름엔 더워서 밖을 외면하고 있다. 이렇게 사는 현대인들에게 찾아온 손님은 바로 비타민D 부족이다. 나의 진료실을 방문한 여성들에게 비타민D 수치를 측정해보니 모든 환자가 결핍 상태이다. 비타민D 부족은 우리나라뿐 아니라 세계적인 보건 문제로 나타나고 있다.

안과와 내과를 거쳐 정신과 의사가 된 알프레드 아들러는 비타민D 부족으로 인한 구루병 환자였다. 신체적인 열등감과 어머니의 사랑을 빼앗아간 형에 대한 정신적인 열등감 속에서 어린 시절을 보냈다. 그는 자신의 내면에 있는 열등의식 속에서 인간은 약점을 가리려는 무의식의 보상심리가 있다는 것을 스스로 깨닫게 된다. 그는 정신과 의사인 프로이드와는 개념이 다른 인간의 열등감에 바탕을 두고 이를 극복하기 위해 인간에게는 누구나 '보상작용'이 존재한다는 이론을 정립한 구루병 환자이며 심리학자이다. 즉 구루병이 그의 미래를 개척하는 원동력이 된 셈이다.

비타민D가 결핍되면 어린이는 골격의 석회화가 충분히 이루어지지 않아 골격이 약화하고 압력을 이기지 못해 척추가 휘게 되어 구루병(rickets)이 생긴다. 성인은 주로 골다공증과 골연화증 및 골절이 쉽게 올 수 있고 근육량의 감소와 근육병증이 온다. 또 대장암, 유방암, 전립선암이 생길 수도 있다. 정신적으로 우울증이 생기며, 비만, 당뇨병, 심장병도 올 수 있다. 비타민D가 부족하여 나타나는 증상은 없다. 그러나 오랜 시간 동안 햇빛을 피하면 팔다리가 쑤시고 하지 근력이 떨어져 하

지에 경련이 올 수도 있다. 자신도 모르게 멍이 들기도 하고 장애물에 반복해서 부딪치거나 자주 넘어지는 경우도 있다.

한국인 평균 비타민D 농도는 남성 21ng/㎖이고 여성은 18.2ng/㎖이며 남성은 86.8%, 여성은 93.3%가 부족 상태이다. 우리나라에서는 피부미용을 위한 자외선 차단제가 지나치게 사용되면서 일조량이 적은 북유럽의 스웨덴(35.1ng/㎖,) 네덜란드(32.6ng/㎖) 여성보다 더 결핍 상태이다. 자외선이 기미, 주근깨, 잡티, 검버섯, 피부노화의 주범으로 강조되면서 햇빛 노출을 지나치게 꺼린 결과이다.

비타민D는 D2와 D3로 분류된다. 비타민D2는 주로 달걀노른자, 생선, 버섯 등의 음식으로부터 만들어지고 D3는 햇볕 자외선을 피부에 쪼이면 생성이 된다. 비타민D를 합성하기 위해 얼굴, 손, 발등에 일주

일에 2~3회 정도 15분간 햇볕을 쬐면 된다. 장시간 동안 과도한 햇볕 노출은 피부의 탄력 섬유를 파괴하여 피부 노화와 주름이 생기며 어린이나 젊은 성인은 피부암이 생길 수 있다.

자외선 차단제에는 UVB에 대한 차단을 나타내는 자외선 차단지수(Sun Protection Facto r : SPF)가 있고, UVA 즉 자선A를 차단하는 지수(Protection Grade of UVA ; PA)가 있다. 예를 들어 자외선 차단제에 적혀 있는 내용을 보면 SPF30/PA+++라고 쓰여 있는 것을 자주 본다. 이 표시는 자외선 차단 효과가 UVB, UVA 모두 상당히 높다는 것을 의미한다. 가장 좋은 방법은 먼저 15분 가량 햇볕을 쬔 후 자외선 차단지수 15 이상 발라주면 피부도 상하지 않고 효과적으로 비타민D 생성을 할 수 있다. 한국인이 햇볕을 쬔 후 홍반을 일으키는 데 걸리는 시간은 보통 20분, SPF20인 제품을 사용하면(SPF 20×20분=400분) 대략 6시간 40분 효과가 지속한다.

비타민D가 부족하게 되는 이유는 겨울에 주로 실내 생활을 하고 여름은 자외선 차단제를 사용하기 때문이다. 나는 하루 종일 진료실에서 환자를 진료하고 야외 운동 때는 자외선 차단제를 얼굴과 팔에 발라 햇볕을 차단하기 때문에 비타민D가 부족할 수밖에 없다. 피부색이 짙은 인종은 자외선의 침투가 백인보다 적어 같은 양의 햇볕을 쬐려면 시간이 오래 걸린다. 요양원이나 집에서 생활하는 노인, 적도에서 멀리 떨어진 나라에서 사는 사람은 일조량이 적어 부족하게 되고 장 질환이 있거나 수술을 한 사람은 비타민D 흡수장애가 있기 때문이다.

비타민D 측정은 혈중 25-수산화 비타민D를 측정하면 된다. 결핍은 25ng/㎖ 이하, 정상은 30~80ng/㎖, 150ng/㎖ 이상은 과잉 상태이다. 비타민D의 하루 권장량은 800~1,000단위이다. 건강한 성인이 비타민D 농도를 30ng/㎖ 이상 유지하려면 1일 2,000단위 이상 필요하다. 골 소실의 위험이 있는 경우는 1일 2,600단위가 필요하다. 비타민D 보충제는 적어도 3~4개월 동안 보충해야 목표치에 도달할 수 있다. 종합 비타민제에 포함된 한 알의 양은 200단위로 소량이다. 최근 주사제가 있어서 한 번 투여하면 3개월 지속한다.

과량의 비타민D는 독성이 있으며 특히 어린이에게 독성이 강하다. 특히 영아는 비타민D에 매우 민감하여 과량 섭취할 때 정신발달장애, 혈관 수축 등과 같은 독성 증상이 나타난다. 비타민D 독성 증세는 혈중 25-수산화 비타민D의 농도가 120ng/㎖ 이상이면 나타난다. 과량의 비타민D 섭취는 칼슘 과다증으로 연골조직에 칼슘이 축적되고 신장에는 결석이 생기고 심혈관계에도 손상을 준다. 비타민D 중독 증상으로 식욕 부진, 구역질, 근력 약화, 두통이 올 수 있으며 혈관의 석회화 침착으로 동맥경화증, 고혈압을 일으킬 수 있다.

비타민D가 많은 식품에는 등 푸른 생선, 동물의 간, 달걀노른자, 버섯, 연어, 우유, 콩 음료, 마가린 등이 있다. 비타민D는 지용성 비타민이므로 지방이나 기름과 함께 섭취되어야 체내 흡수율이 높아진다. 나라에 따라 비타민D를 우유, 마가린, 곡류, 빵 등에 첨가하기도 한다. 비타민D는 장기간 보존 또는 조리 과정에서도 쉽게 파괴되지 않는다.

피부의 적으로만 생각했던 햇볕에 감사의 마음을 전하며, 햇볕이 따스하게 내리쬐는 밖으로 모든 일정을 제치고 비타민D를 사냥하러 나가야겠다.

골다공증으로 인한 골절이 주범이라 생각하지만 근본적으로 몸 속 창고에 비타민D이라는 식량이 그렇게 소중할 줄은 몰랐으리라.

# 세월이 치료하는
# 질병

미국 스탠포드대학의 인간생물학과 교수인 바이러스 전문가 네이슨 울프(Nathan Wolfe)는 『바이러스 폭풍』에서 "문명은 최첨단을 달리고 있지만 대참사를 부르는 병원균에 대해서는 지식과 대응이 미흡하다"고 지적하였다. 2001년 한 해 동안, 9 • 11 뉴욕테러(2,977명 사망)를 포함하여 전 세계에서 약 8천 명이 테러로 목숨을 잃었다. 그러나 2009년 3월 말 미국 샌디에이고에서 신종 인플루엔자A(H1N1, 돼지독감)가 발생하여 전 세계적으로 28만4천 명이 사망했다. 냄새 없는 바이러스는 공기와 물을 타고 인류의 생존을 위협하고 있다. 즉 지속해서 닥쳐올 새로운 바이러스 폭풍이 얼마나 심각한가를 말해 준다.

사우디아라비아에서 파견근무를 했던 분이 진료실로 찾아왔다. "혈액검사 다 해주세요. 에이즈 검사도 됩니까?" 하고는 불안해한다. 사실, 그는 근무하는 동안 서양 여자와 성관계를 한 후 불안하여 귀국 즉시 병원을 찾았다고 한다. 평소 그의 가족도 잘 알고 있는 터라 더는 묻지도 못하고 검사부터 하였다. 환자는 최근 입맛도 없고 피곤하고 열감도 있고 스스로 림프샘도 부은 것 같다고 호소하였다. 그러나 다행히 에이즈 검사는 음성으로 나왔고 환자는 지금까지 잘 지내고 있다.

1990년대 초 전 세계는 에이즈로 몸살을 앓았다. 우리나라도 예외가 아니었다. 암과 백혈병을 뛰어넘는 에이즈는 양지에서 말할 수 없는 무서운 질병으로 인식되었다. 에이즈의 발생 원인이 도덕적으로 문제가 있다는 이유로 다른 질병과 달리 동정을 받을 수가 없었다. 감염되었어도 내놓고 이야기할 수 없고, 공기가 아닌 성행위가 주 감염 경로이고 아직 완벽한 치료약이 없다는 것이 사람들을 불안하게 한다. 이 병은 동성애를 통하여, 혹은 수혈이나 부모의 감염으로 인해 억울하게 목숨을 잃는 공포의 질병이다.

영화 〈댈러스 바이어 클럽〉은 에이즈 실화를 다룬 작품이다. 주인공 론은 독한 술과 마약, 문란한 성생활과 로데오로 매일 방탕하게 살던 전기기술자이다. 한마디로 '텍사스 마초'이며 전형적인 백인 보수주의자이다. 그는 동성애자를 혐오해 왔는데 병원에서 에이즈 양성 판정을 받으며 "내가 왜 에이즈에 걸려야 하나?"라고 몸부림치면서 30일의 시한부 인생을 선고받고 절망에 빠진다. 우연히 알게 된 정보를 통해 멕시코로 건너가 면역력을 높이는 식품과 약을 건네받고 호전된 그는 미국에서 임상시험으로 치료받았던 AZT(azidothymidine)라는 약을 저주한다. 이 영화의 모델이었던 실존 인물은 실제 미국 식품의약청(FDA)과 제약회사에 맞서 에이즈에 관한 자율처방 권리를 주장했었다. FDA 승인을 받지 못한 이 약을 미국으로 밀수입하여 '댈러스 바이어 클럽'을 만들어 에이즈 환자들에게 무료로 제공한다. 하지만 그는 미국 국세청에 적발되어 곤경에 처한다. 정부에 맞서 환자의 치료 권리를 위해 법정 투쟁을 하면서 시한부 인생의 삶에 대해 인식을 바꾼다. '살기 위해 시작한 일'이 '신념을 갖고 하는 일'로 변화한 것이다. 노예가 아닌 삶의 주인이 되어 당당하게 살아가면서 그는 말한다. "하고 싶은 대로 살아야 해. 인생은 한 번뿐이니까. 결국, 삶이란 에이즈가 아니라도 언젠가 반드시 막을 내리게 마련이니까."

연세대 감염내과 한상훈 교수는 에이즈의 가장 큰 특징은 '무증상의 긴 잠복기'라 하였다. 수년간 증상이 없다가 에이즈 바이러스에 의해 면역력이 떨어지고 관리를 잘 못하면 면역 체계가 손상되어 감염, 암 등이 생겨 사망하게 되기 때문이다. 1990년대 중반부터 지속적인 약물 개발로 최근에는 '완치'라는 용어도 사용하고 있다. 현재 에이즈 치료는 '고강도 항레트로 바이러스 요법'이라 하여 항에이즈 바이러스 약제를 3종 이상 동시에 투여하는 치료법을 쓰고 있다. 바이러스를 완전히 없애지는 못하나 증식을 억제하고 면역기능을 유지해 2차 감염을 막아준다. 한 교수는 "한 번 치료를 시작한 환자는 평생 약을 먹어야 한다"고 강조하며 당뇨증, 고혈압처럼 만성 질환 개념으로 치료하면 30년 이상 무리 없이 잘 살 수 있다고 말한다. 미국 유명배우 록 허드슨은 1985년 에이즈로 사망하였지만, 농구선수 매직 존슨은 1991년 에이즈 양성 판정을 받고도 아직 살아 있다.

페니실린의 개발로 인류는 세균을 정복하였고, 스트렙토마이신을 발견하여 결핵균을, B형 간염백신을 만들어 간염을 퇴치하고 동시에 간암도 예방하였다.

인류의 재앙인 각 장기의 암도 차츰 정복되어 가고 있다. 그런데 며칠 전 말레이시아 여객기가 피격되었다. 뜻밖에 세계적인 에이즈 연구자 6명이 사망하였다고 한다. 완치를 기대하는 에이즈 환자들에겐 비운이 아닐 수 없다. 그러나 세월이 에이즈를 완치시킬 날은 멀지 않았다.

또다시 새로운 불치병의 폭풍이 몰아치고 있다. 에볼라 바이러스에 의한 출혈열이다. 아프리카에서 시작된 이 질환은 전 세계를 공포 속으로 몰아넣으며 아직 치료법과 백신이 개발되지 않아 불안해하고 있다. 그러나 지구가 존재하는 한 언제 불치병의 폭풍이 몰아칠지는 그 누구도 알 수 없는 일이지만.

# 김/태/임

## 김태임

한국전쟁이 나던 1950년에 서울에서 태어나 자유로운 교풍의 이화여자중학교 및 고등학교를 졸업했다. 문학이나 역사에 관심이 있었으나 부모님의 권유에 못 이겨 인문학에 대한 동경을 접고 이화여자대학교 의과대학에 진학하였다. 미국으로 건너가 내과 전문의 과정을 밟고 로스앤젤레스 근교 클레어몬트에서 7년간 개업하였다. 1985년 귀국 후 약수동에서 30년간 동호의원 원장으로 환자를 진료하면서 보람과 기쁨을 동시에 느꼈다.

2012년에 『한국산문』을 통해 수필가로 등단하여 삶의 새로운 전기를 맞았다. 따뜻하면서도 깊이 있는 글을 쓰면서 지나간 삶을 돌아보고 싶다. 늘 쫓기는 바쁜 생활과 못 미치는 능력이 아쉽기만 하다. 책과 음악을 좋아하고 시간이 있으면 여행을 떠나 여유와 평안을 찾으면서 에너지를 충전한다.

# 안녕히 주무셨어요?

"밤새 안녕히 주무셨어요?"

우리네의 전통 인사말이다. 요즘 우리 부부의 하루 첫 대화도 "잘 잤어요?" 라는 질문으로 시작된다. 나이 들면서 언제인가부터 우리 부부에게 '잠 잘 자기'가 중요한 문제로 부각되었고, 잘 잤는지 여부가 단순한 인사가 아닌 실제적인 질문이 되었다. "하나님은 그가 사랑하는 자에게 잠을 주신다"는 성경 말씀에 따르면 '잠을 잘 잔다는 것'은 선택된 사람들만이 누리는 복인 셈이다. '수면의 복'을 받지 못한 많은 사람들에게 현대 의학이 진정한 치료의 역할을 할 수 있을까?

개인에 따라 차이가 있겠지만 성인들에게는 하루 7~8시간이 적정 수

면 시간이라고 한다. 이렇게 보면 우리들은 무의식의 잠 속에서 생애 총 시간의 약 30%를 소비하고 있다. 그렇다면 잠은 생명의 엄청난 낭비적 요소인가? 아니다. 오히려 그 반대이다. 수면을 통하여서 낮 동안에 축적된 각종 피로 유발 물질들이 분해되어 배출되고 뇌는 새롭게 재충전된다. 그뿐 아니라 하루 동안 경험한 모든 기억들을 추려내어 저장하고 삭제하는 일들이 잠을 자는 동안 진행된다. 만일 정상적인 수면을 취하지 못하면 판단 능력이 저하될 뿐 아니라 기억하고 학습하는 능력도 현저히 떨어지는 것을 우리는 경험하게 된다. 이렇게 볼 때 잠은 우리가 깨어 있을 때 이상으로 중요한 삶의 기능을 담당하는 셈이다. 정상적인 수면은 삶의 선택이 아니라 필수인 것이다. 잠을 잘 잔다는 문제는 인생의 가장 중요한 일 중의 하나임에 틀림없다.

아기는 태어나면서부터 '잠자는 것'이 문제가 된다. 밤에 두세 번씩

깨어 울어대는 신생아와의 전쟁이 끝나니, 이젠 꼬맹이들의 잠투정과 씨름하여야 한다. 한참 동안이나 윽박지르기도 하고 어르고 달래며 공을 들여야 잠드는 우리네 아이들이고 보니, 잠자는 아이와 재우는 어른 모두 매번 진땀을 흘리곤 한다. 내가 미국에서 아이들 키울 때 주변을 보면 미국 아기들은 양같이 순해서 잘 자는 것 같았다. 훈련하고 습관을 들이기 나름이라나. 우리 부부도 시간 정하여 우유 먹이고 정한 시간에 크립(아기용 침대)에 아기 눕혀 놓고 무관심한 채 돌보지 않기로 해보았다. 결국 두 손을 들고 말았다. 아마 우리 아이들은 잠의 축복을 받지 못했기 때문이었나 보다. 아이들은 자라면서 점점 자기 스스로 잠과의 투쟁에 들어간다. 한국의 입시제도는 잠과의 싸움을 강요한다. '4당5락'이라고 했던가. 4시간 자면서 입시지옥을 버티라니, 잠이 '웬수'였다. 인턴, 레지던트 시절에도 한동안 '잠을 좀 실컷 자 보았으면……' 하는 소박한 소원을 품고 살았다. 그러다가 갑자기 언제부터인지, 시간이 없어서가 아니라 침대에 누워서도 잠이 안 온다는 새로운 상황을 경험하면서 우리는 당황하게 되었다. 그래, 인생은 유전(流轉)이라, 돌고 돈다고 하였던가. 다시 어린 아기들처럼 '잠자는 것'이 문제가 된 시기에 접어들게 된 것이다. 이제 우리는 스스로 잠들기 위한 전쟁을 치를 수밖에 없는 상황에 빠진 것이다.

많은 사람들이 불면증으로 고생하고 있다. 잠을 제대로 자기 위해 매일 밤 곤욕을 치르면서도 자신이 불면증 환자란 사실을 인정하지 않고 있다. 60대의 중반을 지나고 있는 내 남편의 기준 수면 시간은 5~6시간이다. 그 사이에 한두 번 깨어 화장실을 가거나 혹은 시계를 보곤 바로 잠이 들면서 그렇게 6시간을 잔 날은 성공이다. 실패한 날은 한밤중에 일어나 TV를 보거나 전공서적을 읽다가 새벽에 배달된 신문을 보곤 한 시간이라도 더 자보려고 새벽 잠자리에 들곤 한다.

대부분의 사람들이 잠자기 위한 전쟁을 벌이면서도 수면제 사용은 극히 꺼린다. 우리 세대 사람들은 수면제가 마약 다음으로 나쁜 습관성 약이라고 머리에 각인되어 있다. 자신이 수면제를 사용하면 의지력이 약한 사람, 심한 경우 정신병의 초기 증상 또는 폐인이 된 걸로 간주할 정도이다. 젊은 세대들도 수면제를 가끔 복용하고 잠들곤 하니 수면제 사용을 두려워하지 말라는 딸의 권고에도 남편의 수면제 거부감은 한동안 요지부동이었다. 그런데 딸의 강력한 권고에 마음이 흔들린 것일까? 얼마 전 미국 여행 중에 사온 멜라토닌을 가끔 복용한다. 멜라토닌은 자연에서 추출한 것이고 습관성이 없으며, 미국에서는 아무나 약국에서 구입할 수 있는 일반약이라는 사실에 마음이 놓였나 보다. 미국 식약청(FDA)이 허가한 약이니까. 내 남편에게 멜라토닌 2mg 한 알이 상당한 효력을 발휘하는 건 다행이랄까.

요즘은 가끔 멜라토닌을 복용하거나 장거리 해외여행에서 시차 극복을 위하여 수면제를 사용하는 정도는 용인하는 사람들이 점차 많아지고 있다. 수면클리닉에서도 수면제를 감기약처럼 복용하라고 권한다. 감기가 초래하는 증상에 대응할 능력을 높여주는 것이 감기약이라면 잠이 안 올 때 여기에 대처능력을 주는 것을 수면제로 인식하자는 것이다.

물론 수면제가 불면증을 근본적으로 치료하는 것은 아니다. 이 점은 감기약도 마찬가지이다. 감기약도 단순히 몸의 대응 능력을 키워줄 뿐이고, 감기가 나으면 약을 끊으면 된다. 수면제도 불면증이 사라지면 더 이상 먹지 않으면 된다는 것이다. 그러나 습관성의 문제로 염려한다. 요즘 나오는 대부분의 수면제는 습관성의 우려 없이 장기 복용이 가능하다. 그러나 여전히 많은 사람들이 혈압약이나 당뇨약과는 달리 수면제를 장기 복용하는 문제에 대하여서는 거부감을 갖는다. 사실 그 위험성은 수면제가 주는 손쉬운 효과에 탐닉할 가능성이 크다는 점 때문이다. 비아그라의 효력이 좋다고 젊어서부터 비아그라에 의존하려 든다면 낭패다. 비아그라는 사실 습관성을 유발하는 약이 아니다. 그러나 비아그라의 효과에 기대려고 드는 우리의 마음이 문제인 것이다. 그렇다고 함부로 복용하라는 의미는 아니다. 수면제 사용에 전문 의료인의 철저한 지도가 필요한 것도 바로 이런 점 때문이다.

그러나 한편 따지고 보면 소위 불면증의 요인은 다른 곳에 있는 경우가 많다. 노년기에도 한창 때처럼 매일 7~8시간 숙면을 취한다는 것은 쉬운 일이 아니다. 실제로 노인의 적정 수면을 5~6시간으로 잡고 있다. 그런데 60대인 사람이 저녁 10시에 잠자리에 들어 아침 6시까지 자겠다고 들면 그 자체가 처음부터 무리이다. 잠자는 시간을, 예컨대 11시에서 5시라든가 현실적으로 조정할 필요가 있다. 그런 경우 밤 늦게까지 무엇을 할 것이며 새벽에 일찍 일어나서 무엇을 할 것인가? 여기에 마땅한 해답을 찾지 못하고 8~9시간 수면을 청한다면, 그 불면증은 스스로 자초한 것일 뿐 사실 병적인 현상은 아니다. 사실 잠을 못 잔다는 많은 노인들의 경우가 여기에 속한다.

천성적으로 잠을 잘 자는 것은 타고난 큰 복이다. 아무런 도움 없이 잠을 잘 자는 것은 그리 많지 않은 사람들이 누리는 엄청난 특혜임이 틀림없다. 불면증으로 고통 받는 사람들도 현대 의학의 혜택을 누릴 수 있다. 비아그라도 인류에게 새로운 경지를 열어주었다. 수면제도 분명 인류에게 '삶의 질'에 대한 기존 개념과는 다른 접근의 가능성을 보여주고 있다. 지나친 거부감에 복용을 기피하는 것은 현대를 사는 지혜로운 자세가 아니다.

# 마음의 감기

평소에 얌전하지만 늘 밝은 얼굴이던 A 부인이 기운 없이 축 처진 모습으로 나타났다. 건강하던 남편이 갑자기 뇌동맥류 출혈로 세상을 떠났단다. 고등학교 교사를 하다 2년 전에 퇴직한 남편은 잔병치레를 자주했던 부인을 걱정하면서 은근히 자신의 활력과 건강을 자랑하곤 했다. 나는 옛 말에 '골골 팔십'이라고 부인을 안심시키곤 했었다. 장례를 치른 지 2주가 되었는데, 새삼 남편의 빈자리를 느끼면서 기가 막혔단다. 그러면서 슬프고 공허해지며 매사에 흥미가 없어지고 간단한 일도 집중이 안 된다고 했다. 나중에는 잠이 안 오고 식욕이 떨어지면서 체중도 줄었다. 쉽게 피로감을 느끼면서 '이렇게까지 살아야 될까?'라는 생각이 들었단다. 전형적인 우울증 증상이다. 환자의 이야기를 공감하면서 열심히 들어주고 현재 상황을 알아듣도록 잘 설명한 후 전문적인 도움이 필요하다고 말했다. 환자는 우선 잠이라도 잘 잤으면 좋겠다고 수면제 처방을 부탁한다. 가벼운 수면유도제를 처방하고 일주일 후에 보자고 했다.

흔히 우울증을 '마음의 감기'라고 부른다. 감기는 누구나 흔히 걸릴 수 있는 질병이니 우울증을 감기에 빗대 표현하면 우울증에 대한 거부감이 줄어들 것이라 여긴 것이다. 가벼운 감기를 조기에 치료하여 폐렴 등의 합병증을 예방하듯이 우울증을 인정하고 치료하여 심각한 문제로 발전하지 않도록 하자는 의미이다. 우울증뿐만 아니라 우리나라에서는 정신질환에 대한 인식이 유달리 좋지 않다. 정신병자는 미친 사람 또는 위험인물이라는 잘못된 인식이 뿌리 깊게 자리잡고 있다.

의료계에서는 정신분열증의 의학적 명칭을 조현(調絃)증으로 바꾸기로 했다. 정신분열증이라는 이름 자체의 부정적인 이미지가 환자와 가족에게 상처를 주므로 진단과 치료를 기피하는 경향이 있다고 보기 때문이다. '조현증'이란 용어는 현악기의 줄을 조율한다는 뜻으로 '신경계 혹은 정신의 튜닝이 적절하게 이뤄지지 않아 마음의 기능에 문제가 생긴 질환'이라는 의학적 해석을 아름답게 표현한 것이다. 이 용어는 정신분열증학회의 선호도 조사를 거쳐 선정됐다.

정신병에서 가장 문제가 되는 정신분열증 환자의 일부는 환청이나 망상 또는 비현실적인 언어 구사나 행동으로 인해 남에게 피해를 줄 수도 있다. 그러나 그들이 일반인들보다 더 위험하다는 생각은 사실이 아니다. 사건이나 사고가 일어났을 때 피의자가 정신질환을 앓는 경우 그것이 상세하게 언론에 보도됨으로써 마치 정신질환과 범죄가 직접적인 상관관계가 있는 것처럼 느껴지는 경우가 많다. 많은 연구에서 정신분열증 환자들은 일반인들에 비해 범죄율이 높지 않은 것으로 나타나고 있다. 언론뿐 아니라 영화도 정신병에 대한 편견을 부추긴다. 각종 범죄·스릴러물에는 소위 '사이코'가 등장하는데 사이코의 어원은 사이코시스(psychosis)로 '정신증'이라는 뜻이다. 정신질환 중에서 사이코시스의 대표적인 병은 조현증과 조울증이 있다. 그러나 자세히 살펴보면 영화에 등장하는 사이코는 조울증이나 조현증을 앓고 있는 것이 아니라, 대부분이 '반사회적 인격장애'를 갖고 있다.

우울증은 세계 인구의 3~5%가 앓고 있는 것으로 알려져 있다. 평생 동안 여자의 10~25%, 남자의 5~12%가 적어도 한 번쯤은 우울증에 걸린다고 한다. 발병률이 평균 성인 6명 당 1명으로 아주 높은 편이며, 여자가 남자보다 2배 정도 더 많이 발병한다. 우울증은 도파민, 세로토닌, 노르에피네프린 등 신경전달물질의 화학적 불균형으로 일어나게 된다. 스트레스를 받으면 인체는 세로토닌 사용량이 증가하는데, 여성은 남성보다 세로토닌 합성률이 낮아 상대적으로 쉽게 고갈되기 때문에 여성이 우울증에 더 취약한 것이다.

또한 여성은 임신과 출산, 육아에 대한 스트레스, 폐경 등 우울증을 유발하기 쉬운 신체적 혹은 정신적인 요소가 일생 동안 지속적으로 일어난다. 남성은 직업이 있어 사회적 활동을 많이 하는 편이고 또한 더 이성적이지만, 여성은 가정이라는 제한된 영역에 갇혀 있고 감성적인 성격을 갖고 있어 우울증에 더 취약하다. 특히 갱년기 여성은 여성호르몬인 에스트로겐의 농도가 갑자기 떨어지면서 우울증에 쉽게 걸릴 수 있는 것이다. 또한 품안에 있던 자녀가 독립을 하여 정신적으로도 허전함을 느끼는 시기라 우울한 감정에 더 쉽게 빠질 수 있다. 더욱 문제인 것은 여성의 우울증은 남성에 비해 만성적이며 재발률이 높다는 점이다.

우리나라 우울증 환자는 60만 명으로 추정되나 그 중에서 단 5%만이 적절한 치료를 받고 있다고 한다. 정신병과 정신과에 대한 편견으로 병원에 가는 것을 꺼리는 게 가장 큰 이유다. 또한 많은 사람들이 우울증을 포함한 정신병을 정신력으로 극복하면 되는 병이라고 잘못 알고 있다. 우리 사회의 편견과 무지로 인해 환자들이 제때에 적절한 치료를 받지 못하고 고통을 감수하고 있는 현실이다. 우울증의 극단적인 폐해는 자살이다. 우리나라의 경우 사망 10대 원인의 하나가 자살이고, 인구 10만 명 당 34명이 자살하는데 OECD 국가 중 자살률 1위이다. 그 중 70~80%가 우울증과 연관이 있다고 지적될 만큼 우울증은 심각하다.

우울증 치료에는 정신(심리상담)치료와 약물치료가 있으며 병합치료가 필요하기도 하다. 약물치료는 항우울제, 안정제, 항불안제, 항정신성 약물 등을 이용한다. 세간의 오해와는 달리 항우울제는 습관성이 없으며 뇌 기능을 둔화시키거나 지능을 낮추는 부작용도 없다. 항우울제는 복용 후 2~3주가 지나면서 효과가 나타나므로 한두 번 복용하고 효과가 없다고 투약을 중단해서는 안 된다. 또한 증상이 좋아졌다고 바로 약을 끊으면 재발하거나 악화될 수 있으므로 최소 6개월에서 1년 정도 복용하는 것이 이상적이다. 예전의 항우울제는 여러 가지 부작용을 동반했고 특정 음식물 섭취를 제한했지만, SSRI(선택적 세로토닌 재흡수 억제제)의 개발로 안전성을 확보했다.

일주일 후에 내원한 A부인은 우선 잠을 잘 수 있어서 살 것 같다고 고마워했다. 집에만 있지 말고 사람들을 만나면서 적극적인 대인관계에 관심을 갖도록 권유했다. 평소에 하고 싶었거나 배우고 싶은 일 등 취미 생활을 시작해 보도록 이야기했다. 그러면서 전문적인 도움이 필요하다고 여러 차례의 설득 끝에 환자는 정신과 상담 및 치료를 시작했다. 2~3개월 후 환자는 편안한 얼굴로 찾아 왔다. 평소에 관심이 있었던 서예를 배우는데 소질이 있다는 칭찬을 받는단다. 성당에 다니면서 장애인학교의 자원봉사자로 아이들을 씻기고 머리도 깎아주면서 자신도 즐겁고 보람도 느낀다고 했다.

날씨가 늘 푸르고 맑기만 하겠는가? 흐린 날도 있고 비바람이 불기도 한다. 삶이 늘 기쁘고 즐겁기만 하겠는가? 가슴이 찢어지는 아픔도 있고 깊은 좌절과 실망으로 온 몸이 나락으로 떨어지는 듯한 고통도 느낄 것이다. 병이 들고 죽는 것을 누가 막을 수 있는가? 이런 과정을 겪으면서 누구나 우울증에 빠질 가능성이 있다. 감기처럼 쉬운 마음으로 정신과 의사를 찾고, 감기처럼 쉽게 자신의 우울증을 인정하는 것이 무엇보다도 그 치료의 첩경이다.

# 축복 중의
# 축복

"선생님, 이 나이에 남자 생각이 나니 어쩌지요?"

"아, 네, 뭐라 그러셨어요?"

"이 몰골을 하고도 남자 생각이 난다구요! 남편과 잠자리를 갖고 싶은데, 남편은 마음이 통 없으니 어쩌지요?"

뇌경색으로 왼쪽을 잘 못 쓰는 70대 중반 할머니의 이야기다. 순간적으로 당황했으나 순발력을 발휘하여 임기응변적으로 "인간이면 죽을 때까지 그런 욕망을 느끼게 마련"이라고 설명했다. 옆에 있던 점잖은 남편이 얼굴이 벌개지며 어쩔 줄 몰라 한다. 성생활은 남녀노소의 구별

없이 풀기 어려운 과제인가 보다.

최근 한 제약회사가 발표한 〈아시아-태평양 13개국 성(性)생활 만족도와 삶의 행복지수 상관관계〉 결과를 보면, 우리나라는 성생활 만족도에서 13개국 중 12위로 매우 낮은 점수를 받은 것으로 나타났다. 한국인 남녀 모두 50% 이상이 성생활 향상에 높은 관심을 가지고 있지만 실제 만족도는 남성이 19%, 여성이 11%로 낮게 나타났다. 동시에 성생활 만족도가 높을수록 전반적인 삶의 만족도도 높은 것으로 포착됐다. "성생활에 매우 만족한다"고 답한 한국 남성 및 여성들의 경우 "어느 정도 만족하거나 전혀 만족하지 않는다"고 답한 사람들에 비해 인간관계 및 인생 전반에 걸친 만족도가 2배 내지 3배 가량 높은 것으로 나타났다.

성생활에 대한 사회적인 관심을 불러일으킨 획기적인 계기는 2차 세계대전 직후에 발간된『킨제이 보고서』를 꼽을 수 있다. 하버드대학 교수 알프레드 킨제이는 1938년 인디애나대학에서 결혼에 대한 강의를 의뢰받고 준비하던 중 인간의 성생활에 대한 연구 자료가 턱없이 부족함을 알게 되었다. 킨제이는 1948년에 미국 전역에서 18,000명을 면접하고 얻은 12,000건의 자료를 토대로『남성의 성적 행동』과『여성의 성적 행동』이라는 두 권의 보고서를 펴내게 된다. 동성애나 혼외정사, 그리고 혼전 성관계 등 그 당시 노골적으로 드러내기를 금기시하던 인간의 성생활을 적나라하게 드러낸 이 보고서는 세계 언론의 집중적인 관심을 받으며 폭발적인 반향을 불러왔다. 이 보고서는 성에 관한 고정관념을 타파했을 뿐 아니라 여성의 성적 자율성이나 동성애자의 인권 등에 대한 사회적인 관심을 환기시켰다. 동시에 성을 학문의 주제로 격상시켰으며, 성과 사회제도, 정치, 가족, 성차별 등의 연관성을 밝힌 혁신적인 연구 결과로 평가되고 있다.

킨제이 보고서 이후 50년 만에 인간의 성적 능력을 극적으로 개선하는 치료제가 나왔으니 바로 '비아그라'다. 1998년 미국 제약회사인 화이자가 개발한 남성 발기부전 치료제인 비아그라는 정력이라는 의미의 비거(vigor)에 나이아가라(Niagara) 폭포를 합친 합성어이다. 나이아가라 폭포가 주는 엄청난 위력의 정력을 준다는 뜻이다. 이 약의 출현은 고개 숙인 남성과 그 성적 동반자에게 새로운 세계를 열어준 획기적인 계기가 되었다.

발기는 성적 자극을 받은 중추신경이 남성 성기에 신호를 보내고 성기의 세포는 일산화질소를 만들어낸다. 이 일산화질소가 근육세포에 침투해 혈관을 확장시키는 'cGMP'라는 물질을 생성시킨다. 그러면 확장된 혈관에 피가 몰리면서 발기가 되는 것이다. 발기부전의 경우 포스포디에스테라제라는 효소가 cGMP를 분해하는 것이다. 비아그라는 이 효소의 활성을 억제하는 효과가 있다. 인류 사회를 혁신적으로 변화시킨 발명품들 중 많은 것들이 그렇듯이 비아그라 역시 우연과 실수로 만들어졌다. 원래 비아그라는 협심증 치료제로 개발되었다가 발기부전 치료에 탁월한 효과가 있다는 것이 부차적으로 확인되면서 지금의 상품으로 발전한 것이다.

비아그라의 출시에 가장 열광적인 반응을 보인 그룹은 포르노업계이다. 필요에 따라 원하는 시간과 장소에서 배우의 발기와 그 유지를 가능케 한 것이다. 미국의 한 포르노 감독은 비아그라를 남성들에게 '기립(起立)'할 기회를 선사한 '축복 중의 축복'이라고 평했다. 비아그라의 출시 후 정력제로 수난을 겪었던 바다표범(해구신)과 순록의 남획이 뚜렷하게 감소했다. 비아그라는 인류 성생활 증진뿐 아니라 지구 생태계 보호에도 도움이 되고 있다는 것도 이 약이 주는 재미있는 부수 효과이다.

여성용 비아그라가 개발 중이란다. 정신의학자 지그문트 프로이드가 "여성은 오로지 부부의 육체관계를 통해서만 성적인 쾌감에 다다를 수 있다"고 주장했다. 그 후 많은 여성들은 그 기준에 자신을 맞추려고 노력해 왔다. 어떤 의미에서는 자신의 은밀한 욕망을 억제해 왔다고도 볼 수 있다. 앞으로는 여성의 원초적인 욕망의 분출에 배우자가 굳이 필요 없는 상황이 온 것이다.

비아그라는 두통, 안면홍조, 소화불량, 어지럼증, 시력 이상 등의 일시적인 부작용은 있으나 지속적으로 심각한 결과를 초래하는 것은 아니다. 그보다는 혈관 확장 효과가 있어 전립선비대증 치료제나 협심증, 심근경색 약 등과 같이 복용하면 혈압이 급격히 떨어지는 부작용이 발생하므로 주의해야 하고 의사의 복용 지시를 잘 지켜야 한다.

"술 담배 끊고 운동하세요!"는 성기능 고민으로 클리닉을 찾아오는 젊은이들에게 가장 먼저 권하는 의사의 처방이다. 이 처방에 대부분 젊은이들은 놀라고 의아해한다. 그리스 아테네의 올림픽스타디움에 가면 두 개의 대조적인 나체의 남자 석상이 있다. 페니스가 축 처진 젊은 남자와, 운동으로 단련된 페니스를 빳빳하게 세운 노인의 석상으로 운동과 섹스와의 관계를 드라마틱하게 보여준다. 운동은 혈액순환을 촉진시키고 신진대사를 왕성하게 하므로 남성호르몬을 증가시키는 효능이 있다. 즉 세상의 어떤 보약이나 정력식품보다 효과가 탁월한 정력제이다. 현대 사회에서 정력의 약화는 정력제나 특정 음식 섭취가 부족해서 생기는 것이 아니라 스트레스와 운동 부족이 가장 큰 원인이다. 그러므로 조깅, 등산, 자전거 타기 등 유산소운동이야말로 스트레스 해소, 비만 예방, 남성호르몬 증가로 인한 자연 비아그라 생성과 항노화에 탁월한 효능을 갖고 있다.

발기부전은 혈관성 문제와 동시에 남성호르몬 분비가 적어 신체적인 기능이 저하되며 나타나는 증상이긴 하지만 최근 스트레스로 인한 유발 가능성이 높아지고 있다. 심리적이고 정신적인 요인으로 인한 발기부전의 증가를 의미한다. 한 조사에 따르면, 40대 남성의 약 33.2%, 50대 59.3%, 60대 79.7%, 70대 82%가 발기부전을 겪고 있는 것으로 나타났다. 우리나라 40대 이상 남성 2명 중 1명이 발기부전인 셈이다. 성기능장애에 의한 중년 남성의 무력감과 좌절은 심각한 개인 및 사회적인 문제를 유발한다. 부부간의 정서적인 괴리감을 불러오고 심각한 가정의 갈등을 일으키기도 한다.

남성 성기능장애의 발기부전 치료법으로 비아그라와 같은 약물 치료 외에도 주사요법, 수술요법이 있다. 부적절한 치료는 합병증을 동반한 각종 질병에 노출될 수 있으므로 주의가 필요하다. 전문의와 상담을 통해 자신의 성기능에 대해 정확한 진단을 받고 근본 치료책을 찾아야 한다. 그러나 특별한 이유 없이 성기능장애가 있는 경우 비아그라는 효과적인 적절한 대안이 될 수 있다.

어머니와 아가는 수유를 통해 긴밀한 육체적인 접촉을 하므로 특별한 관계가 이루어진다. 부부간에도 정신적인 교감뿐 아니라 적당한 육체적이 접촉이 필요하다. 아침 출근할 때 현관에서 나누는 가벼운 포옹이나 키스는 일상생활에 활력과 기쁨을 준다. 그래서 비아그라가 '해피드럭(Happy Drug)'으로 불리는 것이며 '성공(性功)해야 성공(成功)한다'는 말도 있지 않은가.

# 올해도 모기에 물리다니

바람이 불고 잔설이 날리는 적막한 일요일 아침에 영화배우였던 최진실의 전 남편이자 전직 야구선수인 조성민의 자살 소식을 들었다. 마음이 싸해지면서 멍멍해졌다. 무엇보다 남겨진 어린 두 자녀를 생각하니 가슴이 답답해졌다. 애들에게 무슨 잘못이 있다고. 이유야 어쨌든 회복하기 힘든 깊은 상처를 가족에게 남긴 것이다. 사회적으로 큰 파문을 던진 최진실의 자살사건 이후 4년 반 만의 일이다.

최진실은 친근하면서 서민적인 이미지와 열정적인 연기로 가히 국민배우라 일컬을 만했다. 어려운 가족들을 돌보는 야무진 '또순이' 이미

지로 화려하고 방만한 다른 스타들과도 비교되었었다. '사채업자'라는 엉뚱한 인터넷 루머가 자살의 원인으로 추정되었다. 사람들은 인기 연예인에 대해 선망과 동경하는 마음을 가지면서도 동시에 질시하고 사실이 아닌 루머에 대해 지나친 비난과 욕설을 퍼붓는 이중적인 경향이 있다.

2008년의 최진실 자살 후, 이를 따라 1,000여 명이 모방 자살을 했다. 최근의 경우 유명 연예인 5명의 자살 이후 2개월간 자살자가 평균보다 600여 명 증가했다는 통계가 있다. 유명 연예인의 자살이 자살위험군에 속하는 정신건강 고위험자들에게 강력하고 유혹적인 베르테르 효과를 주는 것으로 나타났다.

자기 자신의 생명을 스스로 끊는 행위를 자살이라 한다. 보건사회연구원 통계에 따르면 우리나라 국민 중 27.6%는 사는 동안 한 번 이상 이런저런 정신질환을 경험하는데 그 가운데 자살 위험이 높은 '정신건강 고위험자'가 368만 명에 달하는 것으로 나타났다. 전문가의 상담과 치료 등 대책 마련과 이에 대한 사회적인 관심과 노력이 시급하다는 지적이 나오고 있다. 자살이 마치 무슨 전염병처럼 번지는 것은 우리 사회가 반드시 막아야겠다. 정신건강 고위험자는 일반적으로 스트레스를 견디는 힘이 그만큼 약하고 결국 일반인보다 자살에 이를 확률이 높다. 세계보건기구(WHO)에 따르면 우울증을 앓는 사람 가운데 10~15%가 자살하며, 노년기 우울증은 심장병, 치매, 불안장애 등 신체 질환의 원인이 된다고 한다. 특히 도파민이나 세로토닌 같은 두뇌화학물질과 연관된 우울증이 있는 사람은 자살 위험이 높은 것으로 본다. 보고서에 따르면 국내 자살률은 지난 2003년 인구 10만 명 당 28.1명에서 2005년 29.9명으로 증가하다 2006년 26.2명으로 떨어졌으나 2007년(28.7명)부터 다시 높아져서 현재 34.2명으로 OECD 회원국 중 가장 높으며 현재도 계속 증가하는 추세다.

성별로 볼 때, 어느 나라에서나 여자의 자살률이 남자보다도 훨씬 낮다. 이것은 여자가 환경에 비교적 잘 순응하고 참을성과 어려움을 참아내는 능력이 남자보다도 뛰어나다는 것과, 여자는 남자에 비하여 사회적 활동의 범위가 좁아 자살의 원인이 되는 사회적 곤경에 직면하는 경우가 적다는 것 등이 주된 원인으로 알려져 있다. 세계 모든 나라에서 자살률은 연령이 높아짐에 따라 점차 높아지고 있다. 치료를 제대로 받지 못하거나 육체적인 쇠약 또는 정신적인 소외감 등이 그 원인으로 지적된다. 자살은 가족력과 연관성이 높아 가까운 가족 중에 자살한 사람이 있으면 남은 가족들의 자살 가능성이 그만큼 높다.

자살의 원인은 상당히 복잡하여서 정확하게 파악하기 어렵다. 통계에 의하면 신경쇠약, 실연, 질병으로 인한 고통, 생활고, 가정불화, 장래에 대한 고민, 사업 실패, 염세(厭世) 등 여러 가지가 있다. 이것을 남녀별로 보면 남자에게는 신경쇠약과 질병으로 인한 고통으로 자살하는 경우가 많고, 여자에게는 가정불화와 실연이 원인으로 많이 꼽힌다. 그리고 연령별로는 청소년에서는 실연과 염세가 많고, 노인에서는 질병으로 인한 고통이 특징적으로 많다. 가정불화로 자살하는 경우는 20~30

대에 많다. 유전적인 요인과 성장 과정의 문제도 분명히 자살의 한 요인이 된다고 알려져 있다. 의학은 자살을 정신건강의 문제로 보고 있다. 정신건강 전문가들은 환자의 자살 사전 증후를 감지하기 위한 훈련을 받으며, 자살을 시도했거나 심각하게 고려하고 있는 사람을 응급환자로 판단한다.

다른 의미의 자살도 있다. 일본의 할복은 명예를 지키기 위해 스스로 목숨을 끊는 경우이다. 종교적 관습으로 인도의 사티(sati)에서 볼 수 있듯이 남편을 잃은 아내가 남편의 극락왕생을 기원하여 뒤따라 자살하는 경우가 있었다. 오스트리아의 철학자 오토 바이닝거(Otto Weininger)는 천재가 아니면 죽는 것이 낫다는 자신의 철학적인 신념에 따라 권총 자살을 했다. 1970년 청계천 피복노동자 전태일의 자살은 노동 문제에 대한 비상한 사회적인 관심을 일으켰고 노동법의 개정으로 연결된 하나의 역사적 사건이 되었다.

자살은 사전 징후가 분명히 있다. 갑자기 말이 없어지거나 매사에 의욕을 잃는다. 사람과의 접촉을 피하고 혼자 있는 시간이 많아진다. 이유 없이 불안해하며 입맛도 없어지고 수면장애도 뒤따른다. 알코올 의존도가 높아지기도 한다. 자살한 사람들은 대부분 사전에 자살하고 싶은 마음을 고백한다고 한다. 그러므로 주위 가족이나 친구들의 각별한 관심과 협조가 요구된다. 이러한 자살위험군의 사람들에게는 정신과 의사의 상담과 치료가 필수다. 자살의 원인 요소를 제거하는 데는 시간이 필요하고 치료 과정이 단순하지 않으므로 환자의 인내심이 요구된다. “이 또한 지나가리라”는 마음의 자세로 기다려야 한다. 환자들이 쉽게 자의로 치료를 그만두는 경향이 많으므로 가족이나 친구가 치료 과정을 지켜보며 적극적으로 힘을 보태주어야 한다. 우울증의 경우는 항우울제가 탁월한 효과를 보이므로 어느 정도 해결책이 된다.

자살은 분명히 예방이 가능한 병이고 필히 예방되어야 한다. 이를 위해서는 자살위험군의 사람들에 대한 우리 모두의 관심과 협조가 필수적이다. 세계보건기구와 국제자살예방협회(IASP)는 2003년부터 매년 9월 10일을 ‘세계 자살 예방의 날’로 정하였다. 전 세계에 생명의 소중함과 자살문제의 심각성을 널리 알리고 대책을 마련하기 위해 만들어진 날이다. 우리나라에서도 한국자살예방협회와 시, 도의 자살예방센터를 통해 24시간 핫라인을 개설하는 등 자살 예방에 힘쓰고 있다.

세상은 경이롭고 신비하다. 사시사철 바뀌는 자연의 모습은 얼마나 환상적인지! 생명은 소중한 것이고 사랑하는 가족이나 친구가 우리 곁에 있다. 우리가 살아서 숨을 쉬는 것도 감사한 일이다. 살아서 생각하고 사랑하며 울고 웃을 수 있는 것도 고마운 일이다.

일본 에도시대의 하이쿠 시인 고바야시 이싸는 살아 있음에 감사하는 뜻을 이렇게 간결하고 감동적으로 표현했다.

얼마나 운이 좋은가!

올해도

모기에 물리다니!

# 견딜 수 없는 고통, 대상포진

50대 중반 여성이 왼쪽 가슴 부위가 아프다가 피부에 발진이 나타나 병원을 찾아왔다. 2주 전에 아들이 결혼을 하였단다. 아무래도 신경을 많이 써서 몸살이나 담 결리는 정도로 생각하다가 통증이 심해지고 발진이 나타나자 내원한 것이다. 진단은 비교적 간단하였다. 대상포진이었다.

원인 병원체는 대상포진 바이러스다. 대상포진은 어린 시절 수두에 걸렸을 때 몸에 침입해 잠복해 있던 바이러스가 면역기능이 떨어진 경우 다시 활성화되면서 나타난다. 주로 말초신경 부위에 통증과 피부병변을 일으킨다. 대상포진은 처음에는 감기, 몸살, 피로감, 두통 등으로 나타난다. 그런 후에 피부의 신경 분포에 따라 왼쪽이면 왼쪽, 오른쪽이면 오른쪽 한 쪽에만 극심한 통증이 온다. 화끈화끈하기도 하고, 바늘로 콕콕 쑤시기도 하고, 쥐어짜는 듯 상당히 아픈 병이다. 겪어본 사람은 이 통증이 분만 또는 요로결석의 통증과 비견된다고 한다. 그러다 3~5일 후에 신경 분포에 따라 피부에 띠 모양의 붉은 발진이 나타나고 하루 지나면 특징적인 수포로 바뀐다. 통증과 피부병변은 고령일수록 심하게 나타난다. 주로 발생하는 부위는 흉부(55%)이고 안면(20%), 요추부(15%) 나머지가 엉덩이 꼬리뼈 부위다. 피부병변이나 통증이 가라앉는데 3주 정도 걸린다.

대상포진의 진단은 특징적인 통증과 피부병변으로 인해 어렵지 않다. 그러나 의심은 가더라도 수포성 홍반이 안 보이면 자신 있게 진단을 내릴 수 없는 고충이 있다. 대상포진이 진단되면 노인의 경우에는 고혈압, 당뇨병, 심장질환, 간질환 등 동반된 질환이 없나 확인해야 한다. 이 병들은 대상포진의 치료와 경과에 영향을 미치므로 자세한 문진이 필요하다. 이 병은 고령, 악성 종양, 항암치료 중이거나 장기 이식 혹은 AIDS 등 면역력이 떨어진 상태에서 자주 발생하므로 주의를 요한다.

최근 우리나라는 40대 이하 젊은층의 대상포진 발병률이 계속 증가하는 추세다. 건강보험공단에 따르면 40대 이하 환자 수는 2007년 11만2,304명에서 지난해 6월 13만4,594명으로 늘어난 것으로 밝혀졌다. 왜 노인성 질환인 대상포진에 걸리는 젊은이들이 점점 늘어나는 걸까?

젊은이들에게 대상포진이 생기는 원인은 면역력 약화와 스트레스로 인한 것이 대부분이다. 야근 등 과도한 업무와 학업 등으로 스트레스를 받는 젊은이들의 환경이 문제가 된다. 불규칙적인 생활 패턴이 면역력 저하로 이어지면서 대상포진이 발생하는 빈도가 높아진 것이다. 밤에 잠을 충분히 자지 못할 때 분비되는 스테로이드 호르몬은 면역력 저하의 중요한 원인이므로 충분한 수면과 휴식이 중요하다.

치료는 비교적 간단하다. 급성기에 항바이러스제를 일주일간 경구나 정맥주사로 투여한다. 다른 무엇보다 소염진통제로 극심한 통증을 완화시키는 게 중요하다. 심한 경우 입원시키고 마약성 진통제를 투여하기도 한다. 환자의 충분한 휴식과 정신적인 안정이 치료에 도움이 된다. 심한 통증은 수면장애와 우울증을 일으킬 수 있으며 대상포진 후 신경통 발생의 중요한 원인이 된다.

피부 발진이 완전히 나은 후에도 대상포진의 후유증으로 나타나는 '포진 후 신경통'은 시도 때도 없이 환자를 은근히 괴롭힌다. 노령 환자의 경우 30~50%에서 나타나며 젊은이의 경우도 7~9% 발생한다. 빠른 진단과 치료가 포진 후 신경통을 예방할 수 있다.

대상포진의 예방은 평소 건강 관리가 가장 중요하다. 규칙적인 식사와 꾸준한 운동, 충분한 수면으로 몸과 마음을 안정 상태로 유지하는 것이 중요하다. 과음과 흡연도 자제해야 한다. 대상포진은 감기처럼 피곤한 몸이 한계치를 넘었을 때 누구에게나 발생할 수 있다. 자신의 몸에 무리가 가지 않는 생활 리듬을 유지하려는 노력이 필요하다.

엠에스디(MSD)제약에서 조스타박스(Zostavax)라는 대상포진 예방주사를 출시했다. 이 백신은 임상 시험 결과 백신의 유효성이 입증되었으므로 노년층이나 면역력이 약화되어 있는 경우에는 접종을 권하는 게 좋겠다. 이미 대상포진을 앓은 경우에도 재접종이 재발 방지에 효과가 있으므로 고려할 만하다. 예방에 실패하는 경우(20~40% 정도)가 꽤 있으므로 주의를 요한다.

나에게 찾아왔던 그 환자는 치료를 받고 경과가 아주 좋았다. 그러나 몇 달 사이 체중 감소와 메스꺼운 증상을 보였으므로 검사를 권유했다. 내시경 상으로 2센티미터의 궤양이 있었고 조직 검사상 암으로 판정되었다. 무거운 마음으로 환자에게 검사 결과를 설명했더니 서럽게 울어서 난감했다. 그토록 완고하고 고압적이며 밖으로만 돌던 공무원 출신의 남편이 아들 결혼 후 달라졌단다. 그 동안 가정과 부인에게 무심했다고 미안해하며 앞으로는 취미 생활도 하고 여행도 다니면서 재미있게 살자고 했다. 마음고생이 심했는데 참으로 오랜 만에 찾은 평화에 사춘기 소녀처럼 가슴이 설레며 행복했단다. 그런데 이 무슨 날벼락인가? 현대 의술로 별로 문제가 없을 거라며 앞으로의 검사 과정과 수술 경과를 자세히 설명하였다. 다행이 전이도 없었고 암세포도 위에만 한정돼 있어 완치 판정을 받았다. 얼마 후 남편과 같이 인사차 병원에 들렀는데 다시 태어난 기분으로 열심히 살겠다고 다짐했다.

우리의 아픔과 고통이 어찌 육체적인 것뿐이랴. 살다보면 가슴이 막막한 사랑과 배신의 아픔도 있고, 뼈저린 이별의 고통도 있다. 실패와 좌절로 벽에 부딪친 순간도 있을 것이다. 그러나 이러한 아픔을 통하여 또는 고통을 넘어서 삶이 더욱 성숙해지고 그 폭이 넉넉해지지 않겠는가? 그런 아픔도 지나면 아름다운 추억으로 남게 된다. 육체적인 고통의 경우에는 검사를 통하여 저변의 다른 원인을 발견할 수도 있을 것이다. 아픔과 고통을 통하여 평상시의 고통 없는 삶에 대해 감사하는 마음도 생길 것이다.

사람은 살아가는 동안 여러 가지 아픔을 겪는다. 생각해보면 삶 자체가 아픔의 연속일 수도 있겠다. 아픔이 너무 커서 삶의 의욕도 잃어버릴 수 있겠다. 그러나 이 모든 아픔도 순간이라 생각하면 시간이 흐르면서 치유케 된다. 이런 과정을 거치면서 우리의 삶이 뿌리 깊은 나무처럼 굳건해지고 도도히 흐르는 강물처럼 여유로워질 수도 있지 않을까.

# 안젤리나 졸리,
# 그 용기 있는 결단

미국의 여배우 안젤리나 졸리는 지난 5월 14일 뉴욕타임스에 실린「나의 의학적 선택」이라는 제목의 기고문에서 양쪽 유방 절제 및 인공 유방 재건 수술을 포함하는 3개월간의 치료를 모두 마쳤다고 밝혔다. 유방암 예방을 위해 유방 절제를 하는 쉽지 않은 선택을 하였는데, 비슷한 문제를 갖고 있는 다른 여성들에게 도움이 되고자 이 사실을 밝힌다고 전했다. 졸리는 자신이 유방암에 걸릴 확률이 87%이고, 난소암에 걸릴 확률이 50%라는 설명을 의사에게서 들었다고 한다. 그녀는 자신의 상황을 직시하고 적극적으로 대처하겠다고 결심했다고 한다. 무엇보다 암으로 고통 받는 모습을 자녀에게 보이고 싶지 않아 수술을 결심했다는 것이다. 졸리는 현대 의학의 발전으로 유방 재건술의 결과에 "아름답다"며 만족을 나타냈다. 유방 절제 후 유방암 발병 확률은 5%로 줄어들었다. 다음 단계로 졸리는 난소 절제술을 받을 예정이다.

졸리의 어머니인 배우 마르셀린 버트란드는 난소암에 걸려 10년 가까이 투병하다가 2007년 57세로 사망했다. 이모 또한 유방암으로 사망했다. 졸리의 유방 절제를 계기로 유방암(특히 유전적 유방암)에 대한 일반인의 관심이 높아졌다. 유전적인 원인으로 발생하는 경우는 전체의 5~10%이며, 이들 중 70~85%가 돌연변이 유전자인 BRCA(Breast Cancer)1과 BRCA2에 의해 발생하는 것으로 알려져 있다. 유전성 유방암은 비유전적 원인에 의한 유방암에 비하여 비교적 젊은 나이에 발생할 뿐 아니라, 양쪽 유방에 암이 발생하는 양측성 혹은 다발성인 경우가 많다. 이들 돌연변이 유전자는 유전성 유방암 이외에 유전성 난소암, 전립선암, 췌장암 등 다른 암의 원인이 되기도 한다.

유전성 유방암은 상염색체 우성으로 유전되기 때문에 환자의 자녀는 50%의 확률로 질환의 원인이 되는 돌연변이를 갖게 된다. 가족력이 있는 경우뿐만 아니라 50세 이전에 유방암이 생기거나, 유방암과 난소암이 함께 있는 경우, 양쪽 유방에 암이 발생하는 양측성 유방암이 있거나, 남성 유방암이 발병하는 경우 등이 유전적인 요인으로 의심되는 경우이다. 유전자 검사를 통하여 돌연변이가 발견된 사람들에게는 정기적으로 추적 관찰하여 암을 조기 진단할 수 있고, 타목시펜(tamoxifen)

등의 예방적 치료를 적용할 수 있다. 안젤리나 졸리의 경우처럼 예방적 유방 절제술이나 난소 절제술을 시행하기도 한다. 유방암은 우리나라에서 연간 1만6천 명이 새로 진단되고 있고, 이 중 유전성 유방암은 1천 명 정도로 전체 유방암 환자의 약 7%에 해당한다.

'졸리의 용기 있는 결단'에 대해 국내외적으로 찬사가 쏟아졌다. 졸리의 유방 절제는 우리들에게 두 가지 점에서 강한 인상을 남겼다. 졸리의 가슴은 남성들에게 섹스어필하는 매혹적인 가슴의 대명사였는데, 이런 아름다운 가슴을 자신의 마음의 평화와 건강을 위해 제거함으로써 신선한 충격을 던졌다는 것이다. 강한 반향을 일으킨 또 다른 이유는 여성들로 하여금 유전적인 유방암의 공포에서 벗어나는 새로운 방법을 제시했다는 점이다. 의학계 일부에서도 유전자 검사를 통해 돌연변이 위험 유전자를 발견할 경우 선제적 수술로 암을 예방할 수 있다는 등 졸리의 수술에 대한 옹호 발언도 나온다.

그렇지만 우리는 다른 관점에서 이 문제를 들여다볼 필요가 있다. 유전자 돌연변이가 발견되어 유전적 유방암의 발병 가능성이 높다고 하더라도 아직 발병하지도 않은 병의 예방을 위해 멀쩡한 신체 부위를 미리 제거할 필요가 있을까? 이런 경우 일반적으로 유방암 자가 검진과 더불어 6개월 내지 1년마다 전문의 진료와 검사를 받는 것이 합리적인 접근 방법일 것이다. 만일 유방 절제술을 받았을 경우 여성적인 이미지 상실에서 오는 정서적 문제도 심각하게 고려해야 하고 비용 문제도 고려해야 한다. 뿐만 아니라 난소암의 경우 난소를 영구적으로 제거하게

되면 조기 폐경 및 폐경 후 증후군, 골다공증 등을 유발할 수 있다는 문제가 여전히 숙제로 남는다. 수술로 인한 부작용이 생길 수도 있다. 현재까지 예방적 유방 절제술은 유방암 발생 빈도를 낮출 뿐, 유방암으로 인한 사망률까지 낮추지는 않았다는 연구보고가 있다.

안젤리나 졸리의 경우 어머니와 이모가 난소암과 유방암에 걸려 비교적 젊은 나이에 사망했으며, 어머니의 오랜 투병 생활에서 받은 충격과 공포가 얼마나 컸을지는 짐작이 된다. 그 외 졸리가 예방적 수술을 택한 세세한 이유를 알 수는 없다. 그러나 유방암에 대한 공포에서 벗어나기 위해 수술을 택한다는 단순한 선택은 일반적인 지지를 받기는 어렵다. 공포를 벗어나는 대가가 만만찮기 때문이다. 더욱이 문제는 예방적 수술로 유방을 절제하고 난소를 들어낸다고 해도 유방암에서 완전히 해방될 수도 없다. 여전히 5%의 가능성이 남아 있기 때문이다. 또한 우리가 모든 암에서 해방될 수 있는 것이 아니다.

현대의 우리들은 암의 공포와 맞서며 살 수밖에 없고 혹은 암을 안고 살아야 하는 경우도 드물지 않게 주변에서 발견한다. 교통사고의 위험 때문에 자가운전을 포기하고 다른 교통수단을 이용하더라도 사고의 위험에서 완전히 자유로울 수는 없다. 우리는 현대 의술을 적극 활용하여 암을 통제하는 도움은 얻었지만, 암의 공포를 다스려 나가는 것은 여전히 우리의 몫으로 남는다. 시인들은 흔히 "죽은 자들이 누리는 고요함"을 노래하고 있다. 암에서 해방되었다는 궁극적인 평안은 무덤에서나 가능하지 않을까? 유방암에 대한 과도한 공포나 부정확한 정보가 수술 열풍으로 이어져서는 곤란하다.

# 운동과 건강의 명암

어느 부부가 폐렴 예방주사를 맞으러 내원했다가 운동에 대해 질문했다. 남편은 일 년 365일 쉬지 않고 운동한다고 은근히 자랑스럽게 이야기한다. 두 시간이나 하는데 한 시간은 러닝머신을, 한 시간은 근력운동을 한단다. 땀을 뻘뻘 흘려야 운동을 한 것 같아 그렇게 실천하고 있단다. 일주일에 한 번 골프도 친다 한다. 그는 성공한 중소기업의 CEO로 부지런하고 적극적인 성격이다. 운동을 많이 한다고 몸에 꼭 좋은 것만은 아니지 않느냐고 부인은 반문한다. 사업하랴, 운동하랴, 가족들과 시간을 보내지 않는 데 대한 불만이 그 말에 묻어 있다.

현대 사회는 산업이 발달됨에 따라 생활이 자동화되고 기계화되면서 신체 활동이 점차 줄어들고 있다. 특히 교통수단 발달이 운동 부족의 중요 원인으로 인정되면서 운동의 필요성이 절실히 요구된다. 인체는 활동이 부족하면 체력이 떨어지고 신체기관의 기능도 저하된다. 기능 저하는 노화의 진행을 앞당길 뿐 아니라 성인병 등 각종 질병의 직접적인 원인이 된다. 운동은 근육을 발달시키므로 체력과 지구력을 향상시킨다. 심장의 수축력을 강화시켜 심박출량(深博出量)을 늘리면서 전신에 원활하게 혈액을 공급한다. 면역세포의 수를 증가시키므로 면역기능을 향상시킨다. 또한 운동은 심리적인 면에서 스트레스를 감소시키며 편안한 기분을 갖게 하여 긍정적인 사고와 자신감을 갖게 한다.

그러나 '과하면 부족함만 못하다'는 옛 말이 있다. 이 말은 운동에도 어김없이 해당된다. 일 년을 하루같이 2시간 이상씩 무릎굽혀펴기와 조깅을 하던 한 친척 아저씨는 환갑 나이가 될 즈음 벌써 무릎 연골이 심하게 마모되어 인공관절 수술을 받지 않을 수 없었고 조깅도 더 이상 할 수 없었다.

그런데 우리가 간과하기 쉬운 사실은 운동도 중독 현상이 있고 다른 중독처럼 다양한 부정적인 영향을 초래한다는 것이다. 달리기의 경우를 예로 들면 30분 이상 하면 '최고의 행복감'에 젖게 되는데, 이를 '러너스 하이(Runner's High)'라고 한다. 이는 마약을 하는 사람에게서 나타나는 유사한 의식 상태나 행복감에 비유되며 원인은 운동할 때 뇌에서 분비되는 엔도르핀 효과이다. 엔도르핀(Endorphin, Endogeneous Morphine)은 내인

성 모르핀이라는 뜻으로, 뇌하수체에서 생성되며 마약과 화학 구조가 유사하다. 뇌의 신경전달물질로 고통을 완화하는 강력한 진통 작용을 한다. 운동을 열심히 하는 사람들은 운동 중 또는 운동 후에 성취감을 느끼며 기분이 좋아진다. 지나치게 이러한 감정에 탐닉하는 현상을 운동중독이라고 할 수 있다. 운동에 중독되면 운동을 하지 않으면 불안하고 초조해지면서 심하면 금단현상이 나타나기도 한다. 운동중독증 환자는 운동이 생활의 가장 중요한 부분이 되며 하루 일정을 운동 중심으로 짜게 된다. 운동에 집착하므로 당연히 가족을 소홀히 하며 친구 만날 시간을 내기도 어렵다. 자기 조절 능력에도 문제가 생기고 직장 생활도 지장을 받게 된다. 이렇게 운동중독은 신체뿐 아니라 정신적으로도 부정적 영향을 미친다.

얼마 전에 뜻밖의 부음을 전해 들었다. 고교 교사인 후배가 심근경색으로 병원에 입원했는데, 손쓸 여지도 없이 이틀 만에 사망했단다. 그는 운동을 좋아해서 매일 1시간 근력운동, 1시간 조깅을 하며 땀을 뻘뻘 흘린 후 수영을 했다. 주말에는 4~6시간 걸리는 산행을 하고 시간이 나는 대로 사이클을 탔다. 방학을 이용해서 철인 3종 경기(트라이애슬론)에 출전을 위해 맹훈련을 했다. 철인 3종 경기는 마라톤, 사이클, 수영을 연속적으로 하는 초인적인 인내와 훈련을 요하는 올림픽 종목이다. 주위에서는 환갑을 코앞에 둔 사람이 뭐하는 일이냐고 걱정하고 핀잔을 주지만 아랑곳하지 않았다. 운동이 정말 좋아서 그런다고 웃으며 받아넘기곤 했다. 이 후배는 운동중독으로 자기 몸을 혹사하고 있었던 것은 아닐까?

자신의 체력 수준에 맞는 운동을 선택하는 것이 중요하며, 운동을 할 때 체력과 컨디션 상태에 따라 운동량과 강도를 조절하여 몸에 무리가 가지 않도록 해야 한다. 지나치게 경쟁적인 스포츠보다는 자신이 좋아하고 즐기는 운동을 하는 것이 건강한 몸을 유지하는 데 효과적이다. 또한 건강한 운동습관을 기르기 위해서는 종목에 다양하게 변화를 주고 적정 수준의 운동량을 유지할 필요가 있다. 하루 운동시간은 대략 300kcal 정도를 소모할 정도면 좋다고 한다. 30분에서 40분 정도로 5분 정도의 워밍업을 하고 30분 동안 본격적인 운동을 한 후 5분 정도의 마무리 시간을 갖는 게 좋다. 주당 4~5회 정도 하는 것이 지속적인 체력 향상에 도움을 준다. 주 5회 이상 할 경우에는 체중부담을 안고 하는 운동(걷기, 달리기, 웨이트트레이닝)과 체중부담 없이 하는 운동(수영, 자전거 타기)을 교대로 하는 게 바람직하다.

나의 가까운 가족 중 운동을 열심히 하는 연로한 분이 계셨다. 80대 중반을 넘기도록 철봉에서 턱걸이와 오래 매달리기를 즐겨하셨다. 이 분은 두 무릎에 인공관절을 하신 탓에 걷기를 두려워하셨는데 제자리에서 하는 철봉이나 팔굽혀펴기 등 근력운동은 고령자답지 않게 잘하셨다. 그러나 자녀들은 다른 어떤 근력운동보다 다리 근육의 약화를 방지하고 지연시키는 것이 시급하다고 간곡하게 말씀드렸다. 그러나 본인은 자신이 운동을 열심히 하고 있으니 문제가 없다는 확신을 갖고 계셨다. 그런데 아흔을 넘기신 후 어떤 시점부터 갑자기 걸을 수 없게 되면서 휠체어를 타야 하는 신세가 되었다. 휠체어를 타는 상황에서 지금까지 즐겨하신 상체 중심의 근력 운동은 아무런 쓸모가 없었다. 더 이상 근력운동도 가능하지 않았다. 1년 남짓 휠체어 신세를 지다가 결국 돌아가셨다. 홀로 남은 어머니에게 자녀들은 매번 강조하여 말씀을 드린다. "다른 근력운동 모두 필요 없습니다. 오로지 많이 걸으셔야 합니다!" 이 경우는 연령에 따라 적절한 운동을 택하여야 한다는 한 웅변적인 실례이다.

건강을 위해 운동을 열심히 규칙적으로 하는 건 정말 중요하다. 운동을 하면 체력도 좋아지고 신체 기능도 향상된다. 더불어 기분도 상쾌해지고 삶에 활력을 준다. 운동은 건강한 육체와 정신의 유지에 꼭 필요한 요소임에 틀림없다. 그러나 건강과 여가를 즐기기 위해 시작된 운동이 생활에 부정적인 영향을 미치고 '삶, 그 자체'가 되는 것은 바람직하지 않다. 가족들과 즐거운 시간을 공유하고 친구, 동료들과 대화를 나누는 것도 의미 있는 일이다. 책을 읽고 아름다운 음악에 심취하며 다른 세계로 여행을 떠나는 즐거움 또한 건강한 육체와 정신을 유지하기 위한 한 요소가 아닐까? 운동은 삶의 일부이지 전부는 아닐 것이다.

# 아름다운 죽음 '안락사'

환자 중에 잔병치레를 많이 하는 분이 있다. 계절마다 감기로 골골하고 자주 기운이 없고 어지럽다고 호소한다. 그래도 항상 미소를 잃지 않는 조신한 분으로 내가 늘 좋아하는 분이다. 기운이 아주 없을 때는 공직을 은퇴한 남편이 동행하는데 몸이 약한 부인을 늘 걱정하곤 했다. 그러던 어느 날 남편이 운전 중 가벼운 교통사고를 일으켰는데 혼수상태로 응급실로 이송됐다. 운전 중 뇌경색을 일으키고 이로 인해 의식이 희미해지면서 사고가 발생했다고 진단이 났다. 중환자실로 옮겨지고 인공호흡기가 연결됐다. 다시는 의식을 회복하지 못했고 뇌사(腦死) 상태라는 진단이다. 이 상태가 3년 계속되면서 부인은 미소를 잃어 갔다. 희망이 없는 환자를 지켜보아야 하는 괴로움은 겪어보지 않으면 모른다고도 했다. 가족들은 지쳐가고 당연히 경제적인 압박도 갈수록 커졌다. 긴히 의논할 일이 있다며 어렵사리 안락사(安樂死, euthanasia)에 대한 상담을 원했다.

고대에 안락사란 말은 심한 고통이 없는 '편안한 죽음'을 뜻한다. 안락사는 죽음에 임박한 불치의 환자를 고통으로부터 해방시켜 안락하게 죽게 하는 것이다. 불치병이나 외상 등으로 극심한 고통을 겪는 환자 본인 또는 그 가족의 요청에 따라 고통을 덜어주기 위하여 인위적으로 죽음을 앞당기거나 생명 유지에 필수적인 영양 공급이나 약물 투여 등을 중단함으로써 생명을 단축하는 행위를 일컫는다. 요즈음은 고통은 없지만 뇌사자도 이에 해당한다. 안락사에는 죽음의 시기를 앞당기지 않는 '소극적 안락사'와 인위적으로 죽음의 시기를 앞당기는 '적극적 안락사'가 있다.

소극적 안락사는 존엄사(尊嚴死)와 동일시되기도 한다. 존엄사는 회복의 가망이 없는 병자에게 무익한 연명 조치를 계속하는 것을 멈추고, 자연스러운 죽음을 맞이하게 하는 행위로, 생명 연장을 위한 인공호흡기 등의 적극적인 의료행위를 하지 않는다는 점은 앞에서 언급한 소극적 안락사와 유사한 개념이다

안락사가 많은 사람의 관심을 끌면서 종교·도덕·법률 등의 입장에서 논쟁거리가 되어왔다. 구미에서 안락사에 대한 시비는 자살 문제와 마찬가지로 기독교와 밀접한 관계가 있다. 중세 기독교 사회에서는 생명

은 신으로부터 받은 것이므로 자살이든 안락사든 인간의 생명을 빼앗는 것은 신의 뜻에 어긋나는 죄라는 관념을 전제로 안락사도 살인의 일종으로 처벌의 대상이 되었었다. 르네상스 시대에 들어서면서 본인의 의사에 의한 안락사는 인정할 수 있다는 설이 대두하기 시작했다. 이와 같은 안락사 긍정론은 토마스 모어의 『유토피아』(1516년)와 프란시스 베이컨의 『노움 오르가눔』(1620년)에 서술되어 있다.

1975년에 미국에서 일어난 '카렌 퀸란(Karen Quinlan) 사건'은 안락사 문제에 대해 비상한 사회적인 반향을 일으켰을 뿐 아니라 이에 대한 의학과 윤리, 법적인 논쟁을 야기시켰다. 1975년 4월, 활동적이고 자유분방한 24세의 카렌은 친구 생일 파티에서 술을 몇 잔 마신 후 현기증을 호소하면서 의식을 잃고 혼수상태에 빠져 응급실로 이송되었다. 의식을 찾지 못한 상태에서 중환자실로 옮겨지고 인공호흡기를 달았다. 카렌의 가방에서 신경안정제인 바륨이 발견되었고 바륨을 먹은 후 술을 마심으로 인해 바륨과 알코올의 상승작용으로 호흡이 억제되어 무산소증이 오고 뇌 손상을 가져온 것으로 생각되었다. 시간이 지나면서 의료진은 회복 가능성이 없다고 결론지었다. 카렌의 부모와 상담을 한 신부는 소생의 가능성이 없는 환자에 비통상적 치료를 하면서 생명을 연장시켜야 할 윤리적인 의무가 없다는 신학적인 해석을 내렸다. 카렌의 부모는 주치의에게 생명 연장 기구의 제거를 요청했다. 그러나 부모가 추후에 그 의사를 번복해 의료 소송에 연루될 것을 염려한 주치의는 그 요청을 거부했다.

카렌의 부모는 법원에 이 문제를 호소했다. 하급 법원에서는 첫째 카렌의 의사가 서면으로 작성되어 있지 않아 본인의 의사를 알 수 없다는 이유, 둘째로 '죽을 권리'는 헌법에 규정되어 있지 않다는 이유로 기각됐다. 그러나 상급 법원인 뉴저지 최고 법원에서는 카렌 부모의 손을 들어주었다. 미국법이 주장하는 '프라이버시권'은 환자가 의사 결정 능력이 없는 경우 환자의 가족이 환자에게서 생명 유지 수단을 제거하므로 환자의 품위 있는 죽음을 허용할 수 있다고 판시했다. 1976년 1월, 인공호흡기를 제거한 후에도 카렌은 예상을 깨고 8년을 더 살고 감염의 합병증으로 사망했다.

하지만 미국법도 적극적인 안락사를 주장한 '죽음의 의사' 케보키언에 대해서는 중형을 선고해 반대 입장을 명백히 했다. 잭 케보키언(1928~2011년)은 미국의 병리학자이자 교육자, 의사, 사상가다. 그는 1980년대부터 '죽을 권리'를 주장하여 유명해졌으며, 주장에 그치지 않고 실제 말기 환자들을 선별하여 안락사를 도움으로써 미국 내에 비상한 사회적인 관심과 충격을 준 인물이다. 1990년대에는 루게릭병을 앓고 있는 52세 남자 환자에게 독극물을 주입, 안락사시키면서 전 과정을 비디오로 녹화한 뒤 미국 CBS 방송의 시사프로그램 〈60분〉을 통해 공개하였다. 안락사 과정이 상세하게 방송되자 미국 사회에는 큰 논란이 일었다. 소극적 안락사와 적극적 안락사의 처벌 여부를 논의 대상으로 하여 케보키언의 행위가 법적으로 처벌 가능한 것인지에 대하여 사회적 관심이 모아졌다. 10년간 130여 명의 안락사를 도왔던 케보키언은 재판정에서 2급 살인죄의 명목으로 중형을 받고 수감되었다가 가석방되었다. 그의 안락사 시술을 놓고 미국 내에서는 찬반 여론이 나뉘어 논쟁이 계속되었다.

1994년 6월 네덜란드에서는 정신과 의사가 심한 우울증으로 시달리던 한 여인에게 치사량의 수면제를 주어 자살을 방조한 혐의로 기소되었고 대법원에서 의사에게 유죄가 인정되나 형은 선고하지 않은 예가 있다. 이는 한계상황에 이른 정신병 환자에게도 '죽을 권리'에 관한 법률을 적용할 수 있다는 판례로 남게 되어 안락사를 육체적 고통에서 정신적 고통에까지 확대한 예라 할 수 있다. 그 후 네덜란드와 벨기에는 '조건부 안락사'를 허용하고 있다. 그러나 미국·영국·일본 등에서는 법적으로 허용하지는 않지만 묵인하는 상태다.

우리나라에서 2008년 2월에 발생한 소위 '세브란스 병원 김 할머니 사건'은 안락사에 대한 사람들의 관심을 일으켰고 우리나라 최초로 존엄사에 대한 찬반논쟁을 불러왔다. 김 할머니는 폐암을 의심하여 조직검사를 시행하던 중 출혈로 뇌손상을 입어 뇌사 상태가 되었다. 이 상태가 3개월 지속되자 가족들은 법원에 '무의미한 연명 치료 중지' 가처분 신청과 '존엄사 관련법이 없는 것은 헌법 위배'라는 헌법 소원을 제기했다. 일 년이 넘는 법적 공방 끝에 2009년 5월 대법원 전원 합의로 가족의 손을 들어주었다. 법원의 명령으로 인공호흡기는 제거되었지만 놀랍게도 할머니는 자발적인 호흡으로 200일이나 생명의 끈을 이어갔다. 이에 가족들은 애초에 호흡기가 필요 없지 않았느냐는 과잉치료

가능성을 제기하기도 했다. 병원 측은 호흡기 유무는 생명 유지에 많은 영향을 미치며 호흡기가 있었다면 폐부종 등도 생기지 않았을 뿐 아니라 더 오래 사셨을 거라고 설명했다.

사람들이 자신의 여생을 고통스럽더라도 견디면서 삶을 유지하는 게 좋을지, 무의미한 연명치료를 거부하면서 품위 있게 삶을 마감하는 것이 좋을지는 개인이 깊게 고민하여 선택할 문제이다. '사전의료의향서'를 미리 작성해 놓는 것도 좋은 대안이 될 수 있을 것이다. 사전의료의향서는 건강할 때 미리 자신의 죽음이 임박했을 때를 가정하고 치료 지침에 대한 명확한 의사 표시를 해놓는 것이다.

우리 의사들은 교황청의 '안락사에 관한 선언'에 쓰인 권고를 유의할 필요가 있겠다.

"의료 분야에 종사하는 사람들은 반드시 병자와 임종자에게 유효한 모든 기술을 강구해야 한다. 동시에 그들은 병자와 임종자에게 끝없는 친절과 정성어린 사랑의 위안을 주는 일이 얼마나 절실하게 필요한가를 기억해야만 한다."

교황청의 이 교시가 과연 안락사를 어느 정도 염두에 두고 나온 것인지 알 수 없다. 그러나 한없이 발달해가는 '유효한 의술'로 임종을 앞둔 사람의 고통을 한없이 늘려가고 혹은 뇌사 상태를 무한정 연장시켜도 좋은가? 이러한 임종자에 대한 친절과 사랑, 위안의 한계는 어디까지일까? 우리는 여전히 고민하지 않을 수 없다.

천상병 시인은 「귀천」에서 이렇게 노래한다.

나 하늘로 돌아가리라
새벽빛 와 닿으면 스러지는
이슬 더불어 손에 손을 잡고

나 하늘로 돌아가리라
노을빛 함께 단둘이서
기슭에서 놀다가 구름 손짓하면은

나 하늘로 돌아가리라
아름다운 이 세상 소풍 끝내는 날
가서 아름다웠더라고 말하리라

시인이 노래하는 것처럼 이렇게 아름다운 죽음을 맞을 수는 없을까?

# 반갑지 않은 손님

우리 옛 말에 '오뉴월 손님은 호랑이보다 무섭다'는 말이 있다. 무더운 날씨에 먹거리도 귀한 계절에 오는 손님은 당연히 부담스럽다. 길고 긴 밤, 한겨울마다 찾아오는 손님은 어떨까? 독감(毒感)은 겨울에 어김없이 찾아오는 반갑지 않은 손님이다.

독감을 독한 감기로 여기는 사람이 있지만 독감은 감기와 전혀 다른 병이다. 감기는 라이노바이러스, 아데노바이러스 등 수십여 종의 바이러스에 의한 코, 목 또는 기관지 등의 감염을 말한다. 주로 재채기나 콧물, 목의 통증, 기침, 미열 등의 증상이 나타난다. 평균적으로 어

른은 1년에 2~4번, 어린이는 6~8번 감기에 걸린다. 감기는 가벼운 증상으로 쉽게 낫는 심각하지 않은 병이다. 그러나 독감은 다르다. 독감은 인플루엔자바이러스가 원인균이므로 유행성 인플루엔자(Influenza) 또는 플루라고 구별하여 부른다. 독감에 걸리면 입맛이 떨어지면서 몸이 피곤해지고 기운이 떨어질 뿐 아니라 뼈골이 쑤시면서 눈과 목의 통증이 심해진다. 독감은 이렇게 고열, 오한, 두통, 근육통 등의 전신증상이 먼저 급격하게 나타난다. 이 단계가 지나가면서 콧물, 기침, 목의 통증 등의 호흡기 증상이 두드러진다.

나도 겨울 한철을 넘기면서 한두 번 감기를 앓곤 해왔다. 하룻저녁에 재채기만 두어 번 해도 남편이 걱정스러운 표정으로 "감기 든 거야?" 묻곤 한다. 독감에 걸려 본인은 쉬지도 못하면서 감기 환자들을 고친다고 병원에 나가는 아내가 안쓰럽단다. 지난 설 명절을 앞두고 내가 기침을 하니 남편이 난감한 표정을 짓는다. 이번에는 설 연휴 동안 일본 하코네 여행을 앞두고 있는데 독감 경보가 울린 셈이다. 다행히 하코네 온천에서 오래간만의 느긋한 휴식을 가지고 보니 독감도 감기도 다 날아간 듯 몸이 가뿐해졌다.

그러다가 돌아오는 날 도쿄의 긴자 거리를 걷고 싶어졌다. 얼마 전 도시의 아름다운 건물을 다룬 TV 영상에서 긴자의 개성 있는 건물들을 본 적이 있다. 마침 박경란의 수필 「백화점」을 흥미 있게 읽었던 터에, 마츠야 백화점이며 미츠고시 백화점들의 모습들이 나의 호기심을 자극했나 보다. 서둘러 하코네를 뒤로 하고 이름도 지극히 낭만적인 '로

망스' 특급 기차를 탔다. 일본 사람들은 특별하지도 않은 길과 기차에 환상적인 이름을 붙이곤 한다. 신주쿠 역에 내려 코인 로커에 여행 가방을 맡겼다. 긴자 역 출구를 나와 마침 주말이라 차 없는 거리가 된 긴자의 대로를 걸었다. 큰길의 좌우를 완전히 명품관으로 도배한 듯한 도쿄의 심장부를 활개치며 다녔다. 내가 특별히 관심을 가졌던 세계적인 진주 브랜드 미키모토 건물은 마치 구멍이 숭숭 뚫린 스위스 치즈를 길게 잘라 올려놓은 것 같다. 연한 핑크색의 건물에 삼각형, 사각형, 오각형 그리고 타원형의 유리창을 낸 것이다. 처음에는 건물이 재미있고 가볍게 느껴졌는데 음미해 볼수록 건물에서 정갈하다고 할까 맑고 투명한 기분을 느낄 수 있었다.

좀 더 시간을 보내고 싶었는데 남편이 또 감기 걱정을 하며 채근을 했다. 머플러를 단단히 두르고 외투 앞섶도 야무지게 여몄는데도 몸이 으스스해지기 시작했다. 도쿄 지하철에서 미열이 나면서 두통이 오기 시작했다. 하네다 공항의 라운지 조용한 쪽에서 커피를 마시고 약을 먹었다. 비행기 안에서 온 몸이 물 먹은 솜인 듯 나른해지면서 그야말로 심하게 얻어맞은 듯 아프기 시작했다. 지난 석 달 동안 얼마나 많은 독감 환자를 치료했던가! 평소에 예방주사 맞기에 소홀한 나도 다행스럽게도 이번에는 간호사의 강권으로 독감 예방주사를 제대로 맞았으니 독감일 리는 없겠지. 방역 열감지 카메라에 걸리면 골치 아프니까 비행기에서 내리기 전에 약도 챙겨 먹었다. 미키모토 건물에서 맑은 기운을 받아서 그런지 집에서 잘 자고 나니 한결 몸이 가벼워졌다. 합병증을 유발할 수 있는 기침으로 발전하지 않아 다행스러웠다.

독감에 걸리면 잘 쉬고 잘 먹으면서 충분한 휴식을 취해야 한다. 비타민C가 감기 예방에 효과가 있으니 과일을 충분히 먹는 게 좋다. 동시에 따뜻한 물이나 주스도 충분히 마셔서 기관지 점막을 부드럽게 해주고 탈수현상이 나타나지 않도록 한다. 흡연과 음주는 피해야 하며 사람들이 많이 모이는 장소는 피하는 게 좋다. 따뜻한 소금물로 자주 양치질을 해주면 목의 통증에 도움이 된다. 두통이 심하거나 고열, 근육통이 있는 경우 해열 진통제 등으로 도움을 받을 수 있다. 하지만 고열이 3~4일 이상 계속되고 숨이 차거나 가슴 등이 아픈 경우 또는 영유아 혹은 노인이거나 만성 질환을 가지고 있는 환자들의 경우엔 반드시 적절한 검사와 치료가 필요하다.

독감 진단이 나오면 항바이러스제를 처방하면 도움이 된다. 항생제는 바이러스를 죽이지 못하므로 소용이 없다. 그러나 중이염이나 부비동염 같은 합병증이 생겼다면 항생제를 써야 한다. 호흡기 합병증인 폐렴은 건강에 중대한 위협이 되므로 병원에 입원하여 적극적인 치료를 받아야 한다. 만성 폐질환 환자, 심장병 환자, 고령자의 경우 고위험군으로 합병증이 많이 발생한다.

최근 독감 치료제가 개발되기는 하였으나 바이러스균을 박멸하는 특효약은 없다. 독감에 걸리지 않도록 예방하는 것이 최선의 방법이다. 감기는 바이러스 종류가 많아 예방백신이 없으나 그해 유행하는 특정 바이러스가 알려진 독감은 예방주사로 70~90% 예방이 가능하다. 현재 세계적으로 유행하고 있는 독감 바이러스는 A형의 H1N1타입(일명 소련형), A형의 H3N2타입(일명 홍콩형), B형 등 세 종류이며 최근에 만들어지는 백신은 이 세 종류의 바이러스를 기반으로 만든 혼합형 백신이다. 그러므로 독감 예방접종은 꼭 맞아두어야 한다. 독감 예방접종은 맞은지 2주 뒤부터 효과가 나는데 대개 독감은 11월부터 유행하므로 10월 말까지는 맞는 것이 좋다. 독감 예방주사의 효과는 1년이므로 올해 유행할 독감이 지난해 것과 똑같아도 해마다 다시 맞아야 한다. 특별히 65세 이상 노인이나 심장병 환자, 호흡기질환 환자, 당뇨 환자, 신장질환을 갖고 있는 사람, 항암치료를 받는 등 면역기능이 떨어진 사람은 반드시 독감 예방주사를 맞아야 한다.

현재 독감 백신은 높은 예방 효과를 보이고 있으나 매년 신종 바이러스가 출현하므로 백신을 전적으로 믿기보다는 평소 개인 위생에 신경을 써서 예방해야 한다. 먼저 독감이 유행할 때는 사람이 많이 모이는 장소는 피하고, 면역력이 떨어지지 않도록 과로와 스트레스를 줄이면서 충분한 휴식을 취하는 것이 좋다. 그러나 어디 독감 무섭다고 겨울 한철을 빈둥거리며 집에서만 지낼 수 있는가. 외출 후 돌아와서는 양치질을 하고 손을 잘 씻는 것만이라도 철저히 하자.

돌이킬 수 없는 일이라면 짜증을 부린들 무엇하며 성화를 내비친들 무엇하겠는가! 이왕 온 손님이니 오래 머물지 말고, 까탈스럽게 굴지 말기를 바랄 뿐이다. 마치 오래된 친구처럼 곰살맞게 대하면 미안해서라도 빨리 떠나지 않겠는가.

# 피할 수 없는 재앙

정우 할머니는 시간이 지날수록 남편의 치매로 힘들어 하신다. 정우 할아버지는 키도 크고 날씬한 편이다. 피부는 뽀얗고 머리도 항상 단정하게 빗고 다니고 늘 깨끗한 차림이다. 점잖은 성격이고 말수가 적은 편이라 간호사들도 좋아하는 어르신이다. 그런데 할아버지가 더욱 말이 없어지면서 가족들과 대화도 안 하고 신문도 안 보고 텔레비전도 관심이 없다. 이유 없이 안절부절못하면서 왔다 갔다 하더니 급기야 가출을 하셨다. 온 가족들이 파출소로 노인정으로 장충공원으로 찾아다닌다. 처음에는 가까운 곳에서 할아버지를 찾았는데 나중에는 수원 파출소에서 의정부 전철역에서 연락이 온다. 이 일이 계속되다 보니 가족들도 지쳐서 할아버지 인식 팔찌를 보고 누군가 연락해 오기를 기다린다.

늘 누군가 할아버지를 지켜보아야 했다. 그렇지 않으면 순식간에 사라져 거리를 목적 없이 배회하신다. 가족들이 지켜본다지만 전화도 받아야 하고 화장실에도 가야 한다. 눈만 깜짝하면 문을 열고 나가신다. 나중에는 현관문 안쪽에 큼지막한 자물쇠를 달았다. 혼자 계시게 할 수는 없어 할머니가 볼일이 있으면 모시고 다녀야 한다. 우리 병원에 오시면 인사를 해도 대꾸가 없다. 할머니 뒤를 마치 강아지처럼 졸졸 따라다니신다. 시장에 가서 물건 고르느라 잠시 한눈을 팔아도 안개처럼 사라지신다. 가장 곤란한 경우는 할머니가 화장실 가실 때다. 아기도 아닌데 남자 어른을 여자 화장실에 데리고 들어갈 수는 없지 않겠는가!

할머니도 고혈압 치료를 받고 있고 무릎의 퇴행성관절염으로 고생하신다. 죽고 싶다는 마음이 들 정도로 힘이 든다고 했다. 결국에는 할머니가 감당할 수 없어 가족들이 할아버지를 요양병원에 입원시켰다. 할아버지가 "여기는 냄새가 나서 싫다고 집에 가겠다"고 울고불고 난리란다. 내게 이 말을 전하는 할머니도 눈시울을 적신다. 1년 후에 할아버지는 돌아가셨고 이번에는 할머니가 치매 증상을 보였다. 같은 말이나 질문을 반복하고 쉽게 흥분하고 심한 우울증에 빠지셨다. 얼마 후에 가족들을 통해 할머니가 요양병원에 입원했다는 소식을 들었다.

알츠하이머병은 퇴행성 뇌 질환으로, 노화 과정 속에서 뇌 조직이 위축되므로 뇌 기능을 잃으면서 점차 정신 기능이 쇠퇴하는 병이다. 이

병의 특징은 기억력과 정서면에서 심각한 장애를 일으킨다는 것이다. 현대 의학에서는 뚜렷한 치료법이 없는 불치병으로 인식되고 있다. 알츠하이머병과 치매를 동일시하는 경우가 있으나 치매는 알츠하이머병에 의해서만 생기는 것이 아니라 고혈압, 당뇨병, 심장질환 등과 같은 성인병이 원인이 되어 발생한다. '치매(Dementia)'라는 말은 라틴어에서 유래된 말로서 '정신이 없어진 것'이라는 의미를 지니고 있다. 태어날 때부터 지적 능력이 떨어지는 경우는 정신지체라고 부르며, 치매는 정상적으로 생활해오던 사람이 다양한 원인에 인해 뇌 기능이 손상되면서 이전에 비해 인지 기능이 지속적이고 전반적으로 저하되어 일상생활에 상당한 지장이 나타나고 있는 상태다.

임상적인 특징은 기억, 언어, 인지능력 등 지적 기능이 차차 감퇴된다. 방향 감각이 상실되고 판단과 계산 능력이 떨어지고 감정 기복이 두드러진다. 가족도 못 알아보고 이름, 날짜, 장소와 같은 것들이 기억에서 사라진다. 화장실을 가거나 장보기, 옷을 입는 일 등의 일상적인 일조차 어려워진다. 심해지면 환각과 망상 등 인격장애를 보이기도 하고 목적도 없이 거리를 배회하기도 한다. 불면증과 요실금이 나타나고 우울증을 동반하기도 한다. 우울증은 치매의 직접적인 원인은 아니나 치매를 악화시키므로 적극적인 치료가 필요하다. 이런 증세들이 점차적으로 진행되어 결국은 죽음에 이르게 된다. 발병 후 죽음에 이르는 기간은 6~8년 정도이지만 사람에 따라 20년이 걸리는 경우도 있다. 하지만 젊은 나이에 발생하는 알츠하이머는 진행이 빨라 2~3년에 죽음에 이른다.

미국의 전 대통령 로널드 레이건이 이 질환을 앓다가 세상을 떠나면서 사람들의 관심을 끌었다. 2011년에 방영된 연속방송극 〈천일의 약속〉은 주인공 수애의 인상적인 연기와 작가 김수현의 직설적이고 예리한 대화로 화제를 모았다. 동시에 알츠하이머병에 대한 사회적인 관심을 일으켰다. 현재 미국에서는 65~74세 인구의 약 3%, 75~84세 인구의 약 19%, 85세 이상 인구의 50%가 이 병을 앓고 있다고 한다. 우리나라의 경우 최근 농촌 지역을 중심으로 한 연구보고에 의하면, 농촌 지역 60세 이상 인구에서 약 21%가 치매 증상을 보이고, 이 중 63%가 알츠하이머형 치매인 것으로 보고되고 있다. 환자의 증상과 간단한 인지 기능에 대한 검사로 치매는 어렵지 않게 진단을 내릴 수 있다. 간혹 CT나 MRI 검사를 추가하기도 한다.

어떻게 치매를 예방하느냐는 우리 의사들뿐 아니라 일반인들의 중요한 관심사이다. 치매 예방을 위해서는 고혈압이나 당뇨병, 고지질증, 심장병 등 성인병이 생기지 않도록 주의하거나 이미 병이 있는 경우에는 잘 관리해야 한다. 음주와 흡연은 삼가고 스트레스를 피하도록 노력한다. 규칙적인 운동은 혈액순환을 촉진하고 뇌신경을 보호하여 치매를 예방하는 효과가 있다. 평소 두뇌를 많이 사용하면 도움이 된다. 텔레비전만 보지 말고 책을 많이 읽도록 하자. 사람들을 자주 만나 대화를 하고 노래 부르기 등의 취미생활도 도움이 된다. 뜨개질, 바둑, 브리지게임, 고스톱 등은 머리를 써야 할 뿐 아니라 손을 동시에 쓰므로 상당한 효과가 있다. 치매 예방에 특별히 좋은 음식은 없다. 골고루 먹는 게 중요하고 음식으로 섭취할 수 없는 비타민과 미네랄이 있으므로 센트룸 등의 종합 비타민 섭취를 권장한다.

일본에서는 치매 예방과 치료에 노루궁뎅이버섯이 효과가 있다고 발표되었다. 노루궁뎅이버섯에서 발견된 NGF(Nerve Growth Factor, 신경세포 증식인자) 합성 촉진 물질인 헤리세논과 에리나신이 뇌를 활성화시키는 효과가 있다는 사실이 밝혀졌다. 천연 성분으로 관심을 갖고 지켜보아야겠다.

노령 인구가 늘어감에 따라 급격히 증가하고 있는 치매는 사랑하는 환자가 가까운 가족조차 못 알아보므로 가족들에게 심각한 걱정을 일으키며 마음의 상처를 준다. 이런 의미에서 치매는 더 다각적인 의학적, 사회적인 접근이 요구되는 질환이다. 치매는 특히 여성들에게 가혹하다. 여성은 남성보다 치매에 더 잘 걸린다. 더구나 여성이 남성보다 오래 사는 관계로 주로 아내가 남편의 치매 수발을 하게 된다. 그러다가 한숨 돌릴 사이도 없이 자신이 같은 전철을 밟게 된다.

이 글을 쓰면서 유명한 버나드 쇼의 묘비명이 떠오른다. "오래 살다 보니 내 이렇게 될 줄 알았다.(I knew if I stayed around long enough, something like this would happen.)" 버나드 쇼가 치매에 걸려 죽었다는 기록은 없다. 그러나 오늘날 장수시대의 축복을 누리고 있는 우리들 중 상당수는 치매의 '노예'로 전락하면서 버나드 쇼처럼 탄식하게 되는 게 아닐까!

# 유/혜/영

내 안의 내 친구

투 스트라이크!

돌고 도는 세상

핀잔쟁이 환자

황홀한 노년

손 씻기 365

두 얼굴

희망의 힘

VIP 증후군

한 해를 마무리하며

## 유혜영

1952년생으로 의사 가족의 품에서 성장하며 자연스레 의사가 되었다. 진료를 하면서도 틈틈이 적극적인 사회활동을 하는 아버지의 영향이 컸다. 30대 시절 강남구의사회를 시작으로 의료계의 임원을 거치며 의약분업 등 역동하는 의료계의 중심에서 그 고통을 함께하며 진정한 국민을 위한 의료가 무엇인지 고민하기도 했다.

진료실에서의 일상이 반복되며 세월이 흘러 어느 새 늦은 나이가 되었다. 지나온 길을 뒤돌아보니 새삼 아름다운 얼굴들이 떠올라 수많은 환자들과의 소중한 인연을 감사하는 마음으로 하나하나 풀어 보았다. 글쓰기에 대한 갈망을 항상 가슴에 품고 있던 갈증이 조금이나마 가시는 느낌이다.

# 내 안의 내 친구

월요일 아침, 온 몸이 찌뿌드드한 것이 몸살이 오려나 싶었다. 무거운 눈꺼풀을 겨우 떴는데 앞이 새까맣다. 웬일이지? 눈을 비비고 깜빡거려도 여전히 깜깜하다. 망막박리나 초자체 출혈이 온 걸까? 순간 두 눈이 절로 감기며 온 몸이 굳어버렸다. 어쩐다? 살짝 다시 눈을 뜨고 한쪽 눈을 차례로 가리고 보니 다행히 오른쪽 눈은 깨끗하게 보인다. 왼쪽 눈앞이 새까맣다. 다시 두 눈을 감고 이런저런 생각에 잠겼다.

4년 전쯤 주말을 이용하여 1박 2일로 한국여자의사회에서 지리산을 다녀온 다음날 이런 일이 벌어진 것이다. 흔들리는 버스 속에서 간

식거리를 나눠주다 보니 몸에 무리가 간 것 같다. 초자체나 망막질환이 있을 때는 안정을 취하는 것이 최우선이므로 한참을 누웠다가 출근 시간이 임박해서야 서서히 일어났다. 예고 없이 휴진할 수는 없었다. 머리의 움직임을 자제하며 조심조심 하루 진료를 마치고 나서야 가까운 안과로 갔다. 시신경 앞에 출혈이 있는데 초자체 혼탁이 망막과 연결된 밴드가 있어서 심각해질 수 있으니 망막전문의한테 가는 것이 좋겠단다.

초자체는 망막과 수정체 사이에 흐물흐물한 젤 형태로 안구의 둥그런 모양을 유지시켜 주는 조직이다. 정상일 때는 유리알처럼 맑아서 빛이 렌즈를 통해 망막까지 오는 데 아무 장애를 주지 않지만 출혈이나 혼탁 등이 생기면 안구의 움직임에 따라 날파리나 머리카락 같은 여러 형태의 혼탁이 시야에 나타나 움직이게 된다. 아주 작은 혼탁이라도 시야에서는 크게 느껴지기 때문에 환자는 많은 불편을 느끼고 시력을 잃을까봐 놀라게 되는 질환 중 하나이다. 경미할 경우에는 시력장애를 일으키지 않으므로 걱정하지 않아도 된다. 주로 노년층에서 발생하나 과로와 스트레스가 심한 젊은이들에게서도 발생할 수 있다.

다음날 압구정 성모안과병원의 망막전문의를 찾아갔다. 시신경 앞의 출혈은 흡수되어 가는데 초자체혼탁은 성급히 수술하지 말고 자주 관찰을 해보는 것이 좋겠다고 했다. 동료 안과 의사가 환자일 때 담당의로서는 부담이 되므로 말을 삼가면서 정기적인 진찰을 권했다. 다행히 몇 년이 지난 지금까지 심해지지 않고 있지만 몸이 힘들어지면 새까만 머리카락 뭉치가 수시로 눈앞을 가리곤 한다. 그럴 때면 그날 오후 약속은 취소하고 꼼짝 않고 쉬면서 겁먹은 환자가 된다. 치료는 의사가 하지만 결국 그 병을 이겨내는 것은 환자의 몫이다. 다행히 병을 잘 이해하고 있는 만큼 착한 환자가 되어 악화되지 않도록 노력 중이다.

병이 찾아오는 것은 그 누구도 막을 수 없다. 완치 가능한 급성 질환일 때는 불청객이라 생각하고 빨리 치료해야겠지만 평생 치료해야 하는 병은 피할 수 없으니 친구로 삼고 함께 잘 지내는 수밖에 없다. 나는 초자체혼탁을 내 안의 내 친구라 생각한다. 시력을 잃게 되는 망막박리에 비하면 지금 이 정도의 불편함은 고마워해야 한다. 초자체혼탁이라는 친구가 먼저 날 찾아와 주어서 망막박리를 예방할 수 있게 되었으니 고맙다고 생각하기로 했다. 과로하면 곧바로 까만 머리카락을 휘날리며 조심하라고 외치니 쉴 수밖에 없다. 그러니 다른 큰 병도 저절로 예방되리라. 어찌 보면 내 안의 내 친구는 나의 수호천사이다.

'환자는 가장 훌륭한 교과서'라는 말이 있다. 병을 앓다 보니 나도 모르게 환자를 대하는 태도에 변화가 생겼다. 차츰 그들의 어려움도 이해하게 되고 좀 더 자세한 설명을 하게 된다. 초자체혼탁 환자들에게 걱정하지 말고 적응하며 살면 된다고 해도 이러다 실명하는 것 아니냐는 둥 겁먹은 표정들이다. 전에는 왜 이렇게 못 알아들을까 하며 짜증이 나곤 했는데 요즘에는 은근한 목소리로 슬쩍 웃으며 "저도 같은 질환을 앓고 지낸 지 몇 년이 되었지만 이렇게 잘 지내고 있답니다"고 실토를 한다. 그러면 "아, 그러세요!" 하며 무척 반가운 표정이 된다. 의사도 같은 병을 앓고 있다니 마음이 든든한 모양이다. 이렇게 내 안의 내 친구는 환자들에게 믿음을 심어주는 재주도 있다.

내 안의 내 친구로 인해 나도 환자가 될 수 있다는 것을 경험하며 겸손을 배웠고, 건강의 중요함을 새삼 느끼며 지금까지 병을 모르고 지낼 만큼 건강한 육신을 주신 부모님께 감사하고 있다.

## 투 스트라이크!

통계청의 발표에 의하면 2003년까진 우리나라의 남아선호사상이 높아서 출생 성비(여자 100명 당 남자 수를 말하며 정상성비는 105~107명, 110명을 넘으면 성비 불균형)가 110명으로 세계 2위였으나 2011년에는 106명으로 19위로 떨어졌다. 겨우 정상 성비로 돌아온 것이다. 그 동안 극심한 남아선호사상으로 불균형을 이루다가 차차 여성의 교육 수준이 높아지고 사회 참여가 증가하면서 여성 지위가 향상되는 사회적 변화를 맞이하게 되었다. 그에 따라 아들 딸 구분 없이 한 명만 낳게 되었고 태아 성감별 금지법이 1987년 시행되면서 성비 불균형이 깨지기 시작하였다. 남아선호 의식이 차츰 떨어지면서 오히려 아들보다 딸을 선호하는 경향이 높아지고 있다. 아들에게 노후를 보장받는다거나, 제사를 지내며 대를 잇는다는 심리가 점차 사라지며 부모 스스로 노후를 준비하게 된 것이다. 언제부터인가 딸딸이 부모들이 활짝 웃고, 아들만 가진 부모들은 기죽어 가고 있다.

개업 초창기 때인 1983년, 진료 중에 아랫배가 살짝 아파오기 시작했다. 나아지겠지 하며 환자를 계속 보는데 점점 심해지는 통증으로 허리를 펴기도 힘들어졌다. 환자 앞에서 아픈 표정을 할 수도 없고 정말 난감했다. 숨 쉬기 힘들 정도로 배를 찌르는 아픔에 원장실로 들어가 배를 움켜쥐고 헉헉대다 겨우 간호사를 불렀다.

"환자 더 못 보겠으니까……. 죄송하다고 양해를 구하고……. 다른 병원으로 가게 하세요" 했다.

급히 달려온 남편과 함께 이대병원 산부인과로 달려갔다. 임신 초기여서 심한 복통이 오자 '이크! 자궁외임신이다. 응급수술을 하겠구나' 하는 생각도 얼핏 들었지만 심한 통증으로 빨리 달리라고 소리를 질러댈 뿐이었다. 응급실에 도착하여 담당선생님의 손을 잡고,

"아파요. 너무 아파서 견딜 수가 없어요. 선생님. 절 좀 어떻게 해주세요."

하고 눈물을 줄줄 흘리면서 애원을 했다.

모교이다 보니 옆에 후배 선생님들이 있는데도 체면이고 뭐고 없이 오로지 병든 나약한 환자일 뿐이었다.

"그래 조금만 참자. 바로 검사해 줄게."

선배 선생님은 내 손을 꼭 잡아주셨다. 그리고 자궁외임신이 의심되지만 먼저 복강경 수술로 확인해 보자고 수술실로 급히 옮기라고 지시를 하셨다.

수술실로 가는 이동침대에서 아픈 배를 움켜쥐며 신음을 하다가 울컥 한 움큼 피를 토해 냈다. 이를 본 진료팀에선 자궁외임신이 아닐 수도 있다는 생각을 하면서도 일단 복강경 수술을 시행했다. 자궁외임신이 아니라는 판명이 났다. 다행히 피를 토해낸 후엔 통증도 많이 가라앉아 견딜 만했다.

병실로 옮기자 내과 선생님이 오셨다. 왜 피를 토하는지 검사하기 위해서는 위장 내시경검사를 해야 하는데, 그렇게 하려면 아기를 포기해야 할 거라고 조심스럽게 말씀하셨다. 아기를 없애다니! 당황하여 망설이다가 생각할 시간을 달라고 하였다. 남편은 "당신이 이렇게 아픈데 검사를 해야 하지 않겠느냐"고 말했지만 난 아기를 포기하고 싶지 않았다. 다행히 더 이상 피도 토하지 않았고 통증도 서서히 사라지는 느낌이었다. 하루 지켜보고 출혈이 멈추면 검사를 하지 않고 버텨보기로 했다. 하혈이 없는 것으로 봐서 장출혈은 아닌 것 같고 위나 십이지장 출혈일 가능성이 높았다.

결국 출혈이 멈춰서 무사히 퇴원을 하였다. 스트레스성 위궤양으로 인한 출혈로 추정되었다. 개원하면서 받은 스트레스로 출혈이 온 것인데 초기 임신과 겹쳐 한바탕 소동을 일으킨 셈이다. 요즘엔 임신 중에도 초음파검사 등 많은 검사를 편하게 하고 있지만, 30년 전인 그때만 해도 지금처럼 초음파검사가 발달되지 않아서 생긴 해프닝이었다.

큰아들 낳고 쉬면서 대학으로 갈까 개업을 할까 고민을 하다가 결국 개업하기로 결정하여 강남역 근처에 계약을 하고 인테리어 작업이 한창인데 둘째애가 들어섰다. 계약하기 전이라면 개업을 늦췄을 터인데 할 수 없이 임신한 몸으로 개원식을 치르고 진료하다가 위장출혈까지 생기게 된 것이었다.

그 후 무사히 출산을 하였고 연년생으로 두 아들을 얻게 되었다. 난 둘째는 딸이길 바랐는데 아들이라 하여 많이 실망하였다. 그때 내 표정을 본 후배가 "아들 낳고 선생님처럼 실망하는 사람은 처음 봤어요" 할 정도였다. 시어머님은 큰며느리인 형님이 딸 둘만 낳고 말았으니 "죽어서 조상님 뵐 면목이 없다"고 한탄하시던 차에 둘째인 내가 아들 둘을 연달아 낳으니 "잘 했다. 고생했구나. 이젠 죽어도 여한이 없다" 하며 기뻐하셨다. 그 덕인지 시집살이로 고생한 기억이 없다. 병문안 오신 시아주버님도, "제수씨, 투 스트라이크입니다. 제수씨 덕택에 제 어깨의 짐이 가벼워졌습니다" 하며 진심으로 축하해 주었다. 그 당시에 아들을 스트라이크라고 표현한 것은 아들선호사상의 사고에서 나온 것으로 요즘에는 오히려 '투 볼'이라 해야 할 것 같다.

아기를 낳지 않으려는 젊은이들이 많아지는 사회에서 건강한 자녀를 낳으면 아들 딸 구분 없이 모두 "스트라이크!"라 외칠 수도 있을 것이고 시험관 아기로 인한 쌍둥이 출산이 늘어나는 요즘 이들이야말로 진정한 '투 스트라이크!'가 아닐까?

# 돌고 도는 세상

늦은 저녁 잠자리에 들며 핸드폰 확인을 하니 후배 어머니의 부음을 알리는 문자가 와 있었다. 얼마 전부터 응급실을 들락거리며 고생을 하더니 결국 돌아가셨나 보다. 한 번도 뵌 적은 없지만 우리 부모님과 같은 요양원에 함께 수년간 입원을 하셔서 후배와 이런저런 얘기를 나누다 보니 마치 내 어머님인 양 안타까웠다.

우리 부모님이 계셨던 요양원엔 친지들이 몇 분 있었다. 아버지를 휠체어에 앉히고 산보하던 중에 같은 층에 계셨던 외삼촌 병실을 갔던 적이 있었다. 평소에 점잖기로 소문난 신사였는데 치매로 어찌나 난폭해졌는지 간병인이 쩔쩔매는 모습을 보고 당혹스러워 인사도 못하고 도로 나온 적도 있다. 우리 아버지와는 정반대의 모습이었다. 평소에 활달하고 정열적인 성격은 사라지고 순둥이가 되신 아버지는 물건을 집어 던지며 악을 쓰는 외삼촌을 보고도 아무 반응 없이 무표정이셨다. 무슨 생각을 하신 걸까? 맑은 정신이었다면 분명히 외삼촌을 진정시켰을 것이다. 아버지가 돌아가시고 얼마 지나 외삼촌도 같은 길을 가셨고 몇몇 분들도 차례차례 세상을 하직하셨다. 부모님 세대가 서서히 사라지고 있었다.

장수시대에 어르신들의 삶의 질을 높여야 한다고 목소리를 높이는가 하면 다른 한편에선 초저출산으로 인구분포가 역삼각형이 되어 인구 감소의 심각성이 대두되고 있다. 생산 인구는 적고 노년층이 증가해 곧 쓰러질 것 같은 역삼각형의 위험한 사회가 된 것이다. 초저출산율이란 가임여성이 1.3명보다 적게 낳는 상태가 3년 이상 지속되었을 때 말한다. 우리나라는 작년 한 해 합계출산율(여성 한 명이 평생 동안 낳을 수 있는 평균 자녀 수)이 1.19명으로 OECD 회원국 중 가장 오랜 기간 초저출산율 꼴찌를 하고 있다. 2005년부터 적색경고를 울렸고 유엔인구기금(UNFPA)에서 분석한 '2008년 세계인구현황 보고서'에서는 한국의 인구 감소가 심각하다고 주장하였다. 작년 한 해 23만 명이 출산되고 26만 명이 사망하여 아직은 증가하고 있지만 초저출산율이 계속되면 2030년부터 인구가 감소하게 될 것이라는 통계청 발표가 있어 긴장시키고 있다. 심지어 2018년경부터 감소될 수 있다고 하는 설도 있다.

인구 감소는 노동력과 소비를 감소시키고 경제를 위축시켜 사회 전반에 재앙을 일으킨다. 노동력이 국가경쟁력의 기초이므로 적정 출산율을 유지시켜야 한다. 생산 가능 인구를 유지하기 위해서는 출산율이 2명 이상이어야 한다. 정부는 OECD 평균 출산율인 1.7명을 목표로 정책을 펴고 있다. 저출산 고령화사회에 대한 사업 예산은 58조 원으로 엄청난 숫자이긴 하나 전체 예산의 2%가 안 되는 실정으로 동유럽의 5%에 비해 적은 액수이다. 또한 예산의 70%가 보육정책에 사용되고 있으며 출산에 소비되고 있지 않는 정책 방향에도 문제가 있다.

출산율을 높이기 위해서는 여성이 직장과 가정 생활을 양립할 수 있는 여건이 조성되어야 한다. 결혼 적령기의 젊은이들이 경제적인 이유로 결혼을 기피하거나 애를 낳지 않으려는 생각을 하지 않도록 일찍 출산할 수 있는 환경을 만들어주어야 한다. 육아 대체근로 및 근로시간 활성화, 남성 출산휴가와 육아휴직 확대 등 출산율을 높이는 정책과 병행해서 역삼각형 인구 분포에서도 잘 살 수 있는 연구를 해야 한다. 우리나라와 비슷한 상태였던 OECD 11개국 중 헝가리를 제외한 10개국이 저출산 환경을 이겨낸 점을 교훈 삼아야 한다.

의과대학 시절 예방의학과 시간에 일본이 고령화사회로 노동인구가 줄어 심각해지고 있으나 우리나라는 젊은 노동력이 풍부하여 매우 젊은 나라라고 하였다. 당시에 고령화사회를 잘 이해하지 못했던 나는 우리나라가 젊다고 하여 흐뭇해했었다. 30여 년 후 초고령화사회와 초저출산율로 심각해지리라고는 상상도 못 했던 것이다. 그 동안 산아제한

정책으로 웃지 못할 해프닝도 많았지만 앞으로는 출산장려 정책을 펼쳐야 하니 격세지감을 느끼게 된다. 며칠 전 친구 아들 결혼식에서 혼주 옆에 결혼한 두 딸과 사위들이 주르르 서 있는 것을 보며 넉넉함과 다복함을 부러워하였지만 그 아이들이 어렸을 때는 무식하게 자식 세 명이 뭐냐는 핀잔을 분명 들었을 것이다. 시대의 변화로 그들이 애국자가 된 셈이다.

의료계에서는 저출산과 저수가 그리고 힘든 수련과정 등으로 산부인과 전공의를 기피하여 대학에서도 비상이 걸릴 정도로 심각한 현실이다. 피임으로 분만이 적을 뿐 아니라 큰 위험부담에 비해 턱없이 수가가 낮아 분만을 받지 못하는 산부인과가 많아 큰 병원을 찾아야 할 정도이니 젊은 의사들이 의료사고가 많고 힘든 산부인과를 선호할 리도 없다.

인구 감소를 재앙으로 보는 설에 반해서 인구문제 전문가 마쓰타니 아키히토는 '인구 감소는 재앙이 아니라 축복'이라고도 한다. 인구 감소로 수요가 줄면 노동력 부족으로 공급도 줄게 되어 축소균형이 이루어져 수익성이 올라갈 수 있다는 주장이다. 이에 대해 서울대 보건대학원 조영택 교수는 '생산성이 일정 수준 이상 높아진다면 인구 감소가 축복이 될 수 있으나 생산성이 이에 미치지 못할 가능성도 얼마든지 있다'고 말하고 있다.

1960년대부터 가족계획이 익숙해 있는 나에게는 출산장려가 생뚱맞은 느낌이지만 여러 상황으로 볼 때 전문가들은 우리나라의 인구 감소를 매우 심각한 재앙으로 예측하고 있다. 옛날의 가족계획사업처럼 적극적으로 국가 중요 정책으로 출산장려 사업을 시행하려면 단순한 계몽만이 아니라 출산 환경을 만들어야 할 것이다. 이미 고령화사회에 진입한 우리나라는 출산장려 사업을 독려한다고 하여도 인구 감소를 막을 수는 없다. 즉 노인 인구가 많은 만큼 노인 사망자가 더 많고 신생아를 늘리는 데는 한계가 있기 때문이다. 젊은 여성들이 옛날과는 달리 직장과 가정을 양립하며 따르는 고통을 감수하지 않으려고 출산을 포기하는 사례가 많다. 애를 키우는 데 어려움이 없는 정책을 연구 개발하여 마음 편히 출산을 할 수 있는 사회를 만들어 나가야 할 것이다.

고령화사회, 초저출산사회에 사는 우리로서는 위로는 두터운 노인층의 삶의 질을 높여가면서 가임 여성들의 결혼과 출산을 장려하는 책임을 짊어지는 어려운 현실에 살고는 있지만 이것이야말로 사람 사는 맛이 나는 세상이 아니겠는가? 산아제한에서 출산장려 정책으로 바뀌듯이 돌고 도는 세상이니 핵가족이 붕괴되고 삼대가 함께 사는 대가족시대가 올 수도 있을 것이다. 오늘 찾아온 절친한 친구가 손주 탄생의 기쁨으로 입을 다물지 못하던 모습과 후배 어머니의 부음 소식을 함께 접하며, 사라져 가는 부모님들 빈자리에 손주들이 차지하며 울고 웃는 세상에 살고 있음을 느끼게 된다.

세상 참, 돌고 도는 세상이다.

# 핀잔쟁이 환자

73세의 남자분이 있다. 약간 마른 듯한 홀쭉한 체구에 이마는 훌렁 벗겨져 올라가고 움푹 들어간 뺨에서 깐깐한 성격이 엿보이는 분이다. 의자에 털석 앉으며

"또 왔으니 한 번 봐주슈!"

"어떠신데요?"

"맨날 똑같지 뭐, 눈이 뻑뻑해."

"연세가 있으시니까 눈이 메마르기도 하시겠네요."

"내 나이가 어때서?"

정색을 하며 눈을 흘기는 바람에 민망하여 말을 잇지 못하겠다.

지난 번에도 "많이 좋아지셨습니다" 했다가 "그럼. 치료 다니는데 좋아지는 게 당연하지!" 하여 날 어이없게 만들더니 오늘 또 나를 당혹하게 만들고 간다. 이 환자가 오면 매번 어떤 꼬투리를 잡힐까 신경이 쓰여 말조심을 하지만 그때마다 무안당하기 일쑤인데 한 달이면 한두 번씩 찾아오니 난감하기 짝이 없다. 그가 다녀간 날은 한참 동안 우울해진다.

10년이 훨씬 넘게 단골인 중년 환자는 가만히 있으면 멀쩡한데 눈을 비비거나 만지면 찌를 듯이 아프단다. 위 눈꺼풀에 염증이 심해 피부가 갈라져 있었다. 이렇게 염증이 심해서 살이 갈라지도록 내버려두면 어떡하느냐고 무안을 주고 보낸 다음날도 그는 환하게 웃으며 "많이 좋아졌어요. 선생님은 마술사 같습니다. 어이구, 이런! 의술을 감히 마술이라 해 죄송합니다" 한다. 이런 날은 하루 종일 기분이 좋다.

이렇게 환자들의 말 한 마디에 따라 기분이 좋았다 나빴다 하는 나는 의사 자질이 아직도 많이 부족한 것 같다. 몸이 불편한 환자들이 어떤 투정을 부려도 감싸안고 보듬으며 마음을 달래줘야 할 텐데 섭섭한 마음은 어쩔 수가 없으니 도를 더 닦아야겠다.

그리스 신화에 의하면 시프로스 섬에 조각을 잘 하는 피그말리온 왕이 있었다. 그는 아름다운 여인상을 만든 후 그 조각상에 반해 진심으로 사랑하게 되었다. 끊임없이 조각상을 아끼고 만지던 어느 날 조각상에 키스를 하자 따스한 체온이 느껴지며 생명을 얻게 되었다. 그의 사랑에 감동한 아포로디테가 생명을 불어넣어 준 것이다. 이를 '피그말리온 효과'라 하는데 타인이 기대하거나 관심을 가지면 그 기대에 부응하기 위해 더욱 노력하게 되어 좋은 결과를 낳게 된다는 심리학 용어이다.

1960년대에 히트한 〈My Fair Lady〉는 그리스의 피그말리온 효과를 바탕으로 한 버나드 쇼의 희곡을 영화화한 작품이다. 런던의 음성학 교수가 천한 방언을 쓰는 꽃 파는 아가씨 역의 오드리 헵번을 데려다 교육시켜 세련된 숙녀로 변화시켜 서로 사랑하게 된다는 내용이다. 힘들어 못 하겠다는 시골 아가씨를 사랑과 배려로 어려움을 이겨내게 하였다. 만일 그때 그 교수가 엄하기만 한 주입식 교육을 시켰다면 도망가고 말았을 것이다.

실제로 1968년 하버드대 사회심리학과 로버트 로젠탈 교수는 샌프란시스코 한 초등학교에서 지능검사 후 검사 결과와 상관없이 무작위로 20%를 뽑은 명단을 교사들에게 주며 지적 능력이나 학업 성취력이 좋은 학생들이라고 믿게 하였다. 8개월 후 지능검사를 다시 한 결과 명단의 학생들이 일반 학생들보다 평균 점수뿐만 아니라 성적도 높게 나왔다. 이는 교사들의 기대와 관심으로 학생들의 결과가 좋아진 것이다. 이를 '로젠탈 효과'라고 하며 '피그말리온 효과'를 입증한 것이다. 이러한 효과는 교육계에서도 많이 활용되고 있다.

칭찬을 하면 누구나 좋아한다. 의사는 환자의 칭찬 한 마디에 보람을 느끼며 즐거운 마음으로 진료실을 지키게 된다. 마술사라는 한 마디에 이렇게 기분 좋을 수가 없다. 좋으라고 한 말인 줄 알면서도 그 환자가 오면 그 기대에 부응하기 위해 어떤 환자보다도 더 최선을 다하게 될 것만 같다.

말은 상대적이다. 서로 주고받으며 마음을 전하게 된다. 칭찬을 받거나 존중을 받으려면 내가 먼저 그런 행동을 해야 한다. 남이 해주기를 바라기 전에 내가 먼저 남을 칭찬하고 배려하는 태도를 보여야 한다. 내가 먼저 환자에게 마음의 문을 열고 환자의 말에 귀를 기울여야 한다. 뭔가 못마땅할 때 환자들도 기분 나쁘게 말할 수가 있을 텐데 그런 말에 너무 상처 받지 않고 이해하면 된다.

환자에게 피그말리온 효과를 볼 수 있게 하는 방법은 없을까 생각해 보았다. 아파하는 환자와 처음 얘기를 나눌 때부터 고개를 끄덕거리며 "그러시군요" "아프셨겠습니다!"라며 맞장구치면서 마음을 풀게 해주고, 힘든 검사를 할 때는 "조금만 참으세요. 지금 잘 하고 계십니다. 잘 하셨어요!" 하며 격려를 해보았다. 잘 하고 있다는 말을 들으면 아파도 더 잘 참으려고 하지 않을까? 그냥 참으라고 하는 것보다 잘 하고 있다는 말 한 마디의 효과를 기대해 보는 것이다. 얼마 전 30대 환자를 수술하고 나서 "잘 참으셨습니다. 아주 잘 하셨어요" 했더니 "어머니 같으셔서 편안했어요" 한다. 그때 이후부터는 젊은 환자들을 내 자식처럼 대하다 보니 나도 편하고 환자들도 훨씬 좋아하는 느낌이다. 어머니 같다는 말 한 마디에 역으로 내 자신을 더욱 어머니답게 만든 효과를 본 것이다.

눈꺼풀에 국소마취를 할 때 "마취약이 들어갈 때 따끔합니다. 조금만 참으세요. 따끔! 따끔! 아주 잘 하셨어요!" 하면서 환자를 안심시킬 때와 바쁘다고 그냥 주사기를 쑥 꽂을 때와는 환자의 반응이 전혀 다르다는 것을 느끼고 있다.

지금까지 환자들에게 칭찬을 하는 데 인색하지 않았는가 반성하며 내가 먼저 칭찬의 말을 자주 하게 된다. 그때마다 나도 기분이 같이 좋아지는 느낌이다. 칭찬은 고래도 춤추게 하고 심지어 식물도 더 잘 자라게 한다고 하지 않았던가. 올 때마다 핀잔을 주는 그 환자에게는 어떤 칭찬을 할까 고민 중이다.

# 황홀한 노년

일요일이면 나는 어김없이 차를 몰아 수지에 위치한 헤리티지 너싱홈으로 달렸다. 부모님이 그곳에 치매로 2년 가까이 입원하고 계신 동안 일요일은 내 당번이었다. 평일 낮엔 다른 형제들이 가도록 순번제로 정했다. 가능하면 중복되지 않게 찾아가야 헤어질 때 덜 섭섭하고 매일 자식들이 찾아오는 기쁨을 줄 수 있도록 궁리한 것이다. 병실에 들어가면 항상 손을 번쩍 들고 반기셨던 아버지가 그날은 웬일인지 시무룩해 축 처진 모습으로 휠체어에 무표정하게 앉아만 계셨다.

"아버지! 저 왔어요!"

아무리 큰소리로 인사를 하고 웃기려 애써도 내리깐 눈꺼풀이 푹 떨군 머리만큼 무거워 보인다. 어젯밤에 무슨 일이 있었냐고 간병인에게 물어도 아무 일도 없었다는데 왜 저러실까? 간신히 점심을 드시는 시늉만 하고 입을 꾹 다물어 버린다. 옆방에 계신 엄마 병실에 가자는 것도, 휠체어 타고 산책 나가는 것도 모두 싫다 하신다.

"아버지! 그럼 침대에 누울까요?"

"응" 선뜻 답하시고 침대에 고꾸라지며 "이제 살았다. 휴~" 한숨을 쉰다.

"이렇게 힘드시면 일찍부터 간병인에게 눕혀달라지 그러셨어요?"

"아주 고약해!" 하시더니 금방 잠에 빠져든다.

"고약해"라는 한 마디에 간병인에 대한 원망이 가득 담겨 있었다. 머쓱해진 간병인은 낮에 잠을 자면 밤에 잠을 못 자서 더 힘들어 하기 때문에 낮에는 될수록 침대에 눕히지 않았다고 변명하기에 바쁘다. 앞으로는 눕고 싶어 하시면 무조건 눕혀드리라고 소리 높여 당부하였지만 얼마나 지켜질지 목이 멘다. 비록 치매 환자이지만 자존심을 지켜드리기 위해 의료진이 상주하며 시설이 좋다는 곳을 수소문해 모셨는데 이런 난감한 일에 부딪히게 되니 허공에 대고 답답함을 하소연 할 수밖에 없었다.

이미 아버지는 일본 후쿠오카 대법산(大法山)병원에 재직할 당시부터 우리나라도 머지않아 고령화시대에 대비하여야 한다고 일찍이 주장하였다. 국가적 지원은 물론이려니와 노인 스스로도 젊어서부터 건강을 유지하기 위해 노력해야 한다고 역설하시며 『고령화시대, 건강하고 보람 있는 삶을 위하여 : 황홀한 노년』이라는 책을 발간하기도 하였다. 그때가 1991년이니 우리나라는 아직 고령화시대에 진입하기 훨씬 전이어서 세간의 관심이 전혀 없을 때부터 아버지는 종교계에서 추천하는 노인대학에 강의를 다니며 계몽에 나섰다. 개척자는 외롭다는 말 그대로 20여 년 전인 그때 '아버지는 왜 힘들게 아무도 알아주지 않는 강의를 하러 다니실까?'하며 의사인 나마저 의아해하였지만 워낙 좋아하시니 말리지도 못하고 참았다. 그 당시 우리나라 노인들이 얼마나 이해를 했을까? 아버지의 갑갑했던 심정을 이제야 알 것 같다.

두툼한 강의 궤도를 둘둘 말아 엄마와 함께 들고 다니며 무척 열심이었다. 무겁게 들고 다니는 게 안타까워 슬라이드를 만들어 드리겠다고 했더니 불을 끄고 슬라이드를 비추면 노인들이 다 잠들어 버린다며 이것이 제일 좋다고 직접 그림까지 그린 궤도를 애지중지하셨다. 아버지가 워낙 언변이 좋아서 쉽고 재미있게 말을 잘하기 때문에 강의실 분위기는 아주 좋다고 엄마도 아버지 자랑이 대단하셨다.

우리나라의 노인복지법에서 규정하는 고령자는 65세 이상을 말하며 65세 이상 노인이 전체 인구의 7%가 넘으면 고령화사회, 14%가 넘으면 고령사회, 20%가 넘으면 초고령화사회라 한다. 우리나라는 2000년에 이미 고령화사회에 진입했으며 2010년 11%로 미루어 2017년에는 고령사회에 도달할 것으로 예측하고 있다. 저출산과 수명 연장으로 노인 인구 비율이 급속하게 증가하고 있다. 오래 살게 되는 만큼 더 오래

지병으로 고생하게 된다는 것은 당연하다. 건강하게 오래 살지 않는 한 수명 연장이 기뻐할 일만은 아닌 것이다.

아버지가 고령화사회에 대비해야 한다고 주장하신 지 20여 년이 흘렀다. 우리나라는 고령사회가 코앞에 왔음에도 그에 대한 대책이 구체화되지 않고 있다가 겨우 2008년 7월부터 시행된 '노인장기요양보험'이 시행되면서부터 요양시설이 급증하게 되었다. 노인성 질병으로 혼자 생활할 수 없는 65세 이상 노인에게 신체·가사 활동 등을 지원하는 제도로 시설이 늘었다고는 하나 아직도 공급이 많이 부족한 상태이며 시설의 환경이나 서비스 질에 대한 불만 등이 제기되고 있는 실정이다.

처음 엄마가 복수가 차고 부정맥이 심하여 병원에 입원하셔야 했을 때만 해도 아버지는 연로하실 뿐 입원할 상태는 아니었다. 하지만 엄마와 같이 있겠다고 하여 함께 입원하시게 되었다. 엄마는 호전되는 듯하다가 결국은 근육 마비로 음식을 삼킬 수 없어 배에 튜브로 음식을 주입하며 어렵게 지내셨다. 다행히 아버지는 식사도 잘 하고 휠체어를 스스로 밀고 다니며 병원에 적응을 잘 하셨다. 병원 생활이 1년여 정도 지나서 바로 옆에 있는 너싱홈에 옮기면서부터 상태가 서서히 나빠지기 시작하였다. 엄마가 중환자실에 몇 번씩 들락거리며 위험한 고비를 넘기는 동안 곁에서 안쓰러워하시던 아버지도 갑자기 악화되었다.

죽음의 문턱에서 힘들어하는 것을 지켜보며 과연 어떻게 하는 것이 아버지를 위한 좋은 죽음일까 생각하게 되었다. 치료 가능성이 없으니 불필요한 처치를 하지 말고 조용히 기다려야겠다고 마음을 먹었다가도 당장 힘들어하는 모습을 보게 되면 자식의 도리를 다 못해 한이 될까봐 응급처치를 하고 당혹스러워지는 것은 어쩔 수가 없었다. 결국 나 편하자고 아버지를 고생시킬 수도 있지 않을까? 노인들이 삶의 질을 떨어뜨리지 않고 살기 위해서는 아프지 말아야 된다며 아버지는 평소에 매일 산책하며 건강을 유지하셨었다. 그러나 94세 나이에는 어쩔 수 없이 자식들의 손을 힘겹게 놓으셨다.

아버지의 죽음을 너무 허망하게 떠나보낸 탓일까? 석 달 후에 아버지를 뒤쫓아 가신 엄마의 임종은 아주 조용히 맞아들였다. 항상 함께 지내셨던 분이기에 서둘러 아버지 곁으로 가신 것이라 내 스스로 위안하기도 했다. 철저한 건강관리로 치매 오기 전 팔순 너머까지 두 손 마주잡고 황홀한 노년을 즐기셨던 두 분이셨다.

한 손에 모자를 높이 쳐들고 나비넥타이에 정장을 한 멋쟁이 노신사를 손수 그려서 책 표지에 장식한 아버지의 책『황홀한 노년』을 꺼내 들자 따뜻한 아버지의 체온이 느껴지며 내 마음이 포근해진다.

# 손 씻기 365

의사회 활동으로 남자 동료들과 모임이 많아지면서 가장 어색하고 힘들었던 것이 악수하기였다. 약속한 모임에 일찍 가게 되면 늦게 오는 사람마다 일어나 악수를 하게 된다. 늦게 온 사람이 연장자일 경우 그 분 앞에까지 가서 악수를 해야 할 때도 있다. 여자 모임에서는 가벼운 목례와 눈인사만 하는 데 반해 상당히 번거로운 절차이다. 악수를 스스럼없이 하는 남자들과 목례만 하다가 상대가 손을 내밀면 그때서야 한 박자 늦게 악수를 하며 멋쩍어하기 일쑤였다. 적응하기까지 많은 시간이 걸렸다.

악수의 기원은 확실치 않으나 중세기 남자들이 오른손에 무기를 들고 다니다가 동료를 만나거나 화해를 할 때 그 손을 내밀어 서로 꽉 잡아 우호를 다지는 수단으로 시작되었다고도 한다.

현대 사회에서는 인사말과 함께 무조건 악수를 하는데 요즘은 악수가 병원균을 퍼뜨린다 하여 문제되고 있다. 감기 환자가 연이어 악수를 하게 되면 네 번째에서야 겨우 기준치 이하가 되었다는 실험 결과가 나오기도 한다. 운동선수나 젊은이들 사이에 하는 손등 악수(주먹 맞대기, fist bump)는 보통 악수보다 훨씬 위생적이지만 가벼운 느낌이 들어 성인들에게는 적절치 않다.

요즘 반기문 유엔총장의 팔꿈치 인사가 유행하고 있다. 에볼라 감염이 만연하고 있는 서아프리카를 순방 후 3주간의 격리관찰 기간 동안 악수대신에 팔꿈치를 톡톡 치는 인사를 하고 있다는 것이다. 에볼라가 악수를 통해 감염되는 것은 아니지만 감염성 질환에는 그만큼 위생을 철저히 해야 한다는 매우 상징적인 표현으로 볼 수 있다.

사람의 한쪽 손에만도 육만 마리 정도의 세균이 붙어 있어서 장시간 씻지 않으면 기하급수로 분열하여 엄청난 숫자가 된다. 신종 플루나 독감, 급성A형 간염, 눈병 등은 올바른 손 씻기로 어느 정도 예방이 가능하다. 손 씻기만으로 세균을 모두 없앨 수는 없지만 사람 몸에는 어느 정도 세균에 대한 저항력이 있어서 손 씻기로 세균 수를 줄이기만 해도 감염성 질환의 90% 이상을 예방할 수 있다. 2009년 전 세계를 공포로 몰아넣은 신종플루는 공기를 통해 병균이 코나 입으로 직접 감염되기보다는 바이러스가 묻은 손을 코나 입에 댐으로써 감염되는 경우가 더 많다.

그때 대한의사협회에서는 범국민 손 씻기 운동으로 시청 앞 광장에서 시민들에게 홍보책자와 소독비누 등을 배포하고 TV 대담 프로에 나가서 손 씻기의 중요성을 국민들에게 알리기도 하였다. 손 씻기 운동은 전염성질환 예방에 중요한 사업으로 2005년 대한의사협회와 질병관리본부가 공동으로 범국민운동본부를 발족하여 올해로 8년째 손 씻기를 주제로 한 아동극을 만들어 전국 투어를 하면서 어려서부터 올바른 손 씻기를 습관화하도록 기획하고 있다.

최근 독감 환자가 유행하여 국민들이 긴장하고 있다. 금년 유행 독감 바이러스도 5년 전 온 세계를 유행시켰던 신종플루 균인 A형(H1N1)이 계절성 독감이 되어 시작되다가 지금은 A형(H3N2)과 B형 인플루엔자도 섞인 복합적인 증세를 보이고 있다. 최근 미국 캘리포니아에서도 독감으로 147명의 사망자가 발생하여 초미의 관심을 보이고 있다. 예방주사로 모든 독감을 다 막지는 못한다 해도 치사율을 낮출 수 있기 때문에 노약자나 만성질환자 등의 고위험군은 합병증을 막기 위해서라도 해마다 꼭 예방 접종을 해야 한다. 손 씻기는 물론 기침이나 재채기를 할 때 손으로 막지 말고 휴지나 팔꿈치로 입을 가리고 하는 에티켓도 잘 지켜야 한다.

흔히 눈병이라고 칭하는 유행성 각·결막염은 안과에서 흔히 접하는 질병으로 여름철에 발생빈도가 높을 뿐 아니라 한겨울에도 발병할 수 있는 결막염이다. 이는 접촉감염으로 공기 전염이 되는 독감이나 신종

플루와는 감염 경로가 다르다. 바이러스가 묻은 손에 의해 퍼지는 병으로 아무리 심하게 앓고 있는 환자와 생활을 같이 하더라도 내 손으로 내 눈을 만지지 않는 한 감염이 안 된다. 다른 사람이 내 눈을 만지는 경우는 없을 테니까. 다만 함께 있으면 접촉할 가능성이 높을 뿐이다. 예방약도 없으니 조심하면서 자주 손을 씻어야 한다.

감염된 환자가 조심하는 것이 가장 중요하다. 환자는 안약을 넣을 때는 물론 눈만 만졌다 하면 무조건 흐르는 물에 손을 깨끗이 씻어야 한다. 그리고 바이러스를 옮기지 않도록 손으로 여기저기 물건을 만지지 않아야 하고 세수한 후에는 종이 수건을 사용하고 버리는 것이 좋다. 식구들에게 전염이 가장 흔히 되는 곳이 세수 수건과 공동 세면기이므로 세숫대야를 사용하는 것이 좋다.

안과 전공의 시절, 1년 후배 전공의가 환자를 치료하다 식염수가 튀어서 감염된 일이 있었다. 조심성이 없다고 교수님께 질책을 당한 후 수술실과 입원실 출입을 못하게 되었다. 어깨를 축 떨어뜨린 채 진료실 구석에서 책만 뒤적이던 모습이 생각난다. 사무실에서 왕따 당했다고 힘들어하는 눈병 환자를 보면 문득 한창 일할 젊은 나이에 먼저 간 그 후배의 커다란 눈망울이 그리워지곤 한다.

10여 년 전까지만 해도 눈병이 퍼지는 여름이면 안과마다 눈병 환자들로 북새통을 치렀지만 최근에는 발병률이 낮아지고 있다. 국민들의 위생 관리가 잘 되고 있는 점도 큰 몫을 한다고 본다. 눈병에는 손을 자주 씻고 눈을 만지지 않는 것이 최선책이다. 눈을 만지지 않으면 안 걸린다. 얼마나 쉽고 간단한가!

올바른 손 씻기란 어떤 것일까?

범국민 손 씻기운동본부에서는 '손 씻기 365'를 권장하고 있다. 건강을 지키는 3가지 약속과 올바른 손 씻기 방법 6단계 그리고 5(오)늘부터 실천하라는 의미이다. 자주, 올바르게, 깨끗이 씻는 것이 3가지 약속이며 비누를 손바닥에 충분히 떨어뜨린 후 손바닥을 비비고, 손가락을 마주잡아 닦고, 손등과 손바닥을 문지르고, 엄지손가락을 비벼 닦고, 손깍지를 끼고 비비며 마지막으로 손바닥에 손톱을 문질러 닦는다는 것이 올바른 손 씻기 방법 6단계이다. 종이 수건으로 물기를 닦아낸 후 그 종이 수건으로 수도꼭지를 잠그며 마무리를 한다.

전염병 예방에는 '손 씻기 365'를 생활화하는 것이 가장 쉬우면서도 가장 효과가 큰 방법임을 새삼 깨닫게 된다.

# 두 얼굴

12시가 지나면 어김없이 찾아오는 환자가 있다. 강남역에서 개원하고 있을 때부터 다니던 환자인데 역삼동으로 이전을 해도 점심시간을 이용해 땀을 흘리며 고갯길을 걸어온다. 라식 후 건성안이 심해졌는데 집에서 안약 점안만 하고 병원에 안 와도 된다고 해도 치료를 받고 나야 편하고 시력도 좋아진다는 것이다. 시력을 좋게 할 신통한 안약을 넣어 주는 것도 아니건만 병원에 다녀와야만 잘 보인다니 어쩌겠는가! 벌써 10년 넘게 단골 환자가 되다 보니 차트가 너무 두꺼워 두 번째 묶음으로 만들어 놓았다. 어떨 때는 내가 컴퓨터가 서툴러 헤매는 것을 보고 작동법을 한참 동안 가르쳐 주고 가기도 한다.

또 한 명의 환자가 있다. 전포도막염으로 5년 전에 치료를 받았던 환자인데 재발을 하여 동네에서 치료 받다가 차도가 없어서 점심시간을 이용해 지하철을 타고 일부러 찾아온다. 멀리서 시간에 쫓기며 오는 환자는 상당히 부담스럽다. 나도 같이 마음이 급해지기 때문이다.

포도막염은 홍채, 모양체. 맥락막의 염증을 말하며 홍채와 모양체의 염증인 전포도막염이 대부분이고 망막 바깥쪽 막인 맥락막의 염증을 후포도막염이라 하며 시력장애가 심하게 올 수 있는 질환이다. 눈부심과 충혈, 통증이 있으며 뿌옇게 보이다가 점차 시력이 떨어진다. 원인을 모르는 경우가 대부분이며 치료 기간이 오래 걸리고 재발을 잘하는 병이지만 다행히 전포도막염은 잘 치료하면 시력장애 없이 나을 수 있다.

3일 정도 치료를 해도 큰 효과가 없었지만 환자는 마치 좋아진 것처럼 밝게 웃는 얼굴로 진료실을 들어오곤 했다. 원래 일주일 이상 걸리는 병이긴 했지만 내가 먼저 조급해지기 시작했다. 안약 점안 횟수를 늘리고 아트로핀 안약을 점안했다. 아트로핀은 염증효과와 합병증 발생을 줄이는 작용을 하는 반면 눈부심과 근거리 시력장애가 오는 부작용이 있어서 직장인들에게는 조심스럽게 사용하는 약물이다. 다음날부터 많이 호전되기 시작하여 지금은 회복기에 들어서고 있다.

이 두 환자에게는 공통점이 있다. 의사에 대한 믿음이다. 나만의 특별한 치료법이 있는 것도 아니고 안과의사면 누구나 치료할 수 있는 병이다. 그러나 주위에 많은 안과가 있는데도 멀리서 찾아오는 이유는 단 하나, 나에 대한 믿음이라 생각한다. 의사를 신뢰하게 되면 마음이 편안하여 온 몸의 장기들이 원활하게 작용을 하게 되고 의사의 지시도 잘 따르게 된다. 예상보다 회복이 느린 환자 중에는 안약 점안 횟수나 금기 사항 등을 잘 지키지 않는 사람들이 의외로 많다. 열심히 치료받는 환자를 보면 의사는 말 한 마디도 따뜻해지고 더 정성들여 치료하게 될 것이기에 치료 효과가 더욱 커지게 된다.

의사에 대한 믿음의 치료 효과를 증명해주는 것으로 '플라시보 효과'가 있다. 이는 중증이 아닌 소화장애나 다른 증상들이 특별한 효과가 없는 약을 투여했을 때 증상이 호전되는 것을 말한다. 의사에 대한 믿음만으로도 치료 효과가 입증되는 것이다. 병원에 다녀만 와도 증세가 좋아진다는 환자도 있다. 즉 의사의 말을 듣고 마음이 진정되어 호전되는 것으로 죽을병에 걸린 줄 알았다가 별 거 아니라는 의사의 말에 깜쪽같이 좋아지는 것이다. 이것 모두 의사에 대한 믿음에서 오는 효과이다. 나를 믿어주는 두 환자를 보면 문득 몇 달 전의 내 모습이 생생하게 떠오른다.

작년 1월 친정어머니 장례식을 치른 이튿날 새벽 오른쪽 다리 통증으로 잠을 깼다. 콕콕 찌르며 화끈거리는 다리를 움켜쥐고 "아프다! 아프다! 너무 아프다!" 소리가 절로 나왔다. 장례식을 치르며 힘든 며칠을 지낸 후였기에 남편은 내가 뒹굴며 끙끙대도 세상 모르고 자고 있었다. 남편이 깰까 봐 살짝 방을 나와 진통제를 찾는데 손이 덜덜 떨려 찾기가 쉽지 않았다. 물을 가지러 가는데도 엉금엉금 기어서 아픈 다리를 질질 끌며 가는데 걸어서 몇 걸음 거리가 그렇게 멀리 느껴질 수가 없었다.

다음날 지각이상성 대퇴신경통(Meralgia Paresthetica)이라는 진단을 받았다. 고관절 부위의 인대나 대퇴의 바깥쪽을 지배하는 감각신경인 외측 대퇴 피부신경이 눌려서 나타나는 증세로 보통 비만이나 임신 등으로 오며 코르셋, 진, 벨트같이 꽉 조이는 옷을 입었을 때 생긴다고 한다. 엄마 빈소를 지키며 춥다고 상복 속에 입었던 신축성이 없는 모직 바지가 평상시에도 다리에 좀 끼는 느낌이 있기는 했었다. 그러나 조문객들을 맞으며 자리에 일어났다 앉았다를 반복하다 보니 신경이 눌린 것이다. 원인을 없애면 좋아지니까 꼭 끼는 바지를 입지 말라고 하며 통증 완화제를 처방해 주었다. 낮에는 그런 대로 참을 만한데 밤이면 찌를 듯한 참기 힘든 통증이 찾아와 매일 날 괴롭혔다.

이런 날이 계속되자 걱정이 되어 책을 꺼내 다시 한 번 찬찬히 읽어 보게 되었다. 드물지만 호전이 안 되는 경우엔 수술을 할 수도 있다는 문구가 눈에 들어왔다. 그때부터 낫지 못할 수도 있다는 의심이 들기 시작했고 더욱 더 심해지는 것 같아 밤이 무서워졌다. 현대 의학으로도 기다릴 수밖에 없다니 갑갑하고 불안하였다. 체신경조절요법으로 통증을 없애기 위해 손가락에 집게 같은 걸로 집어서 신경을 조절한다는 곳을 찾아가기도 하였다. 평상시엔 말도 못 꺼내게 했을 것이지만 통증이 심하니 지푸라기라도 잡는다는 심정으로 못 이기는 척 따라갔다. 손가락에 집게 집는 걸 지켜보면서 내가 지금 뭘 하고 있나 한심한 생각이 들자 다리보다도 손가락이 더 아파 중간에 포기하고 나왔다.

진통제로 견디며 기다릴 수밖에 없었다. 2~3주 지나자 차차 호전되기 시작하였고 지금은 완전 회복되었다. 그러나 멀리 여행을 갈 때는 그 무서운 통증이 또다시 찾아올까 두려워 항상 약을 준비하는 습관이 생겼다.

최근 두 환자는 나를 부끄럽게 만들었다. 참고 기다리면 될 것을 최악의 상황을 떠올리며 믿지 못하고 안절부절못해 당황했다. 의사인 나도 연약한 인간일 뿐이라는 말로 변명이 될까? 무조건적인 믿음으로 회복되어가는 환자들에 비해 어리석은 내가 한없이 작아지는 느낌이다.

오늘 따라 얼굴 가득 환한 웃음을 지으며 진료실에 들어서는 두 환자의 얼굴이 더 아름답게 보였다.

# 희망의 힘

왼쪽 어깨가 조금씩 아프기 시작한 지 벌써 3개월이 넘었다. 정형외과에서는 목디스크와 회전근개에 이상이 왔으니 무리하지 말고 쉬면서 물리치료를 받으라 하였다. 회전근개 파열까지는 아니라고 하였다. 회전근개 파열이란 어깨 회전운동을 하는 4개의 근육과 힘줄이 염증이나 손상으로 파열되는 것을 말한다.

저녁에 어깨가 아프니 사우나나 해야겠다고 스포츠센터에 갔다. 잘 움직여지지도 않아 뻣뻣해진 팔로 싸이의 〈강남스타일〉 춤을 배웠다. 젊은 회원들을 따라 이리저리 뛰어다니며 땀을 뺐더니 집에 와서 온 몸이 쑤시며 아팠다. 그까짓 한 시간 운동도 못 견딜 정도로 몸이 약해졌나 하다가 낮에 독감 예방주사를 맞은 것이 생각났고 내가 더 이상은 20~30대가 아니라는 것도 깨달았다. 다음날, 몸살이 나는가 싶더니 위염까지 겹쳐서 전혀 먹지를 못했다. 기운이 없어 팔이 신경마비 환자처럼 흔들려 차트 위를 갈 '지' 자로 휘저으며 중심을 잡지 못해 차트 기록도 힘들었다. 환자 앞에서 의사가 아픈 기색을 할 수도 없고 겉으로는 멀쩡한 척 미소까지 지으며 겨우 진료를 마쳤다. 이렇게 시작된 몸살과 위염으로 2주 연속 주말에는 꼼짝 못하고 침대에서 뒹구는 신세가 되었다.

누워서 지내는 동안 『희망의 힘, The Anatomy of Hope』을 읽는 행운을 얻었다. 저자인 제롬 그루프먼은 하버드 의대 교수로 혈액종양학을 전공하였다. 고통과 절망에 빠진 암, 에이즈, 혈액질환. 간염환자들을 치료하다가 현대 의학의 불완전함을 채워줄 열쇠를 희망에서 발견하게 된다. 그도 처음에는 많은 검사 결과를 분석하는 일에 빠져들며 환자의 질병에 희망이 어떤 영향을 미칠지에 대해서는 깊은 관심을 가지지 못하고 지냈었다. 그러나 그 자신이 마라톤대회 훈련 중 부상을 입은 후 허리 디스크 탈출로 척추 수술을 잘못 받은 뒤 19년 동안 계속 재발되는 통증으로 고생하게 된다. 우연히 뉴잉글랜드 침례교 병원 척추센터의 제임스 레인빌 박사를 만나 고통을 무시하고 재활치료를 하면 나을 수 있다는 희망을 얻게 된다. 이때부터 희망에 대해 깊은 관심을 가지게 되고 1년 후 완전히 회복되어 새 삶이 시작되면서 희망이라는

감정이 질병 회복을 돕게 만드는 어떤 생물학적 메커니즘이 존재하는지를 연구 조사하기 시작했다.

책에서 그는 말한다.

희망은 맹목적인 낙관과 다르다. 희망은 현실을 직시하게 하여 환자의 질병과 치료법에 대해 관심을 가지게 함으로써 공황상태에 빠지지 않고 판단할 수 있는 능력을 키워준다.

모든 병은 결과가 불확실하며 그 불확실성 안에서 진정한 희망을 발견한다. 그 무엇도 완전히 결정되지 않았으므로 두려움의 이유도, 희망의 이유도 함께 존재한다. 그러므로 두려움의 고삐는 조이고 희망의 고삐를 풀어줄 방법을 찾아야 한다. 믿음과 기대를 가진 희망을 마음속에 품게 되면 인간의 몸에는 '엔도르핀'과 '엔케팔린'이라는 화학물질 분비가 증가하게 되어 통증이 완화된다. 그는 희망은 치유의 심장이며 희망은 더 오래 살 수 있는 가능성이요, 더 나은 삶을 살 수 있는 길이라 하였다.

마지막 책장을 넘기면서 뒤돌아보니, 나는 어깨가 아프다고 불평하면서 노화 현상으로 치부해버리고 운동을 게을리 하여 회복되지 않았음에 틀림없다. 희망을 가지면 엔도르핀과 엔케팔린이 분비되어 고통이 완화된다고 생각하니 갑자기 마음이 가벼워지면서 골프채도 잡고 휘두를 수 있을 것만 같다. 희망이라는 생각만으로도 벌써 엔도르핀과 엔케팔린이 팍팍 분비된 것 같으나 생각만 앞설 뿐 팔은 아직도 뻣뻣하다. 맹목적인 희망만으로는 안 되며 희망을 갖고 고통을 참아내는 고된 운동 기간이 필요할 것이다.

이렇게 좋은 책이 어디서 났을까 하며 첫 페이지를 펴보다가 깜짝 놀라고 말았다.

To : Dr. H.Y, Yoo

My dear Colleague in Healing Ministry

From : M.S, Lee(一步)

2005. 7. 1

이명수 선생님은 나를 안과 의사로 키워 주신 스승이다. 이대병원 안과의국을 창설하셨고 정년퇴임할 때까지 안과학 교실의 발전을 위해 헌신적인 노력을 하셨던 분이다. '일보(一步)'는 '오직 한 길 빛을 찾아서 갈 것'이며, '그 길이 옳은 길이라면 혼자서라도 걷겠다'라는 인생철학이 담긴 선생님의 호이다. 세계 최초로 건양대학교 보건대학원에 치유선교학과를 개설하여 현재 석·박사를 배출할 수 있는 모태를 만들었다. 이런 큰 사업을 하실 때 별로 큰 도움도 주지 못한 나를 치유선교의 동역자(Colleague in Healing Ministry)로 인정해 주신 글에 감사할 뿐이다. 제자에게는 DR. YOO로 정중하게 의사로 대접해 주면서 스승인 자신은 그냥 M.S, Lee라고 하여 스스로를 낮춘 문구에 선생님의 겸손함과 제자에 대한 사랑이 깊게 드리워져 있었다.

2005년은 우리 아버지가 치매가 시작되어 바깥 활동이 어려울 때, 이

명수 선생님께서 식사 대접을 하겠다고 하여 힘들게 모시고 갔던 해이다. 두 분은 세브란스 동창생으로 가끔 함께 식사를 하시곤 하였는데 치매로 대화가 안 되니 그날 선생님도 많이 슬퍼하며 말없이 건네주셨던 책이었는데 지금까지 까맣게 잊고 있었던 것이다. 이 책을 읽고 아버지에게 희망을 심어주라는 깊은 뜻도 모르고 7년이나 지난 오늘, 두 분 다 돌아가시고 안 계신 지금에야 읽었으니 이 불효를 어찌할까?

# VIP 증후군

VIP(Very Important Person)란 매우 중요하게 대우해야 할 사람을 말한다. 사회적 신분이 높거나 의사들의 친인척, 무시할 수 없는 지인의 소개 환자들은 담당의사에게 정신적 스트레스를 주게 된다. 선배 선생님들의 "신경 좀 써줘, 내가 잘 아는 사람이야" 하는 순간 그 사람은 나에게 VIP가 된다. 이런 환자들로 해서 의료인들 사이에 'VIP증후군'이라는 골치 아픈 현상이 생길 수 있다.

친정언니가 눈꺼풀에 몽우리가 생겼다고 찾아왔다. 산립종(콩다래끼)이었다. 눈꺼풀에는 피지선인 마이보미안선이 상하 각각 20~30개씩 수직선으로 놓여 있다. 이 마이보미안선이 만성육아성 염증을 일으켜

딱딱하게 굳어진 것을 산립종이라 한다. 외래에서 흔히 하는 산립종 적출술을 하고 하루는 푹 쉬라고 하였다. 그날 저녁 11시쯤에 전화벨이 울렸다.

"언니가 눈에서 피가 줄줄 나오는데 어떡하지?"

형부의 다급한 전화였다.

"형부, 수술 후에 출혈이 올 수 있는데 꾹 누르고 있으면 지혈되니까 걱정하지 마세요."

"눌렀는데도 계속 나오는데……."

겁 많은 형부가 말을 잇지 못하자 옷을 주섬주섬 갈아입고 언니 집으로 달려갔다. 언니도 놀래서 얼굴이 창백해져 있었다. 항상 환자를 대하는 나한테는 이런 일이 별 것 아니지만 환자 입장에서는 깜짝 놀랄 일일 것이다. 급히 지혈시킨 후에 더 이상 출혈될 것 같지 않아 돌아가려고 하니 언니가 내 손을 꽉 잡고 놔주질 않는다.

"너 가고 나서 또 피나면 어떡하니?" 보통 환자들한테는 "이젠 괜찮아요!" 하고 단호하게 말했을 것이지만 VIP인 언니 옆에서는 하룻밤을 잘 수밖에 없었다. 산립종 적출술은 하루에도 몇 명씩 흔히 하는 수술로 지금까지 밤새 출혈되어 고생했다는 환자는 한 명도 없었다.

2년 전 한여름 따가운 햇살이 가실 즈음, 대한의사협회 상근 부회장님이 진료실로 오셨다. 유행성 각·결막염이었다. 다른 안과에서 며칠 치료 받았는데 점점 심해지니 어찌된 거냐고 물으셨다.

"이 병은 발병 후 약 일주일 정도는 심해질 수 있으며 회복 기간도 2

주 이상 걸리는 고생되는 병입니다."

"잘 부탁합니다. 외부 인사들도 만나야 되고 회의가 많은데 참 곤란합니다."

협회에서 막중한 업무를 맡고 있는 분이라는 것을 잘 아는 나로서는 난감했다. 결코 빨리 낫는 병이 아니기 때문에. 빠른 효과를 보기 위해 항생제 점안액과 스테로이드 점안액을 같이 처방하였다. 일주일쯤 되자 결막에 염증은 많이 회복되었으며 눈동자에 염증이 조금씩 생기기 시작했다. 한 번 더 스테로이드 점안액을 처방하였다. 이틀 후 출근하자마자 전화가 왔다.

"선생님, 앞이 하나도 안 보여요."

"무슨 말씀이세요. 거의 좋아지고 있었는데 무슨 특별한 일 없으셨어요?"

"좋아졌었는데 갑갑해서 눈을 빡빡 비볐더니 그때부터 안 보여요."

"선생님! 비비면 눈동자 상해서 큰일나요. 눈을 비비시면 어떡해요! 많이 아프지 않으세요?"

"아프진 않은데 앞이 뽀얗게 안개 낀 것 같아요."

"저 출근했으니까 지금 빨리 오세요."

세극등현미경으로 보니 각막이 완전히 하얗게 퉁퉁 부어서 빛이 들어가지도 않았다. 이 일을 어찌한다? 눈을 비볐다면 동자가 많이 벗겨졌으리라 생각했었는데 의외로 벗겨진 흔적은 없고 부종만 심했다. 아무리 갑갑해도 눈을 비비면 안 된다고 주의를 주고 응급처치를 하였다.

다음날, 아예 눈을 감고 더듬거리며 "아무 것도 안 보여요. 깊은 터널 속을 걷는 것 같아요" 한다. '터널! 아차, 그렇지. 녹내장일 수도 있겠다' 싶은 생각에 가슴이 철렁하였다. 바로 안압측정을 하였다. 양쪽 다 정상치의 2배 이상 높았다. 스테로이드로 인한 녹내장이었다. 눈을 심하게 비볐을 때 생기는 벗겨진 흔적이 없어서 이상하다 생각했었는데 이제야 머릿속이 맑아졌다. 스테로이드 점안액에 대한 과민반응으로 발생할 수 있는 녹내장이 온 것이다. 다른 환자들에게서는 몇 병씩 사용해도 오지 않던 녹내장이 겨우 한 병 사용하고 두 병째에 발생하다니. 그리 흔히 생기지는 않는 경우다.

녹내장이란 눈의 압력이 높아져서 시신경을 누르게 되면 시신경이 손상을 받아 시력이 떨어지고 시야가 좁아지는 질환이다. 한 번 손상된 시신경은 회복되지 않기 때문에 조기 진단과 조기 치료가 중요하다. 급성일 때는 눈이 아파서 안과를 찾아 바로 진단을 받을 수 있지만 만성일 경우에는 초기 단계에서는 시력장애가 거의 없으며 환자 자신도 시력장애를 느끼지 못하다가 말기에 가서 중심 시력만 남게 된 경우에야 시력장애가 있음을 알게 되는 무서운 병이다. 심해지면 주변 시야가 보이지 않게 되어 터널처럼 좁아지게 된다. 발병빈도가 높은 40대 이후에는 정기적인 안압검사와 시야검사 및 시신경유두검사를 받아보는 것이 바람직하다. 급성과 만성 녹내장 외에도 외상을 입거나 스테로이드 사용 후 또는 홍채염 등 눈의 다른 질환으로 인해 2차적으로 발생하는 녹내장도 있다.

스테로이드 점안액을 끊고 안압을 조절하기까지 상당한 시간이 걸려 정상 시력을 찾을 수 있었다. 지금도 날 보면 안압 재고 싶다고 농담을 하기도 한다. 보통 환자들한테는 스테로이드 부작용 때문에 초기에 처방을 안 하고 지켜보다가 꼭 필요한 경우에만 처방하는데, 물론 체질이긴 하겠지만 VIP이기 때문에 빨리 낫게 하려고 조급하게 처음부터 처방한 것도 무리였던 것 같다.

『논어』 선진편(先進編)에 '과유불급(過猶不及)'이란 말이 있다. 공자가 "지나친 것은 미치지 못한 것과 같다"고 말하였다는 것이다. 사람이 살아감에 중용의 덕이 있듯이 진료실에서도 과잉친절을 피하고 적절한 치료를 하면서, 인간이기에 생기는 감정의 개입을 최대한 참으면서 모든 환자들을 보통 환자와 똑같이 대할 때에만 VIP증후군을 피해갈 수 있을 것이다.

# 한 해를 마무리하며

책상 위에 놓인 겉봉투를 보니 건강검진 결과 통보서였다. 자꾸 신경이 쓰이며 불길한 예감이 들어 선뜩 펴보지 못하고 망설여졌다. 지금까지는 건강검진을 하고 나서 걱정 한 번 해보지도 않았다. 물론 결과는 모두 정상이었다. 그런데 이번에는 이상하게 통보서가 언제 오나 기다려지면서 불안해하던 중이었다.

금년 한 해 동안 잔병치레를 끊이지 않고 하는 걸로 봐서 분명히 뭔가 이상이 생겼을 거란 예감을 하고 있었다. 통보서에는 콜레스테롤 수치가 약간 높고 신체활동 부족으로 심뇌혈관 질환이 발생될 위험이 있으니 관리가 필요하다고 쓰여 있다. 며칠 전 친구가 콜레스테롤이 높아서 약을 먹는다고 해서 어쩌다가 그런 약을 먹느냐고 핀잔을 주었는데 막상 내가 관리 대상자가 된 것이다. 함부로 남 흉볼 일이 아니다.

그 동안 노화로 인한 근육 위축을 막기 위해 운동 삼아, 놀이 삼아 가볍게 하던 운동을 이제부터는 지방을 태우기 위해 해야만 한다고 생각하니 절박감이 든다. 허리에 몰려 있는 지방덩어리를 어찌 다 태울꼬? 운동을 해서 지방이 축적되지 않도록 에너지 소모를 늘려야만 한다. 유산소운동을 위해 러닝머신에 올라가면 10분도 못 참고 헉헉대기 시작해 길어야 20분을 못 넘기고 내려오곤 했었는데 요즘은 이마와 잔등에 진땀을 흘리며 30분까지 버티고 있다. 운동은 꾸준히 해야 효과가 난다던데 과연 얼마나 견딜지 모르겠다.

우리 병원은 사무실에 둘러싸여 있어서 환자들 대부분 직장인들이다. 회사에서 하는 건강검진 후 녹내장이 의심되어 오는 환자가 꽤 있다. 녹내장이란 안압에 의해 시신경이 눌려 시야가 좁아지고 시력이 떨어지는 병으로 실명할 수 있는 무서운 질환 중 하나이다. 옛날에는 안압이 높은 녹내장이 많았으나 최근에는 안압은 정상인데 시신경이 상하는 정상안압 녹내장이 증가 추세다. 이런 녹내장은 시력이 떨어지고 시야가 좁아지는 증세를 느끼면 이미 진행이 된 상태이기 때문에 조기 발견이 매우 중요하다. 선천적으로 시신경이 약하거나 혈류이상으로 혈액공급이 부족해 발생된다고는 하나 아직 정확한 원인은 모르고 있다. 노년층과 가족력이 매우 중요하기는 하나 요즘은 젊은층에서도 발생빈도가 늘기 때문에 나이와 상관없이 정기적인 안압검사를 받는 것이 좋다.

검진 후에야 시력이 떨어진 걸 알고 나서 정밀검사를 받기 위해 오는 환자들도 있다. 한쪽 시력이 떨어져도 반대쪽 시력이 좋으면 일상생활에 불편을 못 느끼기 때문에 모르고 지내기 쉽다. 양쪽 시력이 떨어지면 안 보이니까 일찍이 검사를 받고 교정을 하게 되지만 한쪽만 나쁘면 사시가 되거나 시력이 점점 떨어져 심각해져서야 찾게 되는 경우가 꽤 있다. 시력검사는 정기적으로 한쪽씩 검사를 받는 것이 제일 좋다. 안과에서 첫 진찰을 하기 전에 시력검사를 할 때 시력 좋으니까 잴 필요 없다고 거부하는 환자들을 보면 안타까울 때가 많다. 시력은 수시로 변할 수 있기 때문에 기회되는 대로 검사 받는 것이 좋다. 안과에 올 시간이 없으면 회사 의무실 같은 데 가서라도 시시력표를 한 번씩 읽어보라고 권하고 싶다.

1989년 주인공이 자궁암으로 죽어가는 과정을 소재로 한 TV 드라마 〈겨울안개〉가 있었다. 그 당시 대한민국 많은 여성들이 자궁암 공포증에 걸릴 정도로 드라마의 효과는 대단했다. 이 드라마 수혜자로 우리 큰언니가 있다. 드라마를 보고 겁 많은 작은언니가 병원에 가자고 하였지만 멀쩡한데 왜 검사를 받느냐고 미적거리던 큰언니를 몇 날 며칠을 졸라서 겨우 자궁암 검사를 함께 받게 되었다. 결과는 의외로 큰언니만 자궁경부암으로 진단을 받게 된 것이다. 다행히 조기 발견되어 수술하고 30여 년이 지난 지금까지 잘 지내고 있다.

'아는 만큼 보인다'는 말이 있다. 같은 상황에서도 개인에 따라 보이는 것에 차이가 난다는 것이다. 똑같은 책도 읽을 때 나이에 따라 느낌이 달라진다. 알게 모르게 나이가 들며 겹겹이 쌓인 경륜에 따라 감정의 폭이 깊어지게 된다. 하물며 건강에 대해서는 더욱 그렇다. 알아야 예방이 되고 아는 만큼 건강해질 수 있다. 의사와 상담하여 조기 치료를 하여 큰 병을 미리 예방할 수 있다. 정기검진을 회피하는 것은 알려고 하는 것조차 하지 않는 것과 같아서 병이 깊어지고 나서 후회한들 무슨 소용이 있겠는가. "모르는 게 약이다"라고 큰소리치는 사람도 있지만 건강에 대해서는 함부로 허세를 부려서는 안 된다.

나도 이번에 이상 통보를 받고 나서야 음식 먹을 때도 관심을 가지고 한 번쯤 괜찮을까 생각하게 되고 개인 레슨을 해가며 체계적으로 지방을 태우려 운동하고 있다. 친구에게 개인 레슨 받는다 했더니 고문 받으러 가냐고 놀린다. 그만큼 인내심이 필요하겠지만 기필코 몇 달 안에 콜레스테롤을 정상치로 되돌려 놓을 계획이다. 이번에 건강 경고장을 받지 않았다면 이렇게 적극적인 대처를 하지 않았을 것이고 몇 년 후 어쩌면 심혈관계 질환으로 투병 생활을 하고 있을지도 모르는 것이다. 그 동안 무료 건강검진의 불신으로 수검률이 낮았지만 최근 들어 점차 높아지고 있는 요즘 검진 항목을 좀 더 개선시키고 검진 후 관리체계도 더욱 강화하여 국민의 관심을 끌어모아야 할 것이다.

건강검진제도는 질병의 조기 진단과 치료뿐만 아니라 위험 요인을 미리 분석하여 질환을 예방하는 데 그 목적이 있다. 건강보험공단과 연세대보건대학원 국민건강증진연구소가 정기적으로 검진을 잘 받는 사람과 그렇지 못한 사람을 1992년부터 12년간 추적 조사한 결과 제대로 받지 못한 사람들의 진료비가 2배 가까이 증가한 것만 보아도 건강검진의 중요성을 알 수 있다. 평생 고통받을 수 있는 질병을 미리 예방하거나 조기 치료하면 개인은 물론 국가가 건강해지는 것이다. 얼마 남지 않은 금년 한 해를 건강검진으로 마무리하면 어떨까?

# 임/선/영

## 임선영

함경남도 흥남에서 피란 나온 부모님 덕에 강원도 철원에서 태어났다. 기억 속에서 가장 행복했던 시간인 유년기를 치악산 아래 원주에서 보내다가, 초등학교 4학년 말에 서울로 이주하여 경기여고를 나와 이화여대 의대와 동 대학원을 졸업했다. 태양이 언제 중천에 떠 있었는지도 모른 채 치열한 삶의 현장에서 고군분투하다 슬그머니 고개를 들고 보니 지는 해는 어느 틈에 서산에 걸려 있었다. 늦게나마 진료실에서 만나는 다양한 인연들과 함께 새로운 도전, 글쓰기에 빠졌다. 그네들이 풀어놓는 속 깊은 이야기가 지나온 내 삶의 궤적을 뒤돌아보게 했다. 인생의 가을 한가운데다. 가을비에 붓을 적셔 그리운 추억과 보랏빛 희망으로 마음을 촉촉이 적시는 그윽한 풍경을 그려 내고 싶다.

# 의논도 안 하고 가버리는 세월

병원 앞 사거리 신축 공사장 담벼락엔 때가 되면 어김없이 덕지덕지 영화 포스터로 도배가 된다. 요즘엔 바람과 햇빛을 흠뻑 빨아들인 뒤 향기로운 꽃을 피워내는 아카시아 꽃잎처럼 되고 싶어 스스로 '잎싹'이란 이름을 짓고 펼쳐지는 이야기인 만화영화 〈마당을 나온 암탉〉 홍보용 포스터가 화려한 빛깔로 시선을 끈다.

근처 종합병원에 봉직의(奉職醫)로 처음 발을 들여놓은 뒤 지금까지 한 자리에서 22년째 진료를 하고 있다. 이십여 년을 함께 나이 들어가는 고마운 환자들 덕분에 지금까지 병원 문을 닫지 않고 있다고 여긴다.

칠십대 중반인 P씨도 그 중 한 분이며 1993년부터 나의 진료실을 방문하고 있다. 항상 미장원에서 곱게 손질한 헤어스타일, 공들인 화장, 세련된 복장, 어느 것 하나 소홀함이 없는 나름 멋쟁이였다.

지역 유지이며 삼 남매의 어머니이요, 번듯한 직장인의 아내이기도 하다. 어쩌나 자랑하고 이야기하는 것을 좋아하던지 간호사에게도 이 분 진료 시작 후 10분을 넘기면 다음 환자 차트를 가져오라고 언질을 주었다.

한 동안 뜸하다 싶었는데 어느 날 이 분이 이 분답지 않게 눈물이 그렁그렁해 진료실로 들어온다. 남편이 전립선암 진단을 받았다며 A대학병원에서 수술 후 항암치료를 받는 중이라 자신을 돌볼 겨를이 없어 검진일을 훌쩍 넘겼노라고 알려준다. 그래도 나의 이모 연배인 그 분의 이야기를 귀 기울여 들어주었다. 진료보다는 어쩜 그 분의 일상사를 들어주는 게 더 좋은 진료라고 내심 자위를 했으나 소설 「B사감과 러브레터」에 나오는 'B사감'처럼 호기심 때문이었는지도 모르겠다. 남편이 남겨준 부동산과 예금 상황까지 알려주며 아이들에게는 안 주고 자신에게 다 넘겼다는 이야기까지. 마지막 장례식 장소며 유명 떡집 떡으로 조문객들을 접대하는 것까지도 정했다고 한다. 그것도 돌아가실 분이 우울하게 지난 일을 회상하는 것보다는 함께 미래에 대해 이야기하는 것이 즐겁다며 장례식을 잔치처럼 준비하자고 해서란다. 장례식을 잔치처럼? 아마 혼자 남게 될 아내에 대한 남편의 배려일 거란 생각에 미치니 마음이 따뜻해져 왔다.

몇 년의 시간이 훌쩍 지나 다소 나이 든 모습으로 다시 나타나셨다. 남편은 일 년 전 유명을 달리하셨다는데 명랑한 말투엔 분주한 일상으로 완전히 복귀한 티가 역력해 보였다. 글쎄 투병기간이 길어서였던가? 더 화사해진 듯하다. 벌써 보이프렌드라도 생긴 걸까? 병원 출입이 잦아졌다. 급기야는 미혼인 딸이 혹시 엄마한테 애인이라도 생길까 눈을 부릅뜬다는 말을 슬며시 전해준다.

그날도 진료 중이었다. 환자가 골반 내진 자세를 취하고 있는데 요란한 벨 소리가 울려 퍼진다.

"어머나!" 놀라며 목에 걸린 전화를 받는다.

"그 새를 못 참고 연락이네."

전화기 너머로 중후한 목소리가 전해진다. 어디쯤이냐고.

"여기 병원인데. 왜 그쪽이 제일 좋아하는 거기가 고장이 나서 치료 중이니 조금만 기다리시오"라고 화답한다. 대부분 이런 상황에선 의사인 내게 "진료 중 죄송합니다" 하며 잠시 뒤에 연락하겠노라고 하며 끊는 게 보통인데 이런 노골적이고 얼굴 뜨거운 상황은 처음이라 커튼 아래에서 질부 드레싱 중인 내가 더 화들짝 놀랐다. 저 분은 몇 년 동안 남편의 병시중을 성심껏 들었던 P씨가 아니던가.

그 이후로도 그 분은 자신의 멋진 데이트 무용담을 간간이 들려주었다. 나도 "데이트는 주로 어디서 하느냐? 어떻게 가능하냐?"는 둥 노인의 성 이해라는 명목으로 진찰 밖의 질문도 서슴지 않고 천박한 호기심을 채워나갔다. 그 분이 나타나는 날은 그 다음날이 데이트 날이라고 선부른 추측도 하게 되었다.

얼마간 소식이 없다 했더니 어느 날 풀이 죽은 모습으로 진찰실로 들어오는 게 아닌가. 석 달째 오라버니가 안면 신경마비가 와서 만나지 못했노라고. 그리고 사는 재미라고는 전혀 없다고. 매일 무릎 물리치료나 받으러 다닌다고 전한다. 공연히 안타까워 보여 그래도 아직 남은 인생이 기니 섭생을 잘하고 열심히 운동하시면서 친구들 만나 아름다운 날을 즐기라고 권해드린다. 몇 년째 자리보존하고 산 듯 죽은 듯 요양병원 침대에 누워 계신 친정모친 예를 들어가며 희망을 불어넣어 드린다.

잊을 만하니 어느 날 이 분이 또 내원하셨다. 봄날도 아닌데 파스텔톤 핑크빛으로 전신 단장을 하고 봄처녀 같은 발랄한 모습으로 사뿐사뿐 걸어 들어오셨다. 관절염이 언제 있기라도 했느냐는 듯이. 묻기도 전에 먼저 안면 신경마비가 풀려 재회하게 되었노라고. 그런데 그쪽 담당 의사가 약 처방을 못 해준다니 나더러 C라는 약 200mg짜리 다섯 알씩이나 처방해 달라는 게 아닌가.

늘 그러하듯이 마음속으로는 깜짝 놀라면서도 윤리 선생 같은 근엄한 표정으로 분홍빛 매니큐어가 칠해진 그 분의 손에 투박한 내 손을 얹으며 단호하게 말씀드린다. 그냥 친구처럼 맛난 것 같이 드시고 스포츠댄스나 즐기면서 안전하게 사시라고 권해드린다. 칠십대 중반에 빨간 신문에 오르내릴 일 있겠느냐는 말과 함께.

매우 섭섭해 하는 그 분의 표정을 보니 더는 알을 낳지 못하는 마당을 나온 암탉에게 모진 소릴 해대는 영화 속 조연, 수다쟁이 수달의 독백이 오버랩 된다.

"의논도 안 하고 세월은 저 혼자 가버린다"라고.

# MRI 기기 안에서 뒤돌아보다

2002년 미국에서 일 년 동안의 안식년을 잘 보내고 돌아와 우연히 발견된 갑상선암 수술 후 해마다 하는 정기적인 추적 검사 날이었다. 검진 침대에서 흘낏 올려다보니 초음파 검진을 하는 젊은 남자 의사의 표정이 갑자기 득의만만해진다. 직감적으로 순간 불안한 생각이 스쳐 지나간다. 레지던트 3년차쯤 되어 보였다. 4년차를 불러와 검사 중 자기가 발견한 것을 확인한다. 젊은 여의사가 "맞습니다. 잘 찾으셨어요"라고 격려도 한다. 도대체 무엇이 맞다는 것인가? 검진이 끝나고 내가 산부인과 전문의라고 일러주니 친절하게 판독실로 안내해 촬영 사진을 보고 자세히 설명까지 해준다.

쇄골 상 림프절이 많이 커졌고 모양이 기분 나쁜, 전이성 암의 전형적인 징후라고 단호하게 알려준다. 내가 놀란 목소리로 "갑상선은 양측 다 확실히 림프절과 함께 제거된 걸로 아는데 무슨 암이 전이됐다는 건가요?"라고 하니 "유방암, 대장암, 폐암 등에서 원격 전이되었을 수 있습니다"라고 너무나 자신 있게 말하는 게 아닌가. 얼마 전 받은 종합검진에서 다 정상범위라고 결과를 받았는데 이게 무슨 마른하늘에 날벼락인가.

순간 돌망치로 한 대 맞은 듯 눈앞이 멍해진다. 막내가 이제 겨우 중학교 1학년인데. 4년 전 1차 진단 때보다 더 큰 절망감이 밀려온다. 암 전이 후 진행되는 병의 예후 중 가장 나쁜 결과가 짧은 찰나에 그려진다.

그 뒤 주치의를 만나고 일사천리로 검사 일정이 잡혔다. 우선 세침 조직검사부터 실시하고 경부 MRI 촬영을 하기로 했다. 웃어도 될 텐데 검사하는 사람들 표정이 모두 다 굳어 있다. 아마 저 분들도 걱정이 많이 되나 보다고 추측할 뿐이었다. 진료기록부를 슬쩍 보니 일러준 대로 '암 재발 의심'이라고 쓰여 있었다.

방사선사가 폐쇄공포증이 있느냐고 물으며 몹시 시끄러운 검사인데 40분가량 걸린다고 설명하며 귀마개를 준다. 귀마개를 한 채 몸이 벨트로 고정된다. 드르륵 통 속으로 들어간다. 암 수술 전 병기를 파악하느라 으레 하는 검사 때와는 느낌이 확연히 다르다. 꽃으로 단장된 관이 화장장의 화장로 안으로 들어가는 기분이라면 너무 지나친 비약일까?

며칠간 마음속으로는 모든 것이 정리되었고 담담했다. 피할 수 없으면 즐기라고 하지 않던가. 눈을 감고 이제껏 살아온 인생 여정에서 행복했던 순간들을 떠올린다. 치열하게 살아온 뒤 떠난 여행에서의 흥분과 일탈의 기쁨이 파노라마처럼 펼쳐진다.

호기심 가득했던 유년의 강을 건너 학업에만 매진했던 고등학교, 대학 시절의 높고 깊은 산들을 지난다. 정서적으로 팍팍했던 의대 시절 도전정신을 심어준 설악산의 공룡능선이 웅장한 듯 포근한 자세로 나를 감싸온다.

외국여행 자유화가 시작된 첫 해엔 인도네시아로 배낭여행을 떠났다. 짙은 그늘을 만들며 끝없이 펼쳐지는 초록의 숲을 섬 깊숙이 숨기고 있던 발리의 원초적 풍광과 쾌락이 줄지어 있는 화려한 해변이 겹쳐

진다. 세계적인 여행안내서『론리플래닛』에 소개된 허름한 숙소에서 이른 아침 숙소 마당을 깨끗이 비질한 후 눈이 마주치자 수줍게 두 손을 모으고 순박한 미소를 보내던 어린 사동의 얼굴도 또렷하다.

고고학자나 된 듯 족자카르타의 무너진 유적 주위에서 푸른 달빛 속을 걸으며 옛 시간으로의 회귀를 꿈꾼다. 출입금지 팻말도 무시한 채 유적 꼭대기에서 오만한 젊은 백인 남녀의 진한 키스 장면이 한여름 밤의 꿈을 확 깨버린다. 정말 꿈이었다. 살짝 눈을 뜨니 아직도 검사가 진행 중이다. 조금 더 시간이 걸리나 보다. 눈을 감고 다시 길을 떠난다. 이번엔 하와이로 떠난다. 차례차례 다녀온 여행지에서의 추억을 반추해 본다. 검사하는 40분 동안 50여 년간 삶의 여정이 몇 번이나 재현되었다. 참으로 허망하고 짧은 인생이다.

삶은 길섶마다 행운을 숨겨두나 보다. 조직검사 결과, 비특이적인 림프절 증식으로 진단되었다. 그 후로도 두 번의 조직검사를 6개월 간격으로 더 받았고 똑같은 결과였다. 작은 통 안의 고립 속에서 느낀 인생의 허망함과 죽음의 두려움도 던져버렸다. 그리곤 경축일 특사로 풀려난 죄수처럼 죽음에 이르는 터널에서 후다닥 빠져 나왔다.

이제껏 지나온 삶을 돌이켜 보면 항상 갑의 위치에만 있었지 진정으로 을의 처지가 되어본 적이 있었던가. 나 자신이 암환자가 되어보니 그냥 정기검진 받으러 와서도 진찰하는 나의 표정을 유심히 살피는 환자들을 다시 생각하게 되었다. 나쁜 소식이라도 희망적으로 전하는 자세도 터득하게 되었다. 신은 의사로서의 부족한 자질을 채워주려고 암이라는 질병을 주셨나 보다. 질병 치유와 더불어 겸손과 배려라는 덕목도 선물로 주셨다.

프랑스의 철학자 장 그르니에는 "산다는 것은 허구적인 직선 위에서 시선을 잠시 멈춘다는 것이며 다시금 바람이 불어와도 우리는 도착 지점으로 향한다"라고 하였다. 살을 에는 듯한 삭풍을 가르며 오늘도 나는 천천히 내 일터로 발걸음을 옮긴다.

# 신이 준
# 가장 큰 선물

그녀를 처음 만난 것은 병원 근처 성매매 여성의 자활을 돕는 기관을 통해서였다. 이 기관에서 그들은 일정기간에 자의건 타의건, 성매매 후 받은 정신적인 충격을 치료받기도 하고 직업교육이든 검정고시든 공부를 하기도 한다. 겉보기엔 늘 만나는 환자들과 다를 바 없는 평범한 젊은 여성들이었다.

스물네 살의 미혼모인 그녀는 다섯 살짜리 딸아이와 그곳에 함께 살았다. 그리곤 두 번째 임신을 하고 산전 검진을 받으러 온 것이었다. 첫째 딸아이는 성매매 손님의 아이였다. 그런 경우 대부분 입양을 보내는데 반해 그녀는 출산 후 쭉 데리고 살았다. 본인이 보육원에서 자란 탓에 가족이 그리워 아이를 삶의 의지로 삼았단다. 그 나이 또래 아이들이 부산스러운 데 반해 함께 온 딸아이는 아이답지 않게 다소 얌전하고 의젓해 보였다. 그러나 한편으로는 엄마를 졸졸 따라다니는 영락없는 병아리였다. 나는 그녀에게 이번에는 아이 아빠를 아느냐고 조심스럽게 물었다. 마지못해 한 대답은 아이 아빠는 알고는 있는데 결혼할 것은 아니고 낳아서 그냥 첫아이처럼 함께 키우겠단다. 진찰을 하면서 사감 선생같이 잔소리를 늘어놓았다. "앞으로 본인같이 키우면 절대 안 돼요. 예쁜 딸아이 공부도 시키고 반듯하게 잘 키워야 해요"라고. "하하하 네 그럴게요"라고 명랑하게 답한다. 이렇게 다소 기분 나쁜 충고도 해주는 사람이 있어서 마냥 좋기만 하다고 했다.

어느 날은 그 전날 동료와 싸우고 폭음을 한 뒤, 속도 쓰리고 조기진통이 온다고 달려왔다. 산모가 음주와 몸싸움이라니? 다시 한 번 주의를 단단히 주었다. 건강한 아이를 선물로 받으려면 좋은 음식과 바른 행동으로 몸가짐을 잘해야 한다고 태교의 중요성을 재차 강조했다. 세상의 가장 밑바닥에서 살았던 이들은 사소한 일에도 걸핏하면 쌍욕을 하고 서로 무섭게 덤비고 싸운다고 했다. 배가 점차 불러가면서 얼마 뒤 만날 새 생명에 대한 애착과 책임감이 생겼는지 동료와 싸움도 줄어들었고 어느 틈에 다시 양순한 산모가 되어가고 있었다.

그녀는 조기진통 위험도 아랑곳하지 않고 무사히 임신 10개월을 채워 둘째딸을 출산하였다. 그러나 그 이후 아이 둘을 데리고도 자립기관을 뜨지 못하고 직업교육을 받았다. 같이 생활하는 동료가 와서 간간이 소식을 전해 주었다. 8개월 된 둘째딸도 큰딸과 함께 어린이집에 보낸다고 했다. 두 아이가 굴곡진 삶을 살아온 엄마의 수호천사가 될 거라는 생각에 미치니 마음이 흐뭇해졌다.

그녀가 병원을 다시 방문한 것은 놀랍게도 둘째가 돌도 채 안 돼서 들어선 세 번째 임신 때문이었다. 두 아이를 제왕절개로 분만한 그녀에게는 이번이 마지막 출산이 될 수도 있는지라 산전 검진과 함께 아이 아빠를 아느냐고 다시 물어보지 않을 수 없었다. 이번에도 둘째아이 아빠와 같다고 했다. 나는 주저 없이 아빠와 같이 아이들에게 가정이라는 울타리를 만들어주면 어떻겠냐고 운을 떼어보았다.

"원장님 그게 그렇게 마음대로 돼야 말이지요?"라고 기어들어가는 목소리로 답하는 게 아닌가. 이번엔 일말의 희망이 있어 보였지만 결혼할 의향이 있긴 있나 보다고 단지 추측만 해볼 뿐이었다.

어려운 가정에서 따뜻한 보살핌 없이 자란 이들은 매춘하는 상황에서도 스킨십이 싫지 않았다고 고백하여 나를 아연실색하게 만든 적도 있었다.

산전 진찰을 하면서 같이 따라온 큰아이는 태어난 동생 때문인지 점점 풀이 죽어갔다. 사탕도 주곤 했지만 측은하고 가여웠다. 그녀는 임신 4개월 차에 다급하게 요청해 왔다.

"원장님 죄송해요. 이번 아이가 아들이었으면 좋겠어요. 알려주실 수 있어요?"

단도직입적으로 부탁한다. 이번 아이가 아들이면 결혼을 할 거고 딸이면 안 낳을 거란다. 사실 이런 때에는 내가 아들로 만들어 주고 싶은 심정이다. "그것은 알려줄 수 없어요. 대신 진찰은 잘해 드릴게요"라고 단호하게 말했다. 초음파 탐촉자가 가는 곳마다 시선이 멈춘다. 자궁 위아래를 몇 번을 왔다 갔다 한 뒤에야 속으로 '후유 다행이다'를 외친다. 정말로 모르는 척, 포커페이스로 "오늘은 아이가 위치를 잘 안 잡아주네요. 그 부위가 잘 안 보입니다. 좋은 마음으로 아이를 가지셨으니 하느님이 좋은 결과를 주실 거라 믿어요"라고 답하며 한 달 뒤에 정기 검진을 오라고 했다.

그러나 그녀는 2주 만에 또 득달같이 달려왔다. 얼굴은 초주검이 다 돼서 채근했다. 나는 다시 잘 살펴본 뒤에 "하느님 뜻대로 환자 분에게 좋은 일이 이루어졌네요"라고 말했다. 에둘러 말한 것을 잘 못 알아듣고는 직설적인 대답을 원한다. 이런 경우엔 참으로 난감하다. 선문답이 몇 번 오가고 난 후에야 그제서야 알아듣고는 만면에 웃음을 띤다. 배 속의 아이가 이제껏 고단한 삶을 살아온 엄마와 아이들에게 희망이 되었으면 좋겠다는 작은 바람을 가져보았다. 이런 나의 바람도 무색하게 몇 달 뒤 방문한 그녀의 동료가 뜻밖의 소식을 전해주었다. 둘째딸과 배 속의 아이는 아빠가 같아 함께 살기로 하였다고 했다. 그러나 아빠가 다른 큰딸은 두 아이의 아빠가 원치 않아 보육원으로 보내졌다는 충격적인 이야기를 들어야 했다.

본인이 보육원에서 자라 그 외로움을 잘 알고 있을 텐데 어떻게 어린 아이에게 그런 못할 짓을 했을까? 마음 한 편이 아려왔다. 같이 생활하던 동료가 저 잘 살려고 불쌍한 딸을 버렸다고. 그렇게 쉽게 버릴 거면 차라리 낳지를 말지 왜 낳았는지? 목청을 돋우어 욕을 섞어가며 전해주었다. 안타깝기는 엄마나 딸이나 마찬가지지 싶었다. 엄마인들 속이 편했을까?

부모라는 이름으로 자신의 행복을 위해 다른 어린 생명의 행복을 짓밟을 권리가 과연 있을까? 아빠 없이 자란 아이에게 엄마의 반쪽사랑마저 박탈하는 행위는 죽음으로 밀어 넣는 행위나 마찬가지다. 한 아이의 생명을 선택한 뒤 또 다른 생명을 버리는 것은 어떻게 받아들일 수 있을까? 큰딸아이를 자기 아이처럼 아끼는 동료 편에 과자와 사탕을 한 보따리 싸서 보냈지만 상처받은 어린 영혼의 치유는 멀고도 먼 길인 듯해 보였다.

주위의 편견 없이 자기가 낳은 자식은 자신이 거두는 중국 소수민족과 알래스카 원주민의 모계사회가 새삼 부러워 보였다.

생명은 선물인가, 소유물인가?

논쟁이 된 주제에 관해, 마이클 샌델은 『왜 도덕인가?』라는 책에서 "생명은 우리에게 주어진 선물이며 우리는 일정한 의무감을 갖고 그 생명을 지키는 관리인이 되어야 한다"라고 하였다. 자식은 신이 준 가장 큰 선물이 아닐까.

# 내 진료실의 아이들

아침부터 몹시 뜨거운 날이었다. 그날 따라 진료실 밖이 소란스러웠다. 밖을 슬쩍 내다보니 열 명 남짓 앉을 대기실이 초만원이었다. 16세 전후 아이들 세 명이 연이어 진료대기자 명단에 올라왔다. 개똥이 굴러가는 것만 봐도 웃는다는 사춘기 소녀들이었다.

첫 번째 환자는 짙게 눈 화장을 한 16세 소녀였다. 늘 그래왔듯이 위기청소년교육센터 선생님이 함께 왔다. "이 친구, 검사가 필요할 것 같아서요. 선생님께서 잘 알아서 해주세요"라고 요청했다. 내가 환자에게 물었다. "오늘 제일 불편한 데가 어딘가요?" "제가 부적절한 관계를 좀 했어요. 그게 다예요"라고 다소 냉소적인 대답이 돌아왔다. 부적절한 관계라면? 전직 고위관리가 미모의 로비스트에게 넘어가 국고를 탕진한 죄의 대가를 치르기 위해, 취재진에게 마지막 변을 하며 쓴 표현 아니던가. 놀라웠다. 어린 소녀의 입에서 그런 말이 거침없이 나오다니.

다음 환자를 호명하자 이번엔 애어른이 들어왔다. 키만 삐죽 큰 채 엉덩이가 다 보일 정도의 짧은 팬츠를 입었다. 입술은 벌겋게 칠하고 머리는 케냐의 국립공원에서 이제 막 도착한 사자 형상이었다. 내가 말을 시키자, 호기심 가득한 눈으로 오히려 나를 빤히 쳐다봤다. "내가 보기엔 산부인과 오기엔 아직 아긴데. 본인도 그렇게 생각하지요?" "네" 하는 대답에 아이들 특유의 명랑함이 섞여 있었다. "성관계는 언제 처음 시작했어요?" "그거요? 열세 살 때요." 이 친구의 대답 또한 거침없는 하이킥이었다.

치아교정기가 눈에 확 들어오는 단발머리 소녀가 세 번째로 진료실로 들어왔다. "오늘 어떻게 왔어요?" "그걸 제가 말해야 해요? 선생님이 대신 말해주면 안 돼요? 말하기 좀 그런데……." 함께 온 선생님께 투정하듯 말했다. "네가 말해. 그래야 의사 선생님께서 자세히 봐주시지." "제가 매독에 걸렸었어요. 근데 저는 주사 안 맞고 약만 먹었어요. 인터넷 찾아보니 페니실린 주사를 맞아야 한다던데." 처음에 주저하던 태도는 온 데 간 데 없이 치료법까지 쭈르르 꿰고 있었다. 그리곤 치료 전 피검사 결과가 1 : 64였다고 했다. 나는 우선 다시 피검사부터 하고 그 결과를 보고 2차 치료 여부를 결정하자고 말했다.

오늘은 여러 번 "쿵" 하고 가슴 한쪽이 내려앉았다. 한창 공부해야 할 아이들이 길거리를 나돌고 몹쓸 병까지 얻었다니. 아이들을 내보내고 상담선생님과 마주했다. 십여 년째 알아왔던 위기청소년교육센터의 사회복지사다.

"제가 오랫동안 선생님께서 데리고 오는 아이들을 진료했지만 이 아이들은 많이 다르네요. 나이도 점차 어려지고, 당차다고나 할까? 예사로 하는 말들도 그냥 받아들이기 어렵네요."

이들은 인터넷 성매매하다 걸린 아이들이며, '성매매 피해 청소년'이라고 했다. 법무부 산하기관으로부터 보호감찰 중인 미성년자라 재활교육을 위해 여성가족부 산하기관인 '위기청소년교육센터'로 인도된 경우였다. 이들은 절대적으로 사랑과 보살핌이 부족한, 집안 형편이 어려운 집 아이들이 대부분이었다. 성매매로 돈맛을 보면 유혹을 떨치기 어렵다고 했다. 용돈이 떨어지면서 매춘이 아르바이트가 되었다. 이들은 죄의식도 없었고 단지 유행에 뒤처지지 않는 유명 메이커 청바지, 가방, 그리고 스마트폰이 갖고 싶을 뿐인 철부지였다.

아이들은 어른의 거울이라는데. 정작 이 아이들을 이 길로 내몬 것은 우리 어른들이다. 수요 공급의 경제논리로 생각하기에 앞서 인륜을 저버렸다. 우리의 딸이고 누이인 자라나는 새싹들 아닌가.

며칠 뒤 이들이 치료 시기를 놓칠까봐 노심초사하는 위기청소년교육센터 선생님이 아이들을 다시 데리고 왔다. 검사 결과, 아이마다 너덧 가지 성병균에 감염되었다. 나는 결과지를 보여주며 자세히 설명했다. 완치가 가능한 병이라고 강조했음에도 치료를 안 할 때에 나중에 불임이 될 수도 있다는 말이 우선 귀에 들어왔나 보다. "선생님 저 나중에 임신할 수 있어요?" 놀라며 재차 물었다. 나이는 어리지만 잠재된 모성 본능은 어쩔 수 없어 보였다. "만약 치료를 안 할 때에는 그럴 수도 있어요."

아이들이 치료를 포기하지 않도록 하기 위해 본의 아니게 강한 협박조로 말했다. 얼굴은 짙게 화장을 했지만, 다행히 교복을 입고 왔다. 학교를 그만둔 친구에겐 검정고시를 권하며 공부는 할 시기를 놓치면 안 된다고 조곤조곤 타일렀다. 이미 공부에 흥미를 잃은 아이에게 괜한 잔소리였지만, 그래도 바위에 달걀 치는 심정으로 아이들이 선호하는 아르바이트 장소도 들먹이며 '고장난 레코드'가 되었다.

"맥도날드에서 아르바이트를 하려고 해도 고등학교 졸업은 필수예요. 알지요?" 눈이 커지며 "네 알아요"라고 크게 복창한다. "절대로 공부를 포기 하면 안 돼요. 선생님 눈에는 예쁜 아가들이에요."

저희도 예쁘다는 소리가 듣기 좋았는지 얼굴에 웃음꽃이 가득했다. 정말로 똘망똘망한 눈망울의 초등학생 같은 저들이 매춘했다는 게 믿기지 않았다.

위기청소년교육센터에 근무하는 선생님은 모두 다 천사다. 아이들을 바라보는 눈빛에 안쓰러움이 가득하다. 단지 일용할 양식을 구하기 위한 직업인이 아니라 사랑으로 이어진 사명감으로 가득 차 있었다. 부산스런 아이들 때문에 행여나 병원에 누가 될까 항상 미안해했다. 사실 아이들은 대기실 TV 채널도 저희 취향에 맞는 시끄러운 음악으로 바꾸고 마구 웃고 떠들곤 했다.

청소년 시기에 조기 성매매에 나선 경우 적절한 시기에 개입하지 않으면 다른 청소년기 비행으로 연결되거나 나중에 성인 성매매로 이어질 가능성이 높다고 했다. 여성가족부 산하에 '청소년 성장 캠프'라는 성매매 피해 청소년을 대상으로 시행되는 치료 및 재활 위주의 프로그램이 마련돼 있다. 병원 치료도 그 프로그램 중 한 가지였다. 재활 치료를 받는 경우도 경찰 단속에 걸려 인도된 소수라고 했다. 아직도 단속의 사각지대에서, 어른들의 이기심과 무관심 속에서 병들어가는 많은 위기의 청소년들이 방치돼 있다. 뒤늦은 감이 있지만 모든 청소년들이 건강하게 자랄 수 있는 교육환경과 사회제도 구축을 위해 정부와 정치권, 학교와 학부모 그리고 시민사회 각계각층이 장기적인 대책 마련에 함께 나서야 한다.

만 101세가 넘은 일본 시인 시바타 도요는 그의 시집 『약해지지 마』에서 「선생님께」라는 시를 이렇게 그려 놓았다.

나를/ 할머니라고/ 부르지 말아요/ "오늘은 무슨 요일이죠?/ 9 더하기 9는 얼마예요?"/ 바보 같은 질문도 사양합니다.

"사이죠 야소의 시를/ 좋아하나요?/ 고이즈미 내각을/ 어떻게 생각하세요?"/ 이런 질문이라면/ 환영합니다.

선생님/ 저를 환자라고/ 부르지 마세요./ "성관계는 언제 처음 시작했나요?/ 임신해본 적 있어요?/ 정신과 치료받고 있나요?"/ 라는 질문은 어린 저에게 너무 잔인해요/

"생떽쥐베리의 소설/ 어린 왕자 이야기를/ 좋아하나요?/ 본인이 교육부 장관이라면/ 입시 제도를/ 어떻게 바꾸겠어요?"라는 질문을/ 해주면 안 될까요?

나는 내 진료실의 아이들에게서 이런 희망의 속삭임을 들을 날이 올 거라 믿는다.

# 사전의료 지향서

나는 10년 전 갑상선암 수술을 받을 때 엉겁결에 유언장을 작성하였다. 그 유언장에 연명치료에 대한 사전의료지향서가 보태진 것은 어머니를 요양병원에 모신 2년 뒤였다. 차후에 의료진에 의해 회생 가능성이 없는 말기 질환 상태라고 판단될 경우, 심폐소생술이나 인공호흡기 삽입 같은 특수 연명치료를 포함하여 관을 통한 영양공급 및 기관지 삽관술을 통한 일반 연명치료 여부를 사전에 작성한 의료지향서대로 해주기를 원한다는 내용이다. 물론 투석이나 혈액검사를 비롯해 반복적인 검사 및 수혈 여부에 관한 사항도 적혀 있고 평소 뜻대로 인간으로서의 위엄을 지닌 채 임종을 맞을 수 있도록 진행해 달라는 요청도 담겨 있다. 기대수명 100세를 바라보는 시대에 50대 중반의 걱정치곤 너무 심하다 할 수도 있겠지만, 어머니를 방문할 때마다 나는 사전의료지향에 대한 결심을 다시 확인하곤 한다.

어머니 82회 생신을 막 넘긴 지난 일요일이었다. 꽃바구니를 들고 4년째 입원해 계신 요양병원으로 향했다. 주무시고 계신 어머니를 흔들어 깨워 인사를 전하고 가져간 꽃바구니를 들어 어머니 눈높이에 맞춘다. 분홍 장미가 한 가득이다. 그 중 가장 탐스러운 한 송이를 뽑아 코에 대 드린다. "어머니 정말 냄새 좋지? 어머니가 좋아하던 장미꽃이야." 무표정이다. 오늘은 상태가 좋지 않으신가 보다. 다시 스르르 눈을 감으신다.

다소 젊은 나이의 곰살맞은 어머니 담당 간병인이 점심을 마치고 쪼르르 들어온다. 그리곤 반갑게 나를 맞으며 어머니를 재차 깨운다. "어머니 눈 좀 떠보세요. 큰따님 오셨어요. 어째 오늘 기분이 이상하시다"라며 살붙이인 나보다 더 살갑게 어머니를 대한다. 가끔 와서 잠깐 만나고 가는 자식들보다 늘 함께 지내는 그들이 더 자식 같다. 어머니 병상의 건너편 여자 어르신이 의심스러운 표정으로 나를 보더니 갑자기 간병인에게 소리친다. "저 여자 누구에요?" 내가 깜짝 놀라며 쳐다보자, 간병인이 "서○○ 어르신 따님이에요"라고 답한다. 그제야 안심하는 듯하더니 "우리 딸은 왜 안 와?" 하고 다시 소리친다.

네 분의 어르신 중 유일하게 언어기능이 남아 있는 분이시다. 언어기능이 남아 있음은 정말 축복인데 이 병실에서 저 분은 하도 여러 사람을 성가시게 만들어 언어기능이 남아 있음이 공포가 되었다. 어머니는 햇수로 4년째 요양병원 침대를 벗어나지 못하고 산 듯 죽은 듯 누워 계신다. 건너편 침대는 벌써 주인이 여럿 바뀌었다. 나는 병실에 갈 때마다 다른 환자들을 유심히 살펴본다. 나이, 병명, 종교 등등을 살핀다. 모두 다 관을 통해 유동식을 투여하는데 각각 1,000kcal에서 1,250kcal로 적혀 있는 것을 보니 모두 누워 계셔도 기초대사량이 다 다른가 보다. 갈 때마다 미동도 하지 않던 건너편 한 어르신이 어느 날 보니 적혀 있던 칼로리가 700kcal로 줄었다. 어찌 된 영문인지 물어보자 가족들의 요청으로 하루 두 번으로 식사를 줄였단다.

그 분은 만 10년째 요양병원 생활을 하고 계시는 중이다. 지속적으로 열이 나서 중환자실로 옮기라는 병원 측 권고에 대신 식사 한 끼를 줄여달라고 요청하였다는 것이다. 그 소리를 듣자 마음 한쪽이 "쿵" 하고 내려앉는다. 한 번도 만난 적이 없는 보호자의 마음을 어렴풋이 알 것도 같다. 고육지책이었으리라. 마치 나는 나의 입원환자인 양 회진하듯 여러 어르신을 둘러본다. 그래 보아야 네 분뿐이지만 마음속으로는 입원해 계시는 동안 늘 안녕하시길 기원한다.

어머니 옆의 남자 어르신은 오르락내리락하는 열로 아이스팩만 바꿔 끼고 계속 열만 재고 있다. 이미 폐렴으로 중환자실 나들이를 여러 번 하셨다. 벌써 수년째 기관절개 상태이니 반복적으로 병이 생길 만도 하다. 병원 체계가 늘 그러하듯이 아마 내일은 의사의 왕진이 있을 것이고 적절한 항생제가 투여될 것이다. 한 달에 한 번 오셔서 20분 정도 있다가 가며 병원비 걱정에 시름이 깊은 가녀린 보호자, 내가 보기에도 안쓰럽다. 보호자가 먼저 가시지 않을까? 괜한 걱정도 해본다. 건너편 어르신은 하루 세 끼에서 두 끼로 줄인 몇 달 뒤 조용히 세상을 뜨셨다. 아침에 식사를 드리려고 하는 순간 온 몸에 땀이 나더니 다시 차가워졌다고, 나의 어머니가 볼까봐 커튼으로 가렸노라고 나이든 오래된 간병인이 감정의 굴곡 없이 일상의 일처럼 전한다. 오래 일하다 보면 죽음이 일상으로 여겨지는가 보다. 그 자리에 새로 들어온 어르신은 남자다. 얼굴빛이 검고 팔다리조차 푸르딩딩하다. 죽은 듯이 누워 계신다. 아마 저 분도 오래 가시지는 않을 듯하다.

이곳은 삶의 집이라기보다 차라리 죽음의 집이라 여기는 게 나을 듯하다. 이렇게 환자가 자주 바뀌니 가끔 들르는 나도 마음이 좀 이상하다. 아니나 다를까 입원 2주 만에 침대가 비워졌다. 곰살맞던 젊은 간병인이 울먹이며 나에게 다가온다. 건너편 어르신의 상태가 나빠졌다고 가족들에게 연락하니 알았다고 아무것도 하지 말고 그냥 두라고 했단다. 그리곤 정말 돌아가셨다고 기별하니 그제야 왔다고 매우 섭섭하다고 전한다.

간병인들은 자신의 부모에게는 잘 못하지만 일하는 곳의 어르신들에게는 잘하고 싶단다. 매일매일 대하는 어르신들께 말은 안 통하지만, 정이 들었으리라. 그리고 객관적으로 상황 파악을 할 수 있을 거라 짐작을 해본다. 착한 심성을 지녔고 궂은일이지만 나름 직업에 대한 자부심 그리고 사명감도 투철하다. 그러나 집에서 못 모시고 여기까지 오신 어르신들 사정이야 얼마나 딱할까? 나의 어머니만큼 다들 기막힌 사연을 지니지 않았을까?

그로부터 딱 일주일 뒤에 어머니를 갑자기 중환자실로 옮긴다고 연락이 왔다. 기관지 석션 중 피 섞인 가래가 나와서 CT 촬영과 동시에 폐렴 진단을 받고 일주일간 집중치료를 받으셨다. 바쁘다는 핑계로 치료가 끝나고 중환자실에서 병실로 다시 옮겨온 뒤에야 찾아뵈었다. 이곳에서는 환자가 열만 조금 나도 항생제가 곧 투여된다. 위루 수술이나 기관지 절개술 받은 상처 부위에 문제가 생기면 즉시 대학병원으로 후송하여 후속 조치를 한다. 환자에 대한 최상의 의료서비스다. 우리나라 최고의 요양병원답다. 아직은 거부할 수 없는 병원 측의 권고 사항이다. 회복해서 일상으로 복귀할 수 있으면 그야말로 온 힘을 기울이는 게 의료의 본분일 거다.

죽음에 이르는 긴 여정에 들어선 사람들에게 최선은 어디까지인가? 연명치료로 삶을 부지해 나가는 환자들에게 위엄을 지니고 죽음을 맞이한다는 것은 과연 어떤 상황을 의미할까?

어머니 상태가 나빠지면 가슴이 아프고 다시 좋아지면 마음이 착잡해진다. 어머니 건너편에 먼저 가신 어르신들의 보호자가 그런 마음 아니었을까? 대면하면 마음이 흔들릴까봐 오지 않고 아무 것도 하지 말고 그냥 놔달라고 부탁하지 않았을까? 아니면 진즉 어르신들을 마음에서 떠나보낸 것은 아니었을까? 그 분들을 들먹거릴 필요도 없다. 언제부터인가 어머니에 대한 애틋한 마음이 나에게서도 슬그머니 내려지고 있다. 나 자신도 변해가는 내 마음이 놀랍고 이런 마음을 들킨 것 같아 부끄럽다. 4년 전 처음 입원할 때 '현대판 고려장'이라고 몹시 가슴 아파하던 게 엊그제 같은데, 애꿎은 세월 탓만 하며 어머니에 대한 흔들리는 마음을 간신히 부여잡고 있다.

세월이 지나면서 나 또한 그 흐름을 거스르지는 못하게 되리라. 십 년 뒤가 될는지? 그때가 언제가 될는지는 모르겠지만 먼저 가신 분들의 보호자처럼 병원 측의 권고사항을 거스를 그날이 올지도 모르겠다.

# 21세기형 가족

작년 혼외 출생아는 1만 명을 넘어 신생아 100명 중 2.1명을 차지했다고 통계청이 발표했다. 미혼모가 2.1%가 된 것이라며 방송사마다 머리기사로 다루고 있다. 사정이야 있겠지만, 정자 공여에 의한 생식보조술의 도움으로 미혼모가 된 경우도 점차 늘고 있다.

몇 년 전 뉴스에 미국에서 젊은 여성 여섯 명이 생물학적 아버지를 찾았다는 기사가 나왔다. 개를 여러 마리 키우고 살던 독신의 생물학적 아버지, 즉 정자 공여자는 기분이 묘하지만 나쁘지는 않다고 방송에서 인터뷰를 하는 장면이 보도됐었다. 곁에 있던 생물학적 딸들도 뿌리를 찾게 돼 행복하다고 전했다. 180cm의 훤칠한 키와 푸른 눈, 철학과 음악 등에 관심이 많았던 그는 캘리포니아 정자은행에 1주일에 2번 정자를 제공하고 400달러를 벌었단다.

우리나라의 한 유명 연예인이 죽음을 생각할 정도로 삶이 힘들었다며 자신이 살기 위해서 아이라도 있어야 한다는 어머니의 권고로 정자를 공여받아 생식보조술의 도움을 구해 딸을 출산해 키우고 있다. 인터넷에 아이 사진을 곁들이며 세상 밖으로 나와 자신의 근황을 업데이트하고 있다. 많은 이들의 관심 속에 아이는 어느덧 학교 갈 나이가 되었다.

미국의 저명한 산부인과 의사는 자신이 인공수정으로 시술해 출산한 아이들 중 많은 아이가 시술한 의사를 닮았다는 지적으로 조사를 받았다. 조사 결과 자신의 정자를 인공수정에 사용한 것으로 밝혀져 물의를 빚은 적도 있다. 인공수정의 시술 규정이 엄격한 미국에서 일어난 일이라는 게 충격적이었다. 우리나라에서는 생식보조술의 도움으로 임신을 할 경우 배우자의 동의를 구하도록 돼 있다. 법적 구속력이나 강제성이 없고 권고사항으로 되어 있다. 정자은행이 활성화되어 있지 않은 우리나라의 경우 인터넷 등을 통해 암암리에 거래되고 있다. 이 모든 것들은 모두 다 금전적 대가와 연관되어 있다. 20대 젊은 대학생이 쉬운 돈벌이에 죄의식 없이 참여하고 있다. 외국의 경우는 더 말할 것도 없다.

30여 년 전. 우리나라에 정자은행이 몇 안 되던 시절 일이었다. 남

편이 무정자증이었던 불임 부부가 정자 공여로 인공수정을 하게 되었다. 전공의 1년차였던 나는 인공수정 과정을 지켜보았다. 전공의 2년차의 고등학교 동창생이 친구의 부름을 받아 바람과 같이 나타나 임무를 수행하고 총총히 사라지곤 했다. "그렇게 민들레 홀씨 뿌리듯 하고 다니면 나중에 어떻게 할 거야?" 하는 그 동창생 여자 친구의 요청으로 몇 번의 정자 공여 후 더는 참여하지 않았다. 그 당시 흘낏 쳐다본 정자 공여자의 외모는 대머리에 작은 눈을 하고 있던 터라 공여된 정자를 받는 환자의 남편과는 영 다른 외모였다. 같이 온 남편이 죄인처럼 고개 숙인 모습이 측은해 보였고 그 남편과는 무관하다는 듯 어떻게 해서든 아이를 갖고 싶은 당당한 부인의 태도가 그 당시에는 이해가 안 되었었다.

정자와 난자가 만나 나팔관 내에서 수정이 되어 자궁에 착상이 이루어지는 과정이 자연임신이다. 무정자증이나 희소정자증인 경우에 타인의 정자를 공여받을 수 있다. 정자를 공여받은 경우는 체내수정(인공수정) 또는 체외수정(시험관 시술)을 통해 임신에 이를 수 있다. 난자도 공여받을 수 있다. 난자 공여는 절차 자체가 까다롭다. 난자가 있는 난소가 복강 내 장기이고 약물에 의해 과배란 유도 후 난자 다수를 복강경에 의해 추출하는 침습적 방법이다. 합병증도 있을 수 있다. 난자은행이 없는 터라 난자 공여도 암암리에 인터넷을 통해 거액에 거래되고 있으며 더 은밀하게 이루어지고 있다. 난자 공여 대가에 고가를 제시하며 머리 좋고 외모가 수려한 명문 여대생을 구한다는 유혹적인 광고도 심심치 않게 올라오고 있다. 임신을 지속할 수 없는 여성의 경우 공여된 난자로 체외수정으로 대리모를 통해 자식을 얻을 수 있다. 보수를 받고 대리로 임신, 출산하여 주는 대리모에 의한 출산도 점점 많아졌다. 대리모 임신은 처음엔 난자를 생산 못하는 여성이나, 시험관 임신에 실패한 불임여성을 위해서 하는 방법으로 고안되었다.

다발성 경화증으로 임신 지속을 할 수 없는 여성의 난자와 그 여성의 남편 정자로 시험관에서 수정해 대리모의 자궁에 이식하여 출산한 경우도 있다. 거액의 돈을 받고 대리출산을 해주기로 한 인도 여성이 출산 후 마음이 바뀌어 아이를 데리고 미국을 떠나버린 사건도 있었다. 출산을 못하는 딸을 대신해 친정엄마가 대신 대리모 역할을 한 경우도 있었다. 아기의 친권이 과연 누구에게 있는가?

2009년 6월 세상을 떠난 마이클 잭슨은 놀랍게도 시험관 시술로 태어난 세 명의 그의 자녀들과는 생물학적으로 아무런 관계가 없다고 밝혀졌다. 그의 두 번째 부인 역시 두 아이의 생물학적 어머니가 아니라 단지 대리모였다. 어둠 속에서 조용히 잠자고 있던 출생의 비밀이 마이클 잭슨이 남긴 거액의 유산 때문에 세간의 이목을 집중시키고 있다. 세 아이의 양육권을 놓고 대리모와 할머니인 마이클 잭슨 어머니와 법정 다툼을 하고 있다. 전례가 없는 소송이지만 법률전문가들은 대리모가 양육권을 가질 수도 있다고 했다. 돈이 없다면 과연 양육권을 서로 가지겠다고 다툼을 할까?

외국의 경우 미국에선 독신여성들이 제 짝을 기다리다 지쳐 임신을 위해 건강한 정자를 직접 찾아나서고 있다고 한다. 실제로 미국에서 가장 큰 정자은행인 '캘리포니아 크리오 뱅크'는 2005년 거래량의 3분의 1인 정자 9,600병이 독신여성에게 팔렸다고 밝혔다. 또한, 자기 회사의 주 고객은 동성애자나 독신여성이라고 했다.

무분별하게 정자 기증을 한 탓에 문제점도 많다. 정자은행을 통하는 경우는 철저한 검사를 통해 질병이 있는 정자는 기증자에서 제외된다. 정자은행을 통하지 않고 질병이 있는 경우에는 특정유전자를 널리 퍼뜨릴 수 있고 더 나아가 근친결혼의 문제점이 있을 수 있다.

정자 기증자의 익명성을 우선으로 하고 있지만, 뿌리를 찾고 싶은 인간의 욕망이 최근엔 기증자와 아이들을 세상 밖으로 나오게 하였다. 미국에서는 '기증 정자 출생 등록' 사이트를 통해 생물학적 형제자매들을 서로 만나고 있다. 놀랍게도 어느 정자 기증자는 150명의 생물학적 자녀를 둔 경우도 있었다.

혼인한 상태에서 자연임신이 어려운 경우 현대과학의 도움을 구해 임신하는 것은 자연스러운 것이라 여겨진다. 이런 생각이 나만의 편견일까? 정자 공여, 난자 공여, 대리모. 결혼한 남녀 부모, 동거 남녀 부모, 동성애 여성 부모(정자 공여자), 동성애 남성부모(정자 공여자, 난자 공여자, 대리모), 독신 모(정자 공여자, 정자 공여자+난자 공여자) 독신 부(난자 공여자+대리모, 정자 공여자+난자 공여자+대리모) 등등 생소했던 단어는 사회가 변해가며 일상에서 듣는 단어처럼 되었다.

결혼하지 않고 동거 커플이 주 가족구성원으로 돼 있는 유럽의 여러나라처럼 우리나라도 혼외 출생아가 50%를 넘는 날이 오지 않을까?

생식보조술의 눈부신 발전과 인터넷의 발달로 전통적인 가족관계가 무너져 가는 것이 안타깝고, 익숙하지 않은 21세기형 가족 구성에 대해 아직은 많이 혼란스럽다. 사회가 아무리 변해간다 하더라도 가족 구성원을 이루는 것은 단지 생물학적인 조합에 의한 것이 아니라 따뜻한 사랑에 바탕을 두어야 한다고 생각하고 싶다.

# 12월의 환자들

오랜 만에 건강검진을 받는 것으로 한 해를 마무리하는 환자들을 보는 것은 더는 낯선 연말 풍경이 아니었다. 지난 12월 초였다. 중년의 여인이 임신 8개월가량의 둥실한 몸매로 진료실에 들어섰다. 직감적으로 예사 환자가 아니라고 느꼈다. 임산부거나 복수가 찬 것일 텐데 48세의 미혼이라는 그녀에게는 둘 다 바람직하지 않았다. "몸이 이런데 왜 일찍 병원에 안 오셨어요?" "두렵기도 했고 하는 일에 짬이 안 났어요." 즉시 자궁암검사, 초음파검사를 했다. 복수가 차올라 임신 8개월 임산부처럼 배가 부푼 것이었다. 전형적인 난소암 말기 증세였다. 애써 태연한 척 가족은 누가 있는지? 직장은 있는지? 암보험 가입은 했는지? 등등 물어보았다. 그녀는 병원 근처에서 옷가게를 운영하며 혼자 근근이 살아가고 있었다. 환자는 우선 숨이 차서 못 견디겠다고 했다. 나는 즉시 가까운 대학병원으로 응급 전원을 하게 했다. 사는 곳도 내 병원 가까이 있었는데 일 년에 한 번도 못 왔다니 이보다 더 딱한 일이 있을까?

난소암은 여성생식기에서 발생하는 악성종양 중 가장 예후가 나쁘며 이 환자의 경우처럼 3분의 2에서 이미 진행된 상태로 발견된다. 그럼에도 난소암은 정기적인 골반 내진, 질식 골반 초음파검사 및 혈액 내 종양표지물질 검사를 단독 또는 병합해서 조기 진단될 수 있다.

며칠 뒤 나이에 어울리지 않게 야구 모자를 쿡 눌러쓴 53세 환자가 골반 아래로 밑이 빠질 듯이 아프다며 나의 진료실을 찾았다. 복부비만으로 혹인지 살인지 분간조차 어려웠다. 골반 내진 및 초음파검사 상 태아 머리만한 혹덩어리가 하복부 골반 근처에서 발견됐다. 자궁경부도 건드리기 무섭게 출혈을 했다. 간신히 지혈한 후 에둘러 설명을 곁들여 본인이 원하는 3차 병원으로 진료의뢰서를 썼다. "원장님, 죽을병인가요?" "큰 병이 아닌 것은 대학병원에서 확인받으세요." 나는 이렇게 말하며 속으로 뜨끔했다.

그 환자가 다시 내 진료실을 방문한 것은 그 바로 일주일 뒤였다. 진행된 자궁경부암으로 진단받았다며 올 봄에 받았던 국가검진에서 정상이라던 결과가 어떻게 일 년도 안 돼 진행된 암이라고 나올 수 있느냐고 물었다. 운 나쁘게도 단체검진의 사각지대에 속한 경우였다. 그녀는 큰 원망도 없이 운명으로 받아들이는 듯했다. 그러나 뜻밖에 실제적인 일을 결정하는 데 나의 도움이 필요했다.

"원장님, PET-CT 찍은 후 수술 날짜가 잡혔어요. 그런데 방광과 직장도 손대야 하는 대공사라는데 하던 식당을 접어야 하나요? 큰 병원에서는 자세히 설명도 안 해주네요."

그녀는 중림동에서 오랫동안 생선구이집을 운영하고 있었다. 뇌졸중으로 쓰러진 남편 병시중도 들며 어렵게 살림을 꾸려오던 실제적인 가장이기도 했다. 생선 굽는 일은 힘든 일이라 주인이 꼭 해야 한다며 수술 후 한 달 뒤 생업에 복귀할 수 있느냐고 넌지시 물었다. 내가 하라는 대로 하겠단다. 참으로 난감했다. 당장 정리하라고 하고 싶은 생각이 굴뚝같았다. 보호자라도 함께 왔으면 좋으련만 본인이 환자면서 최종 선택의 결정권자였다. 나는 온 힘을 다해 치료받으면 좋아질 수 있을 거라고 힘주어 말하며 마지막 악수를 청했다. 나무껍질 같은 투박한 손마디를 만지는 순간 그녀의 고단한 삶에 가슴이 뻐근해졌다. 오십대 초반에 자궁경부암 말기라니 너무나 안타까웠다. 부디 큰 수술을 잘 견뎌내 남은 생을 행복하게 살아갔으면 싶었다. 자궁경부암은 정기적인 자궁경부 세포도말 검사, 자궁경부 질 확대 촬영검사 및 인유두종 바이러스 검사로 99.9% 조기 진단할 수 있다. 유일하게 예방 백신도 나와 있는 암이다.

거리가 온통 흥겨운 크리스마스 캐럴로 물결치는 성탄 즈음이었다. 한 달간 계속되는 질 출혈로 60세 환자가 나의 진료실을 방문했다. 폐경 이후의 부정 출혈은 좋은 징후는 아니다. 자궁 초음파검사를 하며 그 자리에서 조직검사도 시행했다. 닷새 뒤 나온 결과는 침윤성 자궁내막암이었다. 1차 진료기관인 내 병원에서 20여 년 동안 자궁내막암 진단을 한 것은 10명도 채 안 되었다. 나는 검사 결과를 직접 환자에게 전화했다. "조직 검사결과 상 대학병원으로 가셔야 할 것 같아요. 가족이랑 같이 오세요." 전화 후 30분 만에 득달같이 달려온 것은 뜻밖에 눈물이 그렁그렁한 그녀의 딸이었다. 그녀는 몇 년째 나의 진료실을 방문하고 있었다. "환자 어머니셨어요? 그런데 어머니는 산부인과 검진은 왜 한 번도 하지 않으셨어요?" 자궁 초음파는 한 적이 없다고 했다. 일 년에 한 번 자궁 초음파 검진만 했어도 미리 진단했을 텐데. 늦었다고 할 때가 가장 빠른 시기라고 위로하며 가까운 대학병원으로 전원했다. 그래도 같이 갈 든든한 가족이 있어서 썩 다행이었다. 자궁내막암은 정기적인 검사, 즉 질식 자궁 초음파를 통해 자궁내막 두께를 측정하고 필요에 따라 자궁내막 조직검사로 확진할 수 있다.

일 년에 한 명도 만나기 어려운 부인 암 환자를 한 달 사이 세 명이나 만나다니! 그것도 세 분 모두 치료 적기를 놓친 경우였다. 부인과 암은 일 년에 한 번 산부인과 전문 검진으로 조기 진단될 수 있건만. 한 동안의 부주의가 암으로 귀결되어 고통받는 모습을 어쩔 수 없이 동동거리며 지켜봐야 했던 2012년 12월이었다.

아직은 늦지 않았다고 생각했었다.

나뭇잎은 조금씩 물들어갔지만
푸르른 산과 들에 물결치고 해는 산허리에 걸려 있지만
발밑의 햇살 넉넉히 길을 밝혔다.
집에 돌아가기까지는 아직 충분한 시간이 남았다고 믿었었다
그래서 잠시 마음 풀어놓고 놀이마당을 기웃거렸던 것이
한 순간의 꿈으로 사라져버렸다.
돌아갈 길은 어둠에 묻혀버렸고 별들은 저희끼리 아득한 곳에서
아무리 불러도 대답하지 않는다.

홍윤숙 시인은 시「일생」에서 놓쳐 버린 시간을 이렇게 노래했다.

고단한 일생을 보내온 그녀들의 불운을 안타까워하며 그녀들이 돌아갈 길이 아직 어둠에 묻히지 않았고 집에 돌아가기까지는 아직 충분한 시간이 남았노라고 나도 외쳐 주고 싶다. 비록 조금 늦었을지라도 그녀들이 현대 의학을 믿으며 제발 마지막 희망만은 놓치지 말았으면 좋겠다.

# 예쁜
# 치매 환자

한국전쟁 발발 63주년을 기념하는 행사가 한창인 지난 6월 중순경이었다. "병원이 어디에 있어요?" 전화기 속 주인공의 낭랑한 목소리가 접수실 안쪽 진료실에서도 크게 들린다. "2호선 홍대입구역 1번 출구로 나와 던킨도너츠가 있는 건물 2층입니다." "던킨도너츠, 네 던킨도너츠에요. 던 킨, 던 킨이에요." 걸려온 전화에 병원 직원이 몇 번을 반복하며 알려준다. 말을 잘 못 알아듣다니. 혹시 지난 번처럼 진료실 안에서 30분간 횡설수설하는 환자는 아닐까? 은근히 걱정이 앞섰는데, 놀란 토끼처럼 동그란 눈매의 70세 환자가 생글생글 웃으며 들어왔다.

"병원 찾아오기가 어려우시던가요?"

던킨이란 말이 생소해서 얼른 머리에 입력이 안 되었다고 했다. 진찰을 마치고 얼굴을 마주했다. 별다른 큰 이상은 없었고 약만 처방하려고 물었다.

"복용하는 다른 약 있으세요?"

치매, 우울증, 고혈압 그리고 위장약을 함께 먹고 있었다.

"치매라니? 환자 본인이요?"

전혀 치매환자 같지 않았다. 똑똑한 발음으로 본인은 알츠하이머 환자란다. 7년째 치매 약을 복용 중이었다. 그래서 던킨이란 말을 잘 못 알아들었구나.

1968년도 울진, 삼척 무장공비침투 사건이 발생했을 때 그녀는 남편과의 사이에 한 살배기 딸 하나를 둔 25세 꽃다운 나이의 새댁이었다. 그 당시 군인이었던 남편은 공비토벌작전에 참가하여 전사하였다. 무장공비에 의해 이승복일가가 무참히 살해되었던 역사적 사건이었다. 아군 총 전사자 40명 중 한 분이셨다. 그녀는 개가도 하지 않고 홀로 딸을 키우며 45년간 살아왔다. 비명에 간 남편을 생각하면 그렇게 해야만 할 것 같았단다. 홀로 살아온 긴 세월 내내 우울증 치료를 받았다. 그녀는 자기의 정신의학과 주치의가 일러준 대로 본인의 병이 오랫동안 먹어온 우울증약 때문이라고 굳게 믿고 있었다.

"선생님 제가 세브란스병원 정식 간호사는 아니었지만, 간호조무사로 정년퇴직했어요."

역경을 딛고 무사히 초등학교 졸업장을 받은 산골 소녀처럼 표정에 자부심이 가득해 보였다. 그녀는 퇴직 후부터 몇 년간 봉사활동을 해왔는데, 어느 날 독거노인 도시락 배달을 하러 갔다가 집을 못 찾아 도시락 전달을 못 했다. 주위의 권유로 보훈병원에서 초기 치매, 알츠하이머라고 진단받았다. 치매라는 진단을 믿을 수 없어서 울고 또 울었단다. 대학병원 두 곳에서 진단을 다시 받았다. MRI와 뇌파검사를 비롯해 여러 가지 검사를 거푸 했지만 진단 결과는 똑같았다. 7년 전이었다.

한참을 이야기하던 중 휴대폰이 울렸다. "집사님, 나 이미 진료 마쳤어요. 안 오셔도 돼요. 병원 쉽게 잘 찾았어요." 환자가 다니는 교회 내 봉사자가 확인 차 전화를 한 것이었다. "누구랑 살아요? 이렇게 혼자 다니실 수 있어요?" 딸이 엄마랑 같이 살겠다고 했지만, 고등학생 자녀를 둔 46세 딸이 힘들 것 같아 혼자 지내는데 아직 어려움은 없단다. 그녀는 오전에는 치매센터에서 보내고 점심을 먹은 후는 주부학교에서 5시까지 지낸다. 그리고 저녁을 먹은 후는 지인과 탁구를 친다. 교회에서 기도도 열심히 하며 외로울 틈이 없다고 했다. 앞으로 그녀의 병세가 어떻게 진행될지 모르겠지만, 외견상으로는 아직 편안한 삶처럼 여겨졌다. 오랜 시간이 지나서인가? 그녀는 말하는 내내 감정의 기복이 없어 보였다. 마지막엔 "원장님 처음 왔는데도 제 이야기 잘 들어주셔서 고맙습니다"라고 하는 게 아닌가. 정상인과 크게 다를 게 없어 보였다. 그야말로 그녀는 밝고 명랑하고 긍정적인 태도를 지닌 예쁜 치매 환자였다. 웃는 얼굴에 쓰인 그대로 그녀는 이제껏 감사하며 살아온 것이 분명해 보였다.

인간의 수명이 늘어감에 따라 치매는 누구나 걸릴 수 있는 질병이 되었다. 밝혀진 치매의 종류만도 50가지 정도인데 그 중 70~80%가 혈관성 치매와 알츠하이머이다.

혈관성 치매는 뇌혈관 질환이 반복되면서 치매가 발생한 경우다. 예방 가능한 치매이기도 하다. 만약 치매가 된다면 예쁜 치매가 되자고 성균관대 의대 신경과 나덕렬 교수는 그의 저서 『뇌美인』에서 강조한다.

나쁜 치매 환자는 본인과 보호자들을 힘들게 만드는 환자다. 예쁜 치매 환자는 문제행동인 욕설과 폭력 등을 하지 않고 남들에게 폐를 덜 끼치는 환자를 말한다. 예쁜 치매 환자가 되려면 우선은 뇌美인이 되어야 하며 뇌美인은 얼굴 관리하듯 뇌를 관리해서 될 수 있다고 한다. 항상 감사하고 긍정하는 마음을 가져야 '감사신경망' '긍정신경망'이 두터워진다. 분노와 미움을 버리고 부부 관계나 주변 인간관계를 좋게 해야 한다. 치매를 일으키는 뇌 변화는 젊어서부터 시작되며, 뇌美인이 되는 훈련을 일찍 시작한다면 생활 습관병이라는 치매는 예방할 수 있다.

뇌美인이 되는 훈련, 치매를 예방하는 훈련을 간단히 소개해 본다. 뇌美인이 되려면 우선 앞쪽 뇌, 전두엽를 키워야 한다. 말하기, 글쓰기, 토론 그리고 발표하는 것이 큰 도움이 된다. 진땀나게 운동하고, 인정사정없이 담배 끊고, 사회활동과 긍정적인 사고를 많이 하고, 대뇌 활동을 적극적으로 하고, 천박하게 술 마시지 말고 명을 연장하는 식사를 해라. 알고 보면 아주 쉬운 해법이다. 외우기 쉽게 '진인사대천명'으로 축약할 수 있다. 뇌美인 되는 적극적인 훈련을 통해 치매의 공포에서 벗어나 본다. 나도 만약 치매에 걸린다면 예쁜 치매 환자가 되고 싶다.

보훈의 달 6월을 보내며 전쟁미망인으로 인고의 삶을 살아온 그녀가 남은 생애 내내 지금처럼 예쁜 치매 환자로 남아 있기를 마음으로 빌었다.

# 나도
# 폐경기다

5년 전이었다. 거실에 앉아 TV 시청을 하던 어느 날 등 뒤쪽으로 깃털 부채를 살랑살랑 흔들듯 더운 바람이 살짝 지나갔다. 몇 번이나 반복됐다.

둔한 나는 처음에 그게 무엇을 의미하는지 잘 몰랐다. 가만히 등 뒤로 손을 가져가니 열감이 느껴졌다. 석 달 전 시행한 호르몬 검사에서는 아직 폐경 수치는 아니었는데 몸이 먼저 말하는 것이었다. 드디어 갱년기 증상이 시작된 것이었다.

오래 전에 자궁적출술을 받아 생리가 없었던 나는 평균 폐경 나이 즈음부터 주기적으로 혈액 내 폐경호르몬 수치를 검사했었다. 지나간 시간을 어림해 보니 서너 달 전부터 잠이 쉽게 들지 않았다. 친정아버지 사별 후 삶의 끈을 놓고 드러누워 버린 친정엄마와 나 자신을 동일시하며 인생무상을 느끼며 우울감에 사로잡힌 것도 바로 그즈음이었다. 온몸이 찌뿌드드하게 아프고 만사가 귀찮아지며 왠지 불안하여 가슴이 벌렁거리고 꽉 조이는 느낌이 들었다.

아! 나도 폐경기구나!

깨달음의 경지에 오른 선승처럼 내 몸을 뒤돌아보았다.

주저하지 않고 호르몬 보충제를 복용하기 시작했다. 자궁적출술을 받아 이미 빈궁 대열에 합류한 터라 에스트로겐 성분만 들어 있는 제제로 우선 선택했다. 여성호르몬제는 주로 에스트로겐과 프로게스테론 두 가지 성분으로 되어 있으며 각각 단독제뿐 아니라 두 가지 성분을 적절하게 배합한 복합제제가 나와 있다.

석 달을 복용하니 몸이 붓기 시작했다. 말 그대로 부종, 호르몬이 수분을 머금는 현상이었다. 즉시 복합제제로 약을 바꾸어 이번에도 석 달을 먹었다. 이 약도 시간이 지나면서 점차 유방압통이 생겨나 불편했다.

다시 수분 저류가 덜 되는 프로게스테론 제제가 들어가 있는 약으로 바꾸었다. 부종은 덜했지만 에스트로겐이 절반 용량이라 관절이 뻣뻣해지는 증상이 약 복용 전과 같아졌다. 6개월 뒤에 바꾼 약은 성분이 에스트로겐 프로게스테론 제제가 아니라 복용 후 몸속에서 에스트로겐 프로게스테론 안드로겐 성분으로 대사되어 조직 친화적으로 작용하는 합성제제였다. 부종, 유방압통도 없고 폐경기 증상이 싹 순응할 만해졌다. 드디어 나에게 꼭 맞는 약을 찾았다. 자신의 몸으로 임상시험을 한 거나 진배없었다. 폐경기 증상으로 약 처방을 위해 진료실을 찾는 환자들에게 나의 경험이 큰 도움이 되었다.

여성은 태어나서 자라가며 초경과 폐경이라는 신체적, 심리적 변화를 겪는다. 두 현상을 기준으로 유년기, 가임기 그리고 폐경기로 구분할 수 있으며 여성호르몬이 부족하게 되어 가임기에서 폐경기로 전환되는 시기를 갱년기라 한다. 이 시기에는 전에 경험하지 못했던 여러 증상이 차례로 나타나게 된다. 이때부터 호르몬 보충요법을 하기 시작한다.

진료실에서 만나는 내 나이 또래의 환자는 호르몬 보충요법에 대해 절반은 동의한다. 절반은 힘든 증상을 자기 의지로 극복하고 해결되지 않을 경우 나중에 약 복용을 고려하겠단다. 보충요법은 폐경 즈음에 시작해야 효과가 가장 좋다고 일러준다.

"폐경 후 호르몬 치료를 하면 유방암에 잘 걸리지 않나요?"

시작 때 늘 받는 질문이다. 에스트로겐만을 단독으로 처음 사용하는 경우에는 유방암의 발생이 감소하며 에스트로겐 프로게스테론 병합요법 때는 사용 후 7년까지 유방암 위험도는 증가하지 않는다고 알려졌다.

"폐경 후 호르몬 치료를 하면 자궁암에 잘 걸리지 않나요?"라는 질문도 자주 받는다.

자궁경부암 발생에는 영향을 미치지 않으며 자궁경부암으로 진단받은 환자에게서도 호르몬 요법이 생존율이나 재발률에 영향을 주지 않는다. 에스트로겐 단독요법은 자궁 내막암 발생을 증가시키나 프로게스테론을 병합 투여함으로써 자궁내막을 보호해줄 수 있다. "폐경 후 호르몬 치료를 받으면 골다공증이 예방되나요?" 물론 더 말할 것도 없다. 일생을 통해 나타나는 골 소실의 50%가 이때 나타난다. 에스트로겐 결핍이 골다공증의 원인이 되므로 호르몬 보충요법은 폐경 후 골 소실을 예방하고 골량 감소로 말미암은 골절도 감소시켜준다. 60세 이하의 폐경여성이나 조기 폐경여성에서 적절한 골다공증 일차 치료제로 되어 있다. 호르몬 요법은 인지기능 감소와 치매 예방 및 치료 목적만을 위해서 처방하지는 않으나 폐경 초기 여성에서 호르몬 요법을 사용할 경우 이차적으로 인지기능 저하 예방 효과를 기대할 수 있으며 심혈관계 질환의 위험도 감소한다고 알려졌다. "호르몬 치료를 계속해도 되나요? 한 번 시작하면 절대로 끊으면 안 되나요? 언제가 마지노선인가요?" 치료 시작 후 1년이 지나면 반드시 듣게 되는 질문이다.

결론적으로 말하면 호르몬 요법의 치료 기간은 제한할 필요가 없다. 최근 학회에서는 90세의 의사가 자기 자신도 현재 호르몬 보충치료를 하고 있다고 발표하기도 했다. 호르몬 치료의 좋은 점과 나쁜 점을 주기적으로 평가해서 좋은 점이 더 많을 경우 계속 사용할 수 있다. 호르몬 요법은 폐경여성이나 폐경 이행기에 일찍 시작할수록 폐경 후 몇 년 지난 뒤 시작하는 것보다 더욱 큰 이점을 얻을 수 있다.

〈유엔 인구기금 2012 세계 인구 현황 보고서〉 한국판에 따르면 한국 여성의 평균 기대수명은 84세로, 2012년 국립보건연구원의 보고에 의하면 우리나라 여성 평균 폐경 연령은 49세로 나타났다. 세월이 가는 것을 좋아할 자 있으랴마는 환자와 같이 공평하게 나이 들어가며 약을 쓰니 좋은 점이 많다. 동시대를 살아가는 동지인 여성들에게 말해주고 싶다. 전문가와 잘 상담하여 정기적인 검진을 하며 자신에게 꼭 맞는 호르몬 보충요법을 한다면 폐경 후 남은 인생은 분명 축복이 될 거라고.

호르몬 없이 그냥 살기엔 폐경 후 35년은 너무 길지 않은가!

# 생물학적 뿌리

지난 8월 중순경이었다. 금발의 외국인 임산부가 여행 중 갑자기 질 출혈이 보여 진료실을 찾았다. 뜻밖에 보호자로 함께 들어온 이는 훤칠한 키에 서글서글한 눈매에 그윽한 미소 를 띤, 한눈으로 보아도 훈남인 40세 정도의 한국말을 못하는 한국계 프랑스인이었다. 뿌리를 찾기 위해 가까이 있는 홀트아동복지회를 방문하던 중이라고 했다. 자기 뿌리를 찾고자 하는 열망이 어디 입양아에 국한된 일뿐이랴 싶다.

정자 공여로 생식보조술의 도움을 받아 태어나는 아이도 해마다 늘고 있는 실정이다. 정자 공여의 가장 큰 문제점은 공여자 한 사람이 아무 생각 없이 너무나 많은 정자를 공여한 탓에 생물학적 형제자매가 많다는 것이다. 나라마다 지역마다 정해진 정자 공여 횟수는 확실한 기준이 없다. 익명성을 보장해야 하는 이유로 정자 공여자도 이름이 아닌 공여자 번호로 불리고 있으며, 나라마다 공여 제한 논란도 제각각이다.

1978년 영국에서 세계 최초로 시험관 아기가 출생한 이후 영국정부는 인공수정의 사회적 윤리적 문제점을 인식하고 정자 기증을 한 기증자 당 10회로 제한했다. 프랑스·스웨덴 등에서도 정자 기증자 당 정자 기증 횟수 한도를 법제화했다. 미국에서는 법제화돼 있지 않으며 인구 80만 명 당 한 정자 기증자 임신을 25건으로 제한해야 한다는 미국 생식내분비학회의 권고사항이 있다. 뉴질랜드에서는 한 명의 정자 기증자가 최대 4명에게만 정자를 기증할 수 있다. 우리나라에서는 정자 공여가 제한적으로 이루어지고 있으며 금품수수에 의한 정자 공여는 생명윤리법상 불법으로 돼 있다.

정자 제공자의 자격도 문제다. 정자 공여자의 자격을 엄밀히 정해놓은 정자은행이 있는 외국의 경우는 희귀 유전자 질환을 비롯하여 AIDS를 포함한 전염성 질환 유무도 걸러진다. 비밀리에 시행하는 경우는 이마저도 어렵다.

미국의 정자은행은 정자 기증자를 보호하기 위해 기증자를 익명으로 하며 죄수처럼 번호로 분류하고 있다. 그럼에도 불구하고 자신의 뿌리를 찾고자 하는 인간의 원초적 열망은 한 사람의 정자 기증자를 공유하는 여자들에 의해 인터넷 베이스 네트워크인 DSR(Donor Sibling Registry)

가 만들어졌다.

기증자의 번호와 정자은행을 입력해서 자신의 생물학적 아버지는 물론 해프 시블링(Half Sibling : 같은 정자에서 태어난 형제, 자매들)을 만나고 있다. 현재 DSR은 전 세계에 만 명이 넘는 회원을 갖고 있는 커뮤니티로 발전했다. 전체는 아니지만 차후에 있을지도 모르는 근친상간도 예방하고 반쪽이긴 하지만 형제자매를 만나는 실질적 창구가 되었다. 어쩌면 가까운 장래에 오프라인으로 생물학적 대가족 상봉이 이루어질 날이 올지도 모르겠다.

젊은 시절 용돈 벌이로 정자 기증 아르바이트를 했던 데이비드는 693회의 정자 공여로 533명의 생물학적 아버지가 되었다. 물론 2012년에 개봉된 영화 〈Mr. 스타벅〉에 나오는 이야기이다. 533명의 생물학적 아이 중에 142명이 생물학적 아버지를 찾겠다고 집단소송을 걸면서 이야기는 전개된다. 기상천외한 상황에서 데이비드 본인이 생물학적 아이들을 찾아 나서며 벌어지는 이야기가 코믹하면서 가슴 뭉클하게 숨겨진 감성을 자극했다. 익명으로 남을 수 있다는 재판 결과를 얻었지만 아이마다 각기 다른 힘든 상황을 몰래 지켜본 데이비드는 생물학적 아버지임을 밝힌다. 그리곤 자신이 533명의 아버지는 될 수 없지만 사랑을 전해주는 수호천사 역할은 해야겠다고 결심한다.

실제로 미국의 한 로스쿨 졸업자는 대학 재학 때 하버드대학 입학허가보다 더 어렵다는 미국 정자은행에 공여자로 지정된 뒤 1주에 2~3회씩 정자를 공여하며 1년 반 동안 1만 달러를 벌었다. 나중에 그는 그의 생물학적 자녀가 22명이나 되는 것을 알고 적지 않게 놀랐다. 이런 상황을 예상했다면 정자 공여를 했었겠냐는 질문에 그래도 했을 거라며, 다만 지금처럼 마음의 혼란은 덜했을 거라고 답했다. 생물학적 자녀들은 그들의 생물학적 아버지를 그들에게 행복을 준 사람이라 여기고 있다고 전했다.

인류 역사상 가장 많은 자손을 둔 이는 Y염색체를 연구하는 유전학자들 사이에서 밝혀진 바로는 칭기즈칸으로 되어 있다. 무려 1,600만 명에 이르고 있다. 수학적 시뮬레이션에 의해 밝혀진 수치이지만 경이롭다.

인간 자신의 뿌리에 대한 집착은 실로 놀랄 만하다. 다섯 살 때 입양되어 본인이 입양아라는 것을 알고 양부모의 극진한 사랑 속에 성장한 미국의 저명한 신경외과의사 이븐 알렉산더는 본인의 생물학적 부모를 찾고자 오랫동안 노력했다. 그는 인간의 뇌를 연구하는 유능한 과학자라는 사회적 지위와는 별개로 어렵사리 찾은 친부모로부터 만남 자체를 거부당하는 심리적 충격으로 7년간 힘든 시간을 보냈다. 그는 자신의 임사체험기인 『나는 천국을 보았다』에서 그때의 심경을 이렇게 고백했다.

"그 전화 통화 후에도 물론 나는 여전히 과학자이고 여전히 의사이고 여전히 아버지이고 여전히 남편이었지만, 난생 처음으로 고아가 된, 버려진 사람이 된 기분이었다. 자비로운 인격적 하느님에 대한 개념을 완전히 상실했다"라고. 그 후 아홉 살, 열아홉 살이었던 그의 두 아들과 함께 극적으로 친부모와 다른 친형제를 만났다. "내가 어디서 왔는지, 나의 생물학적 근원을 알게 됨으로써 나는 그 전에는 결코 상상하지도 못했던, 내가 온전하다는 느낌을 갖게 되었다"라고 180도 바뀐 생각도 전해 주었다.

많은 걸림막이 있음에도 인터넷의 발달은 인간의 기본적 욕구인 알 권리를 찾아 주었다. 자신의 출생이 사랑 속에서 이루어졌나? 친부모 곁을 떠날 수밖에 없는 피치 못할 사정은 무엇이었나? 유전자를 절반 전해준 생물학적 아버지는 과연 따뜻한 사람이었을까? 반쪽이긴 하지만 자신의 뿌리를 찾기를 간절히 바라는 것도 사랑받고 있었는지를 확인하는 과정이라 여겨진다. 아무리 세상이 놀랍게 변해가도 우리가 세상을 살아나갈 수 있는 힘은 인간과 인간이 만든 관계 속에서 주고받는 사랑에서 나올 거라고 굳게 믿는다.

# 창 안의 풍경

성탄절 전에 요양병원에 계신 어머니께 다녀왔다. 5년 동안 계셨던 병실은 지난 추석 응급상황으로 대학병원에 다녀온 뒤 옆방으로 바뀌었다. 너른 창 안 병실엔 네 명의 환자가 산 듯 죽은 듯 마주 보고 누워 있다. 바뀐 간병인은 석 달이나 지난 지금도 아직 낯설다.

어머니 병상 건너편 70세 여자 환자는 오직 손만 움직일 수 있다. 기관절개술 후 필요에 따라 자신이 관 입구를 막고 소통한다. 스티븐 호킹이 말하는 것과 같이 기계음처럼 들리지만 집중하면 이내 익숙해져 잘 알아들을 수 있다. 그녀는 베개를 반듯하게 해달라, 물을 달라고 간절한 눈빛으로 애원한다. 몇 번의 요청이 있었던 후에야 간병인은 마지못해 응답한다. "우리도 다른 일을 해야 하잖아요. 자꾸 부르면 힘들어요." 짜증 섞인 목소리다. 살붙이가 곁에 있으면 그렇게 했을까? 간식으로 나온 떠먹는 요구르트를 미처 삼키기도 전에 다시 입으로 밀어 넣는다. 목으로 빨리 안 넘어가는 환자는 손으로 수저를 밀어낸다. 환자가 말라갈 수밖에 없다. 아마 머지않아 저 분도 위루술을 권고받을 것 같다. 나에게는 싹싹한 간병인들도 그 환자에게는 머리를 절레절레 흔든다. 가족이 이곳으로 보낸 이유를 알 것도 같지만 안 보고 싶은 광경이다. 소통이 가능한 이 분은 간병인에게는 단지 손이 더 가는 귀찮은 환자일 뿐이다.

어머니 옆에 남자 환자가 새로 들어왔다. "아유 추접어 입가가 왜 이래?" 건강했을 땐 장비처럼 기골이 장대했었을 것 같은 분이 탁하니 성난 얼굴로 입을 닦는 간병인 손을 내친다. "닦으면 좋은데 공연히 심술을 피우고 그래요."

"어르신 오늘은 어떠세요?" 함박꽃 같은 젊은 수련 간호사가 뒤이어 들어와 명랑하게 묻는다. 언제 성난 적이 있었냐는 듯이 얼굴엔 부처님의 미소가 피어오른다. 말은 못하고 움직임은 둔하더라도 본인에게 전해지는 좋은 감정은 읽히나 보다.

옆방의 간병인이 원정 왔다. "할머니? 할머니? 노래해 봐." "나를 버리고 가시는 임은 십 리도 못 가서 발병난다아." 스위치를 누르면 멜로디가 나오는 인형처럼 체구가 자그마한 96세 할머니는 간병인의 반복

되는 채근에 계속해서 명주실 잣듯 가락을 만들어냈다. 자식도 못 알아보는 이 분은 대학병원에서 보름 정도의 여생이 남았다는 진단이 내려져서 옮겨왔으나 벌써 1년째 이런 모습으로 자리보존하고 있다. 무엇이 그렇게 신기하고 재미있을까? 재밋거리로 여기며 낄낄대는 모습에 가슴이 답답해졌다.

패혈증으로 대학병원에 2주간 입원했다 다시 돌아와 전처럼 창가에 자리 잡은 어머니는 늘 숨소리가 거칠다. 어머니께 딱히 해드릴 게 없는 나는 그냥 창 밖에 시선이 간다. 쪽빛 하늘에 흰 구름이 너르게 펼쳐져 있다. 전망 좋은 방 건너편엔 고층 아파트가 빽빽하게 늘어서 있다. 건너편 창 안의 사람들은 이쪽 방안의 풍경을 알고 있을까?

"어머니 안녕하셨어요?" 20대 후반의 젊은 여자가 낭랑한 목소리로 건너편 병상에 가방을 내려놓으며 반갑게 인사한다. '딸인가?' 속으로 생각한다. 갑자기 방에 불이 꺼지고 간병인도 익숙한 자세로 문을 닫고 구석에 앉는다. 은은한 향기가 방 안 가득하다. 텔레비전도 꺼지고 기침소리조차 잦아든다. 순간 각 침대의 환자들은 조용해지고 방 안에는 정적이 흐른다. 미풍이 언덕을 넘어오듯 잔잔한 음악이 흐르자 꺼져가는 생명의 불꽃이 다시 살아나는 듯했다. 젊은 여자가 음악에 맞춰 앞의 환자를 마사지하고 있다. 아니 마치 신들린 듯 주위 시선도 아랑곳하지 않고 리듬에 맞춰 춤추는 듯했다. 나도 어느 틈에 푸른 숲 속에 들어간 듯 명상하는 자세가 되었다.

늘 어머니를 방문하면 이번이 마지막일까? 이별 연습을 하곤 했다.

인간이란 무엇인가? 가족이란 무엇인가? 인간은 무엇으로 사는가? 나는 무엇을 기다리나? 인간이 인간을 향해 감히 무엇을 할 수 있을까?

앞의 환자가 아로마 치료를 받는 50분 동안 나 자신도 환자가 되어 마음 깊은 곳에 화두를 던지며 마음의 평안을 구했다. 헝클어진 마음이 정리가 되었다. 사람에게 받은 상처는 이렇게 사람이 치유해주나 보다.

건강한 사람도 병든 사람에게도 시간은 똑같이 주어진다. 산 듯 죽은 듯 누워 있는 사람을 돌보는 이들은 또다시 다른 재밋거리에 몰입한다. 방송에서는 〈비밀〉이라는 드라마가 방영되고 있다. 간병인 둘은 곁에 있는 사람은 아랑곳하지 않고 소리 크기를 올린 채 넋이 나갔다. 일용할 양식을 위해 자식도 못 하는 궂은일을 마다치 않는 저들의 일상을 가끔 들르고 잠깐 다녀가는 이방인이 탓할 수는 없으리라.

서로 행복을 나누던 젊고 건강한 날은 어디로 갔을까? 새로 지어진 병원 건물 외관은 흡사 유럽의 고성을 상징하는 듯 기품 있어 보였지만, 서서히 죽음에 이르는 집이다. 자신과는 관련이 없는 먼 나라 일로 여기며 이방인처럼 어머니를 방문하고 나오는 마음은 늘 스산했다.

데이비드 호킨스는『놓아버림』에서 "놓아버림은 무거운 물건을 떨어뜨리듯 마음속 압박을 갑작스레 끝내는 일이다. 놓아버리면 마음이 놓이고 가벼워지는 느낌이 들면서 한결 홀가분해진다"라고 하였다.

새로울 것도 없지만 다시금 삶과 죽음에 대한 무거운 상념들을 다양한 창 안의 풍경 속에 놓아버리고 나의 일상으로 복귀했다.

# 원숭이 습격사건

죽기 전에 꼭 가봐야 할 여행지 중 하나라고 알려진 중국 장가계를 둘러보기 위해 중국 후난성 성도인 장사에 도착한 것은 새벽 세 시경이었다. 공포의 동방항공 출발시간이 세 시간이나 연기된 탓이었다.

항공기를 기다리면서 설마 여행을 못 가는 것은 아닌지 공연한 걱정도 했었다. 얌전히 일만 하다 의대 졸업 30주년 기념여행이라고, 18명 동창의 모처럼 나들이가 이렇게 시작부터 삐걱댔다.

첫째 날은 억수같이 쏟아붓는 빗속을 헤치고 대협곡 탐방에 나섰다. 예전에 바다가 지각변동으로 융기되었고 그 다음엔 빙하기를 거치며 깎여 나가 높고 낮은 기암절벽이 형성됐다. 기암절벽과 절벽 사이의 작은 틈으로 계단 길을 만들어서 틈 사이의 절경을 즐기게 했다.

비가 온들 어쩌랴? 흐르는 물소리조차 정겹다. 생전 처음으로 비 내리는 계곡을 보는 듯 왁자지껄 수학여행 온 여고생들 같았다. 비 오는 풍광도 멋졌지만, 다음날엔 날이 맑아지길 다 함께 기도했다. 다행히도 날이 개었다. 놓칠세라 우선 이번 여행의 하이라이트인 장가계 지역 풍경구의 원가계로 향했다. 그 자리에 서면 정신을 빼앗긴다는 미혼대 위에 섰다. 창문에 드리워진 커튼이 걷히듯 슬그머니 구름이 사라지고 뾰족뾰족 진기한 봉우리들이 제 모습을 드러냈다. 흰 수염을 쓰다듬으며 구름을 타고 쓰윽 도인이 나타날 듯하다. 구름이 사라졌다가 보이길 수차례 반복했다. 진기한 풍광에 한 동안 넋이 나갔다. 미혼대라는 이름이 공연히 지어진 것은 아닌 것 같다. 이곳은 영화 〈아바타〉의 촬영지로도 널리 알려져 있다.

그 다음엔 도적들의 소굴이었다는 양가계로 향했다. 길가에 늘어선 가마꾼을 보니 이곳이 힘들기는 한가 보다. 갈 때는 걸어서 돌아올 때는 가마를 많이 이용한다고 했다. 선봉에 서서 길을 나섰다. 나뭇가지 사이로 휙 움직이는 물체가 시선을 끌었다. 원숭이들이다. 사람들도 무서워하지 않고 가까이 다가왔다. 계속 오르막이라 힘도 들었다. 바위 끝을 따라 길이 연이어진다. 도적들이 몰래 다닐 만도 했다. 힘에 부치는 친구는 중간에 남아서 걷는 대신 실어다가 줄 가마가 오기를 기다렸다. 나는 힘이 어디서 났는지 네 명의 선발대에 끼었다. 밑이 아득한 출렁다리를 거쳐 암벽에 드리워진 줄사다리를 탔다. 이쪽 봉우리에서 저쪽 봉우리로 연결을 위해 설치된 다리와 사다리였다. 사방은 뻥 뚫렸고 시야는 확 트였으며 허공에 떠 있는 봉우리 위에 섰다. 발밑에는 구름이 노닐었다. 추기경 서품을 받기 위해 교황을 알현하고 나오며 황홀한 표정으로, 하늘로 올라가는 기분이라고 말하던 노사제의 모습이 겹쳐졌다. 신선이 된 것이었다. 흐뭇한 기분도 잠시, 아찔한 밑을 내려다보며 아쉬운 발걸음을 돌렸다.

기분이 고조된 채 중간지점으로 돌아오자 동행하지 못한 친구들이 길가에 늘어져 있었다. 비타민C를 공급해줄 요량으로 비타민 사탕이 들어 있는 가방의 지퍼를 만지는 순간, 어디서 나타났는지 원숭이 세 마리가 나의 팔과 가방에 들러붙었다. "어머나 아아" 길가에 앉아 있던 친구들도 놀라고 가이드가 몽둥이를 찾으러 이리저리 분주히 움직였다. 나도 가방끈을 꼭 잡았고 몸이 뻣뻣해졌다. 원숭이들도 "그르렁그르렁" 적의에 찬 공포의 소리를 바로 귀밑에 대고 뿜어댔다. 여러 사람이 움직이자 갑자기 원숭이들이 몸에서 떨어져 나갔다. 잠시였지만 순간적인 공포감은 한 동안 멍하게 만들었다.

그런데 오른쪽 팔이 따끔해졌다. 얇은 바람막이 점퍼를 벗으니 위팔에 이빨 자국이 선명했다. 상처가 깊지는 않았지만, 피도 나고 갑자기 두려움이 밀려왔다. 파상풍과 광견병에 대한 증상이 퍼뜩 지나갔다. 가이드가 여행을 시작하기 전 "원숭이 앞에서는 절대로 가방을 열지 마세요. 만약 여는 것을 보았다면 먹을 게 없다는 것을 가방을 열고 확인시켜주세요. 그렇지 않으면 난리납니다"라고 말했었다. 대수롭지 않게 흘려들은 그 주의사항이 사건이 종료된 다음에 생각났다. 역시 사고는 순간이었다. 그 사이 가마꾼이 와서 힘든 친구들을 메고 가고 나는 어떻게 걸었는지 모르게 출발지점으로 되돌아왔다.

우선은 내과, 소아청소년과 전문의인 친구들의 조언에 따라 깨끗한 생수로 닦아냈다. 그 후에 본인이 야생 고양이에게 물리고 멀쩡했었던 일, 친구 딸아이가 원숭이에게 할퀴고 아무 조치를 안 취했지만 괜찮았던 일들을 기억 속에서 끄집어내서 위로의 말로 안심시켜주었다. 파상풍은 6개월 전에 성인용 백신인 TD로 접종을 하였고 광견병이 문제였다. 서울로 전화해서 감염내과 교수님의 처방도 받았다. 의사 스무 명의 조언과 처방이 힘이 되었다.

역시나 내과의사는 물릴 때 바람막이 점퍼를 입었기에 점퍼에 침이 묻었을 거고 환부에는 직접 닿지 않았을 거고 바이러스는 옮겨지지 않았을 거라는 과학적 설명을 해주었다. 매사를 열심히 하는 현지 가이드가 자기도 책임을 느낀다며 무엇이라도 해드리고 싶다고 현지 병원을 가자고 하였다. 괜찮다고 해도 꼭 그러고 싶다고 해서 호기심 반으로 따라나섰다.

가이드 친구인 현지 의사가 하는 병원부터 들렀다. 나의 상처를 보더니, 그 친구는 자기는 진짜 개에게 크게 물렸어도 괜찮았다고 대뜸 정색한다. 그 다음엔 현지 보건소로 갔다. 당직의사 명단과 전화번호가 칠판에 날짜 별로 빼곡히 적혀 있고 전화를 걸자 환자인 나를 어느 지점으로 오라고 하였다. 도로변 한쪽에 차를 세우더니 내리라고 하였다. 당직의사가 길에서 상처를 자세히 보지도 않고 흘깃 보고는 준비된 처방을 내주었다. "원숭이가 개는 아니지만, 광견병 주사를 맞는 것이 좋겠다"고 하였다. 가이드가 통역을 해주었다.

같이 간 친구가 북경에서 영사가 병원에서 불량 주사를 맞고 사망한 예를 상기시키며 옆구리를 쿡 찌른다. 나도 주사를 맞을 생각은 추호도 없었지만 단지 현지 병원은 어떤지 보고 싶은 마음이 있었던지라 늦은 밤 나와준 것만 해도 감사했다. 예를 차려 공손히 인사하고 숙소로 되돌아왔다. 의사인 가이드 친구가 운영하는 개인 진료소도, 국가가 운영하는 보건소도 모두 다 외형상으로는 우리나라 1970년대 수준처럼 보였다.

원숭이에 물렸었는지도 잊은 채, 세계에서 제일 긴 코스라는 케이블카 여행을 포함해 즐거움 속에 남은 일정을 무사히 마치고 서울로 돌아왔다. 가족들에게 자초지종을 이야기하니 모두 놀라며 광견병 주사를 맞으라고 성화였다. 물렸던 자리도 시퍼렇게 멍이 들어 외견상 매우 심각한 것처럼 보였다. 주사는 안 맞기로 결정했는데 비의료인인 가족들이 걱정이 되었나 보다. 어렴풋이 생각이 났다. 초등학교 일 학년 때였던가? 학교에서 돌아온 뒤였는데 집에서 기르던 흰 스피츠가 왜 그랬는지 나의 발목 근처를 물어 살이 깊게 파였었다. 그 당시 아버지 손에 이끌려 도립병원으로 간 나는 등에다 광견병 백신을 맞았다. 엄청나게 아픈 주사를 아주 여러 번, 여러 날에 걸쳐 맞았던 어린 날의 두려운 기억이 되살아났다.

갑자기 객관적인 의사의 입장이 아니라 다시 걱정이 많은 환자의 입장이 되었다. 만일 정말 야생 원숭이가 광견병에 감염이 돼 있어서 바이러스를 나에게 옮겨 증상이 발현된다면? 치사율은 100%로 보고돼 있다. 인터넷에서 발췌한 의료정보를 가지고 외래를 방문하여 본인이 진단하고 처방까지 하는 호들갑스런 나의 환자들에게 애써 근엄한 표정을 지으며 말했던 상황이 떠올랐다. “일반인들은 열거된 증상만 가지고 자신의 증상에 맞춰 객관화시킬 수 없어요. 전문인의 지시를 따르면 됩니다”라고. 주저 없이 동료의 객관적인 판단과 권고사항을 적극 수용하기로 하였다. 사실 물린 자리에 피가 많이 나고 감염이 의심된다면 광견병 예방접종을 하는 게 정석으로 되어 있다.

시간이 지나면서 상처도 아물고 광견병에 대한 두려움도 슬그머니 사라지기 시작했다. 어느 틈에 원숭이 습격사건은 신선이 된 듯한 무릉도원에서 동창들과 행복했던 장가계 여행의 한 페이지에 잊지 못할 추억으로 각인되었다.

# 김/금/미

교영이의 졸업식 날

이별 후에

정이 고픈 사람들

졸리지 않은 금연 교육

어머니의 외출

병을 친구처럼

먹는 즐거움

수명 그리고 삶

밤의 불청객

## 김금미

이화여대에서 재직하던 아버지의 영향으로 이화의 그늘 아래 성장하여 이화여자대학교 의과대학을 졸업했다. 사랑하는 부모님의 건강을 직접 지켜드리고 싶은 마음에 내과를 택했다. 대한의사협회 홍보위원으로, 국제보건의료재단과 건강샘 자문의로 활동하면서 국민에게 더 가까이 가는 의사는 어떤 모습일까 찾고 고민했다. 1997년 일산서울내과의원을 개원하여 17년째 일산의 동네 의사로 환자들과 애환을 함께하고 있다.

환자에겐 정 많은 의사로, 남편에겐 같은 곳을 바라보는 동반자로, 아이들에겐 쿨한 엄마로 보이고 싶지만 언제나 부족한 한 사람일 뿐이다. 2013년 『한국산문』을 통해 등단하여 조금씩 글을 쓰면서 행복하게 사는 법을 배우고 있다.

# 교영이의
# 졸업식 날

"엄마는 바쁘니까 오시지 않아도 돼요."

나는 혼자 개인의원을 운영하고 있어서 일이 있어도 병원 문을 닫는 일이 쉽지 않다. 교영이도 이런 사정을 잘 알기에 어른스럽게 엄마를 안심시키고 학교에 갔다. 하지만 나는 막내딸의 중학교 졸업식이니 하루 병원을 쉬고 참석하기로 하였다.

학교에 도착해 보니 졸업생들은 모두 강당에 모여 있었다. 그래도 혹시나 해서 긴 목을 빼고 두리번거리던 교영이는 나와 눈이 마주치자 두 팔을 크게 흔들며 좋아서 어쩔 줄을 몰라 했다. '저렇게 좋아하는데 오기를 잘했어.' 나는 카메라를 만지작거리며 졸업식이 끝나기를 기다렸다.

그때 바로 내 뒤에서 "쿵!" 하는 소리가 들렸다. 할머니 한 분이 쓰러진 것이다. 강당이 좁아서 학부모를 위한 의자가 부족했었나 보다. 노인은 한 시간 넘게 서 있었던 모양이다. 무대에서는 졸업식 마지막 순서가 진행되고 있었다. 학부모들은 웅성거리며 할머니를 둘러쌌다. 나는 본능적으로 노인 곁으로 가서 상태를 살폈다. 노인을 모시고 졸업식을 보러 온 듯한 젊은 여인은 어쩔 줄을 몰라 했다.

"나는 의사예요. 걱정하지 말고 119를 부르세요. 그때까지 내가 돌봐드릴게요."

우선 떨고 있는 보호자를 안심시켰다. 할머니는 의식이 혼미했고 맥도 잡히지 않았다. 꽃샘추위로 강당은 꽤 추웠다. 주위 사람들이 겉옷을 벗어 노인이 편하게 누울 수 있게 깔고 덮어드렸다. 긴박한 시간이 흘렀다. 다행히도 할머니는 조금씩 반응하기 시작했다. 의식이 돌아오자 나는 천천히 심호흡을 크게 하도록 유도했다.

환자의 손녀는 교영이반 학생 정은이라고 했다. 졸업식이 끝나고 두 아이가 함께 왔다. 나는 교영이에게 이 상황을 설명하고 친구들과 사진을 찍고 있으면 구급차가 와서 할머니를 모시고 가는 것을 확인하고 가겠노라 말해주었다. 교영이는 순순히 돌아갔다. 혼자 보낸 아이가 마음에 걸려 당장 뒤따라가고 싶었지만 환자의 상태가 다시 나빠지지 않을까 걱정되어 그럴 수가 없었다. 30분쯤 지났을까, 졸업 시즌이라 길이 막혔다며 구급차는 늦게 도착했다.

사색이 되어 있던 정은이는 할머니를 부축하고 병원으로 떠났다. 그제야 나는 기다리고 있을 교영이에게 갔다. 아이는 굳은 표정으로 나를 바라보았다. 대부분의 학생들은 사진을 찍고 학교를 떠난 뒤였다.

"교영아, 119가 조금 늦게 왔어."

교영이는 참았던 눈물을 쏟기 시작한다.

"교영이 울어? 미안해. 그만 그치고 친구들 찾아보자. 사진 예쁘게 찍어줄게."

아이는 내 손을 뿌리친다.

"친구들은 다 가버렸잖아요. 나는 사진 찍어주는 사람도 없었다구요. 엄마는 졸업식장까지 와서 환자를 봐야만 해요?"

교영이는 좀처럼 눈물을 그치지 않았다. 아이에게 소중한 추억을 담아주고 싶어서 어려운 발걸음을 했는데 정작 중요한 시간을 함께 하지 못했다니, 이 상황을 머리로는 이해되지만 마음속에는 혼자 남겨진 사실이 교영이를 서럽게 했던 것 같다. 겨우 달래서 운동장을 다 돌아 남아 있던 친구 몇 명을 찾아 함께 사진을 찍을 수 있었다. 퉁퉁 부운 눈에 손으로는 V자를 그리며…….

두 모녀는 집으로 돌아와 말없이 늦은 점심을 먹었다. 새삼 사과하기도 그렇고 이해하라고 설명하는 것도 별 도움이 되지 않을 것 같았다. 그때 교영이에게 전화가 왔다. 같이 사진을 못 찍은 친구들이 학교 운동장에 다시 모여 사진을 찍자는 연락이다. 금세 환해진 교영이는 교복을 차려입고 나갔다. 잘 다녀오라는 말도 못하고 아이를 보낼 수밖에 없는 내 마음은 무거웠다.

그날 저녁은 나도 중요한 모임이 있는 날이라서 서둘러 외출 준비를 했다. 마침 '아이의 눈으로 세상을 바라보기'라는 주제의 강연이 있었다. 나는 오늘 졸업식장에서 일어난 교영이와의 일을 질문하였다.

"정말 곤란했겠네요. 아이가 많이 서운했겠어요. 그 순간의 교영이 눈으로, 교영이의 감정으로 들어가 보세요. 그러고 나서 대화를 시작해 보세요. 그러면 아이의 감정은 벌써 풀리기 시작할 겁니다."

강사의 조언을 듣고 나니 조금은 힘이 났다.

가족파티를 할 참으로 케이크를 사들고 온 내게 웬 푸딩 상자가 기다리고 있었다. 졸업식 후 다시 모였던 친구들과의 자리에 할머니 때문에 사진도 못 찍고 빠졌던 정은이도 함께 모였다고 했다. 출근하느라 딸의 졸업식에 참석하지 못했던 정은이 아버지가 정은이를 통해 감사의 뜻으로 푸딩을 보내온 것이다. 할머니는 맞벌이하는 부모님 대신 정은이를 키워주셨단다. 병원에 누워계신 할머니 걱정을 하는 정은이는 내내 울먹이더라고 했다. 평소에도 건강이 안 좋으셨는데 무슨 일이 있어도 정은이 졸업식만은 꼭 보셔야 한다고 가까스로 참석하셨다는 것이다.

"내가 너희 어머니가 하시는 걸 보고 처음으로 의사가 되고 싶다는 생각을 했어."

한 친구의 이 말을 내게 전하며 한껏 밝아진 교영이는 어깨까지 으쓱해 보인다.

교영이를 한 뼘 자라게 해준 특별한 졸업식 날이었다.

# 이별 후에

10년 전 그 부부는 간단한 문제로 가끔 진료를 받으러 왔었다. 매사에 꼼꼼한 부부였는데 당시는 지금처럼 건강검진이 일상화되기 전이라 자신들의 검진에는 소홀했었던 것 같다. 어느 날 남편이 갑자기 폐암 진단을 받았다. 항암치료 중에는 잘 먹지 못한다며 링거를 맞고 가곤 했다. 아내는 그림자처럼 함께 다니며 남편을 보살폈다. 1년 뒤 그녀는 나를 찾아와 남편이 세상을 떠났다며 그 동안 친절하게 돌봐준 것에 대해 고마워했다. 그녀는 그 후 자녀들이 고집하여 해마다 건강검진을 착실히 받는다.

남편의 폐암을 빨리 발견하지 못했던 것에 대한 자책감이었을까. 그

녀는 남편 사망 후 5년 넘게 절에서 거주하며 살림과 주방을 돌보는 봉사를 하였다. 경제적으로 부족함이 없는 그녀였기에 이제 좀 쉬고 여행도 다니시라 했지만, 자신은 쉴 수 있는 사람이 아니고 이렇게 일을 하며 남편을 기억해야 한다고 했다. 절에서 나온 뒤에도 봉사할 수 있는 곳을 찾아다녔다.

몇 해가 흘러 나를 방문한 그녀는 건강진단서가 필요하다고 했다. 무엇에 쓰려는지 물었더니 요양보호사 자격증을 따려 한다고 대답했다. 그렇게 오랫동안 남편 병구완을 했는데 또 환자를 돌보다니 힘들지 않느냐며 다른 방향으로 활기차게 사시라고 권했지만 그녀는 체념한 듯 웃었다. 남편에 대한 미안함 때문에 평생을 봉사하며 살 것이라면서…….

또 다른 부부가 있었다. 남편은 재미있고 선한 사람이었지만 술 담배와 친구를 매우 좋아했다. 고혈압과 당뇨가 심한데도 금연 금주를 하지 못하고 결국 신부전증을 앓게 되어 혈액투석까지 하였다. 아내는 새벽부터 밤까지 음식점을 운영하면서 남편의 병수발을 들었다. 투석이 끝나면 어지러워하기 때문에 남편을 혼자 보내는 것이 걱정된다며 일을 하다가도 짬을 내어 동행했고, 가끔 감기나 위장병이 생기면 즉시 데리고 와서 진찰받게 하였다. 그녀는 고생을 많이 하여 피부와 머릿결이 거칠어졌지만 화장도 거의 하지 않았다. 남편은 5년의 투병 끝에 아내가 지칠 대로 지칠 무렵 저세상으로 갔다. 그녀는 남편이 떠난 후에도 쉬거나 꾸미는 방법을 잊어버린 듯 번번이 투박한 모습이었다.

나는 같은 자리에서 15년 이상 병원을 지키고 있기 때문에 심정적으로 가까운 환자들이 많다. 그로 인한 부작용인가. 상담과 치료를 해왔던 환자들이 사망할 때면 그들의 배우자처럼 나 자신도 조금씩 우울함을 경험하게 된다.

윌리엄 워든의 저서 『유족의 사별 슬픔 상담과 치료』에 의하면 사별 후 남아 있는 가족들은 슬픔, 분노, 죄의식, 불안, 외로움, 무기력함, 멍함, 믿지 않으려 함, 수면장애, 얼빠진 행동, 사회적 위축, 쉬지 않는 과잉 행동, 우울, 환각 등을 호소한다. 나의 환자들도 배우자 사망 후 대부분 죄의식, 무기력함, 우울함, 슬픔 등을 보였다.

퓰리처상 수상작가 앤 타일러의 『놓치고 싶지 않은 이별』이란 소설에는 이승을 떠난 아내와 대화를 나누는 남편의 모습이 담담하게 그려져 있다. 주인공 아론은 출판사에 근무하는 젊은이다. 그는 암 치료 책자 제작에 대한 조언을 구하기 위하여 의사 도로시를 만난다. 그들은 함께 책을 만들면서 사랑에 빠져 결혼에 이른다. 결혼 후 5년의 세월이 흘렀을 무렵 도로시는 집 위에 있던 너도밤나무가 넘어지면서 사고사를 당한다. 충격을 받은 아론은 일상으로 돌아오기 힘들어한다. 그러던 어느 날 그의 눈앞에 도로시의 환영이 나타난다. 도로시는 그들이 산책하던 거리에서, 장을 보던 시장에서, 그들의 거실에서 갑자기 나타나 아론과 대화한다. 그들은 예전에 겪었던 둘만의 갈등에 대하여 대화를 나누게 되고, 아론은 그녀가 자신을 진심으로 사랑했다는 것을 깨달으며 오해를 풀어 간다. 모든 오해가 풀리고 사랑을 확인하는 순간 도로시는 밝은 빛과 함께 사라져 더 이상 아론에게 나타나지 않는다.

사랑하는 가족을 잃은 뒤 남은 이들이 보이는 혼돈과 슬픔은 사람에 따라, 그리고 시간이 지나면서 달라지지만 공통되는 한 가지는 떠난 가족을 잊지 않고 가슴에 품는다는 것이다. 그러나 이젠 사랑하는 가족이 하늘에서 안심할 수 있도록 슬픔과 아픔은 내려놓고 행복해졌으면 좋겠다.

5년간 신부전증 남편을 극진히 돌보았던 아내에게 나는 하나만 약속해 달라고 했다. "그동안 고생 많이 하셨어요. 이제는 스스로에게 상을 주실 때예요. 잘 꾸미시구요. 우선, 우리 병원 올 때는 꼭 화장을 예쁘게 하고 오세요." 이제 그녀는 머리를 예쁘게 만지고 화장도 정성껏 하고 온다. 먼저 간 남편이 그녀의 행복하고 아름다운 모습을 하늘에서 지켜보고 있을 테니까.

나도 2년 전 시어머님을 보내드리고 한참 우울했었다. 슬픔이나 고민이 생길 때 먼저 가신 시어머님이 생각난다. 어떤 힘든 일이 있어도 항상 긍정의 에너지를 주고 응원해주던 분, 나는 그 응원 덕분에 힘을 받곤 했다. 시어머님과 함께 걸었던 아파트 산책로를 걸을 때면 나도 모르게 어머님께 말을 건다.

"어머니, 이런 일이 있었는데 잘 풀리지 않고 있어요."

그럴 때마다 어디선가 시어머님의 목소리가 들리는 듯하다.

"금미야. 다 잘 될 거야. 아무 걱정하지 마라."

# 정이 고픈
# 사람들

조용하던 진료실 밖이 갑자기 수런거렸다. “원장님, 강 할머니 오셨는데요, 너무 숨차 하세요. 먼저 진료를 보셔야 할 것 같아요.” 간호사가 급히 들어와 사정을 이야기한다. 나는 어서 들어오시도록 했다.

오래 전부터 우리 병원에서 진료를 받는 만성질환 환자다. 할머니 혈압부터 체크했다. 부종이 심했고 울혈로 인해 혈압은 오히려 매우 낮았다. 반면 맥박은 너무 빨리 뛰고 있었다. ‘이 상태로 여기까지 어떻게 걸어오셨지? 당장 119를 불러야 하나 응급처치부터 해야 하나.’ 순간 몹시 당황스러웠다.

우선 혈압을 회복하기 위해 주사액을 연결하고 산소를 공급했다. 할머니는 최근 며칠 동안 약 복용은 물론 식사도 거의 못했단다. 가슴 사진과 심전도를 찍어 보니 환자의 지병인 심부전증이 악화된 상태였다. 두세 시간이 지나자 환자의 상태는 안정돼 갔다. 다행히 큰 병원 응급실에 이송하지 않아도 될 것 같아서 한숨 돌렸다. 나는 약을 처방해 드렸지만 이 상태로는 보호자 없이 혼자 집으로 보낼 수가 없었다. 간호사를 불러 환자 가족에게 연락해 달라고 했다. "인천 사는 딸이 한 분 있는데요. 전화를 했더니 바빠서 못 온다고 끊어버리네요." 난감해하는 간호사의 대답이다. 할 수 없이 할머니는 오후 늦게까지 병원에 계셨다. 길고 답답한 하루였다.

해거름이 다 돼 병원 문을 닫을 때가 되자 할머니는 혼자 집에 갈 수 있다며 가까스로 몸을 일으키셨다. 할머니 집과 방향이 같은 간호사가 부축을 해서 모셨다. "오늘 눈을 감으면 내일 눈뜨지 않았으면 좋겠다고 생각했어요. 그런데 이렇게 병원에 또 와서 신세만 지고 가네요." 식사를 잘하고 약도 꼭 챙겨 드셔야 한다는 당부에 할머니는 옅은 미소와 함께 고마움을 표했다. 밤에 갑자기 현기증이라도 나면 옷부터 갈아입으신다는 분이다. 혹여 못 깨어나면 자식들에게 흐트러진 옷매무새를 보이기 싫어서 평상복 차림으로 주무신다고 한다. 미수(米壽)를 바라보는 연세에도 한결같이 맑고 단정한 분이기에 더욱 연민이 느껴졌다.

병원 뒤쪽에 임대 아파트가 있어서 독거노인이 꽤 많이 거주하신다. 거동이 가능한 노인들은 노인정이나 복지관에 다니고 보건소도 정기적으로 방문하신다. 그러나 그 분들이 몸이 아플 때도 24시간 도움을 받을 수 있는 것은 아니다. 최근 집계된 국내 독거노인은 120만 명에 이른다. 그런데 이들의 90% 이상은 실제로는 자녀가 있다고 한다. 함께 살기 불편해서, 자식의 사업이 잘 안 풀려서, 이민을 가서, 이런저런 이유들로 노인만 혼자 살고 있는 것이다. 환자 상태에 관해 의논할 일이 있으니 자녀의 연락처를 달라고 하면 그냥 웃으며 입을 닫아버린다. 사랑하는 아들딸에게 부담을 줄까봐 그 자체를 거절하는 분도 있다.

15년째 같은 자리에서 병원을 지켜온 터라 홀로 사는 노인들의 삶이 날로 피폐해져 가는 것을 피부로 느낀다. 깊게 파인 주름, 들리지 않는 귀, 땅에 닿을 듯 굽은 허리로 근근이 병원 문을 들어서는 것을 보면 참 안쓰럽다. 이들의 가장 큰 소망은 더 아프지 말고 제발 이대로만 살다가 잠자듯이 가는 것이라고 속내를 풀어놓는다. 혼자 죽는 것보다도 혼자 아픈 것이 더욱 두렵다고들 한다. 자주 오시는 한 할아버지는 진료실을 나설 때마다 "또 와서 미안해요" 하신다. 그 뜻을 알기에 조락(凋落)의 뒷모습이 긴 여운으로 남는다.

"내 새끼들까지 마른젖 물려서 키워주신 우리 어머닌데!"

문상차 들른 장례식장에서 꺼이꺼이 우는 지인을 보았다. 노인이라서 눈이 조금 덜 보이려니 무심했단다. 구십 노모가 차려준 밥상에서 밥알보다 쌀벌레가 더 많은 것을 보고서야 어머니 눈에 병이 났음을 알았다고 했다. 가슴 아린 일이지만 이 시대를 사는 자식들에게는 너나없이 자유로울 수 없는 사연이다. '조금만 일찍 내원했더라면……' 하는 아쉬운 경우는 내가 진료 중인 노인 환자 중에도 비일비재하다. 이런 형편인 환자를 대하면 '가진 게 적은 노인일수록 자식 얼굴 보는 횟수가 적다'는, 항간에 회자되는 말이 떠올라 씁쓸해진다.

노인 수명이 길어지면서 독거노인 수도 증가할 수밖에 없는 현실이다. 이는 우리만의 문제가 아니다. 이웃 일본 노인들은 자기 집을 개방하거나 마을에 마련된 공동 장소에서 함께 생활하며 풍요로움을 누린다고 한다. 우리도 현재 각처에 분포돼 있는 노인정을 잘 활용하면 독거노인들이 위험에서 벗어날 수도 있고 삶의 질을 좀 더 높일 수 있는 계기가 되지 않을까. 어느 책에서 읽었듯 홀로 사는 노인은 배가 고픈 것보다 따뜻한 정이 더 고프다.

# 졸리지 않은 금연 교육

딸의 학교로부터 학생을 대상으로 금연에 관한 수업을 해줄 수 있냐는 부탁을 받았다. 나는 바쁘다는 이유로 학교에서 별다른 봉사도 하지 못한 터라 흔쾌히 승낙을 했다. 이 소식을 전해들은 교진이의 첫 반응은, "엄마, 제발 졸리지만 않게 해주세요"였다.

딸아이의 말대로 사춘기 아이들에게 지루하지 않으면서 설득력 있는 금연 교육을 하려면 어떻게 해야 할까? 생각보다 어려운 준비가 될 것 같았다.

1492년 콜럼버스가 미국 대륙을 발견했을 때 원주민으로부터 받았던 진귀한 선물 중 하나인 '담배'는 그에 의해 유럽에 전파되어 인류의 사랑과 미움을 함께 받는 대상이 되었다. 현대에 이르러서는 4천여 가지 발암 유해물질과 마약과 같은 습관성 때문에 '흡연은 곧 니코틴중독'으로 심각하게 인식되고 있다.

담배는 폐암·위암·방광암 등 암을 일으키는 것은 물론 사춘기 아이들이 가장 민감하게 생각하는 피부와 목소리에도 영향을 준다. 성대 점막을 마르고 붓게 하여 기관지염과 후두염의 주범이 되므로 장래 가수나 아나운서, 교사 등을 희망한다면 담배를 멀리해야 한다. 또한 담배는 피부의 탄력을 떨어뜨려 거칠게 만들고 머릿결을 상하게 하며 탈모의 원인이 된다.

1980년대 싱어송 라이터 김현식은 1986년 〈비처럼 음악처럼〉 〈비 오는 날의 수채화〉 등 주옥같은 노래를 만들어 대중의 깊은 사랑을 받았다. 하지만 그는 술 담배로 인해 1990년 성대에 심한 손상을 받는다. 그 해 라디오 프로그램에 출연했을 때 "가장 원하는 소원이 있다면 무엇인가?"라는 진행자의 질문에 "목소리를 다시 얻는 것"이라고 대답하면서 "건강을 잃었을 때 지키기 어려우니 여러분도 조심하세요"라고 전한다. 그는 마지막으로 명곡 〈내 사랑 내 곁에〉를 남기고 1990년 33세의 나이에 간경화로 사망한다. 그 후 수많은 가수들이 그 노래를 리메이크했지만, 그가 쉬어버린 목소리로 불렀던 〈내 사랑 내 곁에〉가 가장 슬프고 아름답다.

담배를 끊지 못하여 암으로 사망했던 스타들, 그들은 투병을 하면서 대중에 대해 책임감을 느끼기도 했다. 1960년대 미국 영화계를 주름잡으며 〈왕과 나〉 〈십계〉 등을 연기했던 러시아계 미국 배우 율 브리너는 폐암으로 사망하였다. 대부분의 스타들은 가장 아름다운 모습으로 대중의 기억에 남으려 하지만 율 브리너는 투병 중 금연 광고를 촬영하였다. 그의 사후에 공개된 금연 공익 광고에서 율 브리너는 "여러분, 이 광고를 볼 때쯤 나는 죽고 없을 것입니다. 나는 시간이 얼마 남지 않았습니다. 여러분, 무조건 금연하십시오"라고 호소했다. 그의 메시지는 대중에게 큰 반향을 일으켰고, 금연운동이 더욱 강화되도록 하였다.

한국의 코미디언 이주일도 담배를 매우 많이 피우다가 결국 폐암에 걸렸다. 웃음을 주었던 그가 폐암 투병 중이라는 사실은 온 국민에게 큰 충격이었다. 그도 자신의 모습을 솔직하게 공개하면서, "털고 그냥 끊어버리면 이런 고통을 안 당할 텐데. 국민들이 모두 알아듣고 동참해 주기를 바랍니다. 여러분, 담배 맛있습니까? 담배는 독약입니다"라고 절실하게 전했다.

흡연 청소년에게 담배를 끊기란 성인보다 더 어렵다. 청소년은 성인처럼 의지가 강하지 못할 뿐 아니라 바로 옆 친한 친구가 담배를 계속 피우고 있다면 더욱 끊기 어렵고 니코틴 자체가 중독이기 때문에 중독에서 벗어나기 어렵다. 또한 우리나라에서 청소년이 담배를 구하는 것은 어렵지 않아 보인다. 진료를 받으러 온 학생에게 어디서 담배를 구하냐고 물어보면 너무나 쉽게 편의점에서 구할 수 있다고 대답한다.

연간 7조 원의 담배시장은 정부가 외면할 수 없는 큰 수입원이다. 담배의 디자인도 점점 예뻐지고 있는데 최근에는 향기나는 담배까지 출시하면서 청소년을 겨냥한 마케팅이라는 의혹을 면치 못하고 있다. 담뱃갑에 처참한 환자 사진을 커다랗게 붙여놓는 외국에 비하면 우리나라 담뱃갑의 흡연 경고 문구는 너무 작아서 잘 보이지도 않는다.

청소년들의 흡연! 아이들은 담배를 어떻게 끊어야 할까? 우선, 마음속으로 금연을 굳게 결심을 한다. 그리고 소문을 낸다. 친구에게, 선생님께 "나는 이제 담배를 완전히 끊겠다"는 소문을 많이 내서 주위 사람들이 관심과 기대를 가지고 지켜보고 격려할 수 있도록 한다. 흡연을 했던 친구와 같이 금연을 약속한다면 더 쉽게 성공할 수도 있다. 그리고 주변에 솔직하게 도움을 청한다. 흡연은 '니코틴중독'이어서 금단증세가 심하므로 혼자 끊기 힘들 수 있고, 금연 보조제를 구입하는 데에 비용이 필요할 수도 있다. 이때 청소년들은 고민하지 말기를 바란다. 여러분이 사춘기적 반감과 여러 갈등으로 등을 돌려도 항상 여러분의 뒷모습을 지켜보고 있는 사람은 부모님이라는 사실을 꼭 기억하기를 바란다. 부모님은 언제나 그 도움의 요청에 응답할 것이다.

그래도 친한 친구가 담배를 권한다면 어떻게 해야 할까? 담배는 한 번에 거절하는 것이 좋다. "싫어. 이제 안 피울 거야." 한 마디로 거절하거나 다른 음악이나 운동 이야기로 화제를 돌리는 것도 한 가지 방법이다. 지금은 '담배, 술 안 권하기 운동'을 벌일 정도로 술 담배를 강권하지 않는 분위기가 사회적으로 일고 있다. 처음에는 힘들지만 그 용기 있는 거절이 나와 친구가 '건강'으로 갈 수 있는 지름길이 될 것이다.

성공하는 사람은 공부를 잘하는 사람이 아니다. 내가 잘 할 수 있는 것에 집중하여 그에 열중할 수 있는 사람, 즐겁게 할 수 있는 사람이 성공으로 간다. 술 담배를 가까이 하기엔 황금 같은 청소년기가 아깝지 않은가.

얼마 전 인기 프로그램 〈무한도전〉에서 청소년이 가장 좋아하는 코미디언 유재석이 이렇게 말했다.

"좋아하는 무언가를 다 가지고자 해도 두 가지를 한 번에 가질 수는 없어. 담배를 아주 좋아하긴 하지만 체력이 매년 떨어지는 것을 느껴. 담배를 계속 피우면 프로그램에서 뛰는 장면을 할 때 숨이 차서 상대방을 따라갈 수가 없어. 그래서 담배를 끊었지. 몇 번을 다짐했지만, 지금 이 시간은 우리에게 다시 올 수 없는 소중한 시간이라는 것을 알아야 해."

금연 수업을 하던 날, 준비한 슬라이드에서 청소년의 금연율 같은 지루한 그래프는 모두 뺐다. 암에 대한 흡연의 위험성도 간단하게만 말해주었다. 그 대신 김현식의 아름답고 안타까운 이야기와 노래를 들려주고 배우 율 브리너와 이주일의 멋졌던 출연 동영상과 그들의 절실했던 금연 광고 영상을 보여주었다. 흡연의 사실적인 발병 사진들과 금연치료법, 성공하는 사람들의 사진 그리고 마지막으로 〈무한도전〉에서 유재석이 들려준 금연 이야기로 마무리하면서 아이들과 많이 대화하려고 노력했다.

학생들은 나의 강의를 열심히 들어주었고 충격적인 사진에는 놀라기도 했는데 적어도 지루해하는 친구들은 없었던 것 같다. 아쉽게도 나의 딸은 그날 대상이 아니어서 나의 강의를 듣지 못했다. 다음날 친구들이 교진이에게 소감을 이야기해 주었는데 강의가 아주 재미있었고, 그 중에서도 마지막 사진이 제일 인상 깊었다고 했단다. 내가 보여주었던 마지막 사진 설명은 바로 이것이었다.

"여러분, 2학년 3반 1번 금교진입니다. 친하게 지내세요!"

# 어머니의 외출

어머니는 가족, 친지에게 음식을 장만해서 대접하기를 좋아하신다. 그러나 정작 당신은 위가 약해서 먹는 즐거움을 평생 모르고 살았다. 한두 순갈을 겨우 국에 말거나 과일 야채를 조금 드시는 것으로 끝이었다. 그리고는 하루 종일 대장부가 할 일을 다 하며 살아왔다.

주름 없는 달갈형의 흰 얼굴, 깊은 눈, 호리한 체구에 잰 듯한 몸놀림, 가지런한 하얀 이에 미소를 머금은 어머니의 모습은 현모양처였다. 내가 중학생일 때 살았던 연희동 집은 오래된 주택이라 여름에 덥고 겨울에 추웠다. 여섯 가족이 살기 위해 해마다 집수리를 했던 기억이 난다.

어머니는 항상 주위 도움 없이 직접 수리를 하여 페인트와 도배, 타일 작업을 하였고, 내가 학교에서 돌아올 때면 파란 대문을 닦는 어머니가 나를 반기곤 했다. 나의 네 형제는 성장하여 가까운 곳에 모여 살았다. 어머니는 10명 손자 손녀의 할머니가 되어 아이들에게 한글을 직접 가르치셨다. 그렇게 활동을 하면서도 항상 밥은 한 끼 한 숟갈이었다.

내가 내과의사가 된 뒤 어머니는 나의 가장 어려운 환자가 되었다. 해마다 어머니를 내시경검사로 확인했는데 위는 정말 깨끗했다. 그런데도 거의 드시지 못하는 것은 해결할 방도가 없었다. 주말마다 영양제를 놔드리는 것과 중간에 영양식을 보충하는 것으로 지낼 수밖에 없었다. 100세 시대라 요즘 일흔은 사회생활도 잘하고 활발히 여행 다닐 수 있는 나이다. 하지만 어머니는 평생 식사를 못했던 것이 문제가 되어 일흔을 넘기면서 기력을 점점 잃어가셨다.

올해 초 모두 들떴던 설날, 어머니는 오른쪽 배가 심하게 아프다고 했다. 진찰을 해보니 보통 배탈이 아닌 것 같았다. 급성 담낭염이 의심되어 급히 인근 대학병원 응급실로 어머니를 옮겼다. 담낭염은 담석증이 있는 환자에게서 많이 나타난다. 하지만 담석이 없어도 장시간 식사를 못하고 누워 있는 장기 환자에게서 드물게 나타나기도 한다. 어머니는 그런 경우였다. 거의 연명치료를 하는 환자처럼 평생을 못 드시고 지내왔으니 그럴 만도 했다.

담낭제거술은 간단하게 잘 끝났다. 하지만 어머니는 체력이 없어 수술 후 기력을 도저히 회복하지 못하였다. 어머니는 아무리 몸살이 심해

도 누워계시는 법이 없었지만, 수술 후 3개월을 거의 누워서 지냈다. 그렇게 고생하고 열심히 살아왔는데, 이제 재미있게 아버지와 여행도 다니고 놀러 다니면 좋으련만 누워만 있어야 하는 어머니의 모습을 보니 가슴이 저렸다.

"내가 다시 일어날 수 있겠니? 내가 비빔밥도 먹을 수 있는 날이 올까?"

나는 어머니께 작은 목표를 정하자고 했다. 우선 5월에 있는 대학 동창 모임에 나갈 수 있도록 기력을 회복하기 위하여 잘 먹고 운동하면서 준비를 하자고 했다. 어머니는 다시 마음을 잡았다. 동창 모임 날짜가 다가오면서 어머니는 식사도 조금씩 더 드시도록 노력하였고 실내 운동도 늘렸다.

동창회 전날, "어머니 내일이 동창 모임이네요. 오늘은 기운이 좀 나세요?" 나의 문안에 어머니도 들뜬 표정이었다. 어머니는 동창회에 행복하게 잘 다녀오셨다. 오랜 만에 만난 친구들과 함께 정다운 이야기도 나누었다고 한다. 친구들이 어머니에게 좋은 약이 된 것 같았다.

요즘 연세가 들수록 고기, 계란, 우유 등을 일부러 잘 안 드시는 노인들이 많다. 고지혈증이나 혈압에 안 좋을까봐 피한다는 것이다. 70세 넘은 환자들이 갑자기 기운이 없다고 하여 자세히 여쭤보면 식사를 일부러 줄인 경우다. 그럴 때마다 나는 어머니를 떠올리며 걱정하지 말고 잘 드시라고 열심히 설명한다. 노인 건강의 척도는 질병 유무가 아니라 병을 적극적으로 치료하면서 음식을 잘 먹고 사람들과 잘 만나고 행복하게 지내는 것에 달렸다.

어머니의 석 달 만의 외출은 성공이었다. 어머니는 이제 식사도 골고루 늘리도록 노력하고, 아버지와 팔짱을 끼고 아파트 앞을 조금씩 산책도 한다. 노부부의 다정한 모습에 주위사람들은 "좋아 보이시네요"라고 한 마디씩 한다.

나는 이제 어머니의 두 번째 외출을 기다린다. 어머니만을 위한 즐거운 외출을.

# 병을 친구처럼

인생의 큰 행복 중 하나는 건강하게 사는 것이다. 건강할 때는 고마움을 모르다가 병이 들고 난 뒤에야 건강하던 시기를 그리워하고, 질병을 받아들이기 힘들어하기도 한다. 특히 평생을 치료해야 하는 만성 성인병에 걸렸을 때는 더욱 그렇다. 현대 사회에서 당뇨·고혈압 등 만성질환은 유병률이 더욱 높아지고 있다. 성인 10명 중 1명이 당뇨를 앓고 있고, 고혈압은 더욱 흔하게 발병해서 60대 이상 성인의 절반 이상이 고혈압을 가지고 있다. 만성 성인병을 피하기 위해서는 물론 금연 금주와 적절한 운동이 가장 중요하겠지만 가족력 또한 중요하다. 당뇨 유전인자를 물려받았다면 당뇨의 발병 확률은 30% 이상이다. 성인병은 현대를 살아가는 우리들에게는 가까울 수밖에 없는 질병이다. 진료실에서 환자를 대하다 보면 만성 성인병을 진단받았을 때 대처하는 환자의 자세는 사뭇 다양하다. 세상이 무너진 것처럼 절망하거나 질병과 전면전을 가질 전투태세를 갖추는가 하면, 긍정적으로 받아들이고 자연스럽게 치료에 임하기도 한다.

얼마 전 지인이 소개한 50대 대학교수인 남자 환자가 근심 가득한 표정의 부인과 함께 진료실을 방문했다. 그는 6개월 전 당뇨 진단을 받았는데 첫 진단 당시 당화혈색소가 12.0%로 매우 심각한 상태였다. 당화혈색소란 4개월간 혈당의 조절 척도를 보여주는 것으로 정상치는 5.5~6.0%인데 12.0% 정도라면 당연히 약을 쓰기 시작해야 한다. 그러나 환자는 약을 거부하고 운동 및 식사만 조절하면서 6개월이 지난 상태였다. 그는 당뇨약 없이 하루 3시간 이상의 심한 운동과 무리한 다이어트, 금연 금주의 절제된 생활을 하고 있다고 했는데 6개월이 지난 현재 상태에 대한 정확한 검사를 원했다. 검사 결과, 혈당이 처음보다는 조금 호전되었지만 여전히 당뇨가 심한 상태였고, 극심한 운동과 다이어트로 환자의 얼굴은 매우 우울하고 지쳐 보였다. 부인은 그 상태를 매우 걱정하고 있었다. 나는 천천히 환자를 바라보면서 말을 시작했다.

"환자 분을 처음 뵌 것이라 조심스럽지만 제가 처음 받은 인상을 말씀드려도 될까요?"

부부는 내가 무슨 말을 할지 눈을 동그랗게 뜨고 나를 바라봤다.

"지금 환자께서는 '당뇨'라는 병과 싸워서 이겨야겠다는 각오가 투철해 보이시네요."

내 말에 환자와 보호자는 씁쓸하게 웃으면서 머리를 끄덕였다.

"당뇨병은 싸워서 이길 수 있는 상대가 아닙니다. 평생을 기분 좋게 함께 가야 하는 친구 같은 존재입니다. 완전히 굶고 운동만 한다고 해서 당뇨가 치료되는 것도 아니고, 영원히 잡을 수 있는 대상도 아니지요. 운동은 지치지 않고 즐겁게 할 수 있는 정도로 하세요. 또한 우리가 살면서 맛있게 먹는 즐거움이 얼마나 큽니까? 식사도 가능한 수준으로만 조절하세요. 외식도 무조건 하지 말라는 것이 아니라 조금씩 골고루 적당하게 드시면 됩니다. 와인도 하루 한 잔 정도는 하셔도 됩니다. 나머지는 약을 함께 드시면서 조절하시면 됩니다. 지금처럼 하시다가는 병도 조절이 안 될 뿐 아니라 우울해져서 다른 병이 또 생깁니다."

검사를 진행해보니 역시 그에게는 스트레스로 인한 급성 출혈성 위염이 발병해 있었다. 나는 위장약과 함께 당뇨약을 처방해 드렸다. 보호자의 얼굴이 조금 근심에서 벗어난 듯했다. 그 후 환자는 약을 복용하고 식사와 운동량을 조절하면서 조급함에서 벗어나보였고, 당뇨도 서서히 호전되었다.

정반대 경우의 환자도 있다. 매일 모임과 여행, 노인대학의 컴퓨터, 노래, 댄스 수업으로 바쁘고 즐겁고 행복한 할머니도 당뇨 환자였다. 항상 적당하게 식사하고 즐겁게 움직이니 당뇨를 고민할 시간이 없고 자연스럽게 조절이 된다. 매일 병원 약을 열심히 먹고, 정기검진도 정확하게 받으러 온다. 내가 다음 검사를 예약해 드리려면 할머니 스케줄부터 여쭤봐야 한다. 나는 농담처럼 건넨다.

"저보다 바쁘신 분은 환자 분밖엔 없으시거든요."

성격도 활달한 할머니는 어디서나 환영받는 듯하다. 노인대학에서는 없어서는 안 될 반장이고 여고 동창회에서도 절대 빠질 수 없는 중요한 인물이다. 그렇게 활발한 사회활동을 하며 기분 좋게 치료에 임하는 분을 보면 의사인 나까지도 기분이 좋아진다.

병에 걸리지 않고 건강하게 평생 사는 것이 가장 좋겠으나 현대 사회에서 만성 성인병 없이 살기란 쉽지 않다. 성인병에 걸렸을 때 이를 부정하고 적대시하는 것보다는 긍정적이고 즐거운 마음으로 병을 대하고 적극적으로 치료에 임한다면 훨씬 건강하게 일상을 살아갈 수 있다. 또한 주변의 가족과 친지, 그리고 의사가 함께 보여주는 관심과 격려는 더욱 큰 도움이 될 것이다. 나는 길잡이가 되어 환자들이 자신의 병과 친해지고 잘 지내실 수 있도록 열심히 도와주어야겠다.

# 먹는 즐거움

어느 봄날, 아침부터 어지럽고 힘들더니 혈액검사를 해봐야겠다는 생각이 들었다. 의사인 나도 아픈 것은 겁난다. 나의 피검사 결과 심한 빈혈이 발견되었다. 환자들에게는 주기적인 검사를 권하지만 정작 내 건강에는 소홀했던 것 같다. 빈혈의 원인을 찾기 위해서 처음으로 대장내시경을 예약했다. 대장내시경 3~4일 전부터는 음식을 가볍게 먹고 김·미역 등 해조류나 딱딱한 음식을 피해야 한다. 이에 나의 강박적인 성격이 한몫을 하여 아예 일주일 정도를 밥과 국, 계란과 생선만 먹었다. 김이 없으면 밥을 못 먹는 내가 일주일을 김도 못 먹고 싱겁고 부드럽게만 먹으니 영 시원치 않았다. 검사 결과는 깨끗했다. 그날 저녁, 김과 김치에 밥을 맛있게 먹으니 기분이 그렇게 날아갈 수가 없었다. 좋아하는 음식을 맛있게 먹는 것이 얼마나 큰 행복인지!

초기 당뇨로 진단받고 운동과 식사요법부터 시작하기로 했던 환자가 석 달 만에 부인과 함께 병원을 방문하였다. 환자의 당뇨는 더 심해져 있었다. 부인은 걱정스런 표정으로 말했다. "아이 아빠가 당뇨 진단을 받고 나서 우울해하고, 주위에서 국수나 고기도 먹지 말라고 하니 간식만 찾고 운동도 안 해요." 당뇨는 가족과 함께 치료해야 하는 병이므로 부부가 함께 방문을 하는 경우는 매우 반갑다. 나는 당뇨 책을 펴고 음식 조절과 운동에 대한 설명을 알기 쉽게 해드렸다.

"당뇨병에서 음식은 술과 담배, 설탕이 많이 든 음식, 콜라, 건강식품 등을 빼고는 다 드셔도 됩니다. 밀가루, 면, 돼지고기, 닭고기 등도 괜찮아요. 전체적인 칼로리가 일정 선을 넘지 않게 하면서 골고루 적당하게 드세요." 나는 당뇨 책의 음식 그림을 하나씩 보여드렸다. 순두부찌개, 칼국수, 생선조림, 설렁탕, 샌드위치, 돼지불고기 등 갖가지 맛있어 보이는 메뉴들을 함께 보는 부부의 얼굴 표정이 환해졌다. "자, 당뇨가 음식을 못 먹는 병이 아니지요?" 나의 설명을 꼼꼼하게 받아 적던 부부는 가벼운 표정으로 진료실을 나섰다.

2010년 발표된 영화 〈남극의 쉐프〉는 평균 기온 영하 54도인 남극의 일본 연구기지에서 8명의 대원들이 고립된 채 1년간 지내는 모습을 그린 영화이다. 대원들은 펭귄이나 바다표범도 너무 추워 살지 못하는 곳에서 주어진 연구를 하며 연구기한이 지나기만을 기다린다. 극한의 장소에서 조리 담당 주방장 니시무라 준은 냉동식품과 실내에서 직접 재배한 채소만으로 정성을 다하여 다양한 요리를 만든다. 평범한 음식들도 예쁘게 담아내고 최고의 레스토랑에 가 있는 행복감을 선물하고 고기 고명이 제대로 들어간 라면을 내어 대원들을 감동시킨다. 덕분에 대원들은 맛있는 음식을 먹는 즐거움으로 극한에서의 1년을 잘 견디고 집으로 돌아간다.

환자에게도 먹는 즐거움은 반드시 필요하다. 질병 때문에 제대로 먹지 못하는 환자들을 위하여 캔 하나에 완전히 균형 잡힌 영양을 담아 200칼로리를 섭취할 수 있는 유동식 제품도 개발되어 나오긴 하지만, 아무리 힘들어도 밥과 반찬을 제대로 먹기 원하지 캔 영양식을 원하는 경우는 없다.

나의 빈혈의 원인은 별다른 이유가 발견되지 않았다. 아마도 바쁘고 신경쓰는 일이 많았던 탓에 제대로 안 먹어서 생긴 결과인 듯하다. 새로 생긴 퓨전 음식점이 인기라고 하던데 이번 주말엔 꼭 가봐야겠다.

# 수명
# 그리고 삶

나에게 자주 오는 28세의 다운증후군 여자 환자가 있다. 다운증후군 환자들은 예전에는 2세 안에 거의 사망하였지만, 의학이 발달한 지금은 평균 수명이 30~40세를 넘고 있다. 그녀에게는 자신을 세심히 살피고 돌봐주는 아버지가 있다.

"보호자 분께 사고가 나면 따님이 자립생활을 못하지 않을까 걱정이 많으시겠어요."

딸을 사랑스럽게 바라보던 아버지는 나의 말에 머뭇거림 없이 이렇게 말했다.

"시설에 맡기고 가야지요. 내가 딸보다 하루만 더 살았으면 좋겠어

요."

그 다음 환자였던 80대 할아버지는 무심코 내게 한 마디 하고 일어섰다.

"김 원장, 나 100살까지만 살게 해주세요."

나는 웃으며 꼭 그렇게 해드릴 터이니 열심히 운동하시라고 했다.

사람은 몇 살까지 살 수 있을까? 가장 오래 사는 포유동물은 바로 인간이다. 로마제국시대에 25세였던 인간의 평균 수명은 프랑스혁명시대 34세, 1971년 62세, 2005년 78세로 20세기 동안 50세 가까이 증가하여 2010년 대한민국 사람의 평균 수명은 80세에 이르고 있다. 세계적으로 가장 장수한 사람은 122세를 살다 간 프랑스의 잔 칼망 할머니라고 한다. 대대로 장수하는 가문에서 태어나 85세에 펜싱을 배우고 100세까지 자전거를 탔다고 하니 건강한 장수와 운동은 항상 함께 가는 이슈이다.

사람은 누구나 젊음을 유지하고픈 욕망이 있다. 중국 진나라의 진시황은 대국을 통일하고 부귀영화를 누리면서도 불로초를 구하기 위해 서복이라는 신하를 우리나라에 보내기도 했지만 결국 50세의 나이에 운명을 다했다. 1990년대에는 노화 관련 유전자인 텔로미어가 발견되었고 노화를 방지하는 DHEA, 멜라토닌, 성장호르몬이 각광을 받고 있으며 와인, 마늘, 브로콜리, 블루베리, 양파가 장수에 좋은 음식이라고 평가받고 있지만, 근본적으로 노화는 변화 불가능하고 필연적이다.

내가 진료실에서 바라본 사람의 수명은 발달된 의술의 힘으로도 조절될 수 없다. 지구상의 모든 악성 암질환이 완치된다 하더라도 인간의 평균 수명은 2년 정도밖에는 늘지 않는다고 하니, 생명을 위하여 질병과 싸우는 의술의 발전은 인간 장수 조건의 일부가 될 뿐이다.

10년 전이었던가, 말기 위암이었던 나의 환자는 대학병원에서 수술도 불가능하고, 3개월 정도밖에 남지 않았으니 집으로 돌아가라는 판정을 받았다. 낙천적이었던 그는 만나고 싶은 친구와 가족을 자주 보고, 매일 운동을 하고 나에게 소화제만 처방받아 복용하면서 건강을 유지했다. 그는 진료실에서도 나와 농담도 많이 주고받았고, 주위를 넓게 돌아보고 잘못된 의료제도에도 관심을 가지게 되면서 2002년에는 위장약 처방의 보험급여제한에 반대하는 의견을 복지부에 전달하기도 했다. 그는 그렇게 활발하고 행복하게 3년을 더 살았다. 주치의로서 내가 한 역할은 그와 많은 대화를 하고 지지해준 조력자일 뿐이었다.

장수의 조건은 유전적인 가족력이 4분의 1이고 나머지는 환경과 개인 스스로가 결정한다고 한다. 하버드 의과대학 조지 바일란트 교수는 장수의 일곱 가지 요인으로 교육의 정도, 안정적인 결혼, 적절한 체중, 운동, 금연, 술을 적당하게 하는 것, 성숙한 적응 등을 꼽았다.

1992년 메릴 스트립과 골디 혼이 주연했던 〈죽어야 사는 여자〉라는 영화가 있었다. 주인공 메릴 스트립과 골디 혼은 영원한 젊음을 갈망한다. 그들은 젊음의 묘약을 구해 마신 뒤 경쟁적이고 탐욕스럽게 수십년간 젊음을 유지해간다. 그러나 죽어야 할 나이가 지나도 죽지 못하면서 피부가 늘어지고 총에 맞아 몸에 구멍이 나도 생명이 부지되는 끔찍한 모습이 되어버린다. 마지막 장면, 두 여인이 동시에 사랑했던 남자의 장례식에서 목사는 이렇게 말한다. "누군가의 생명이 영원히 지속되는 것은 육체가 사는 것이 아니라 그 사람의 정신이 자녀와 중손들의 삶 속에 남아 전해지는 것입니다."

"매일 매일을 즐겁게 살아요. 내가 사는 것은 내 맘대로가 아니야. 순리대로 삽니다." 90이 다 된 고혈압 할아버지 환자가 내게 해준 말이다. 항상 다정하게 진료실에 들어서던 노부부, 언젠가부터 할아버지가 할머니를 부축해야만 하게 되었지만 언제나 잡은 손을 놓지 않는다. 그리고 다운증후군 딸보다 하루를 더 살고 싶어하는 아버지. 우리의 수명은 길거나 혹은 짧다. 그 길거나 짧은 삶이 언제나 아름답고 소중하기를. 오늘은 몸에 좋은 브로콜리를 사가야겠다.

# 밤의 불청객

이른 아침 출근하자마자 인근 대학병원 응급실에서 전화가 왔다.

"오늘 새벽 수면제 과다복용으로 실려 온 사람이 원장님 환자라고 합니다. 평소 드시던 약이 무엇이었는지 확인하고 싶어서요."

그녀는 우울증에 신경성 위염, 불면증으로 수면제와 신경안정제, 위장약을 복용하는 환자였다. 수면제는 정해진 용량 이상을 처방한 적이 없었는데 먹지 않고 모은 것일까? 언제 어떤 약을 처방하였는지 자세히 알려주었다. 최근 수면제 처방에 대한 제재가 엄격해져서 한 번에 28일 이상은 처방할 수 없다. 그 환자는 받은 양을 모두 한 번에 복용한 것 같다고 했다. 나는 그 환자의 차트에 '앞으로 혼자 수면제 처방을 받아갈 수 없음'이라고 붉은 글씨로 표시해 두었다. 며칠 뒤 나를 방문한 그녀는 잠을 잘 수 없는 고통은 아무도 모를 것이라며 다섯 알을 먹었을 뿐인데 아침에 깨지 못했다고 멋쩍어했다.

인간은 대략 하루 7~8시간을 잔다. 1879년 토마스 에디슨이 백열등을 발명하기 전까지는 대부분의 사람들이 매일 10시간 이상을 잤다. 백열등이 등장하여 밤을 밝히게 되면서 인간의 수면 습관에도 큰 변화가 생기기 시작하여 약 100년 사이에 수면 시간은 8시간 이하가 되어버렸다. 그래도 평생 25년 이상을 잠으로 세월을 보내는 셈이다.

그렇다면 적절한 수면 시간은 어떻게 될까? 에디슨은 "수면이란 원시시대부터 시작된 나쁜 습관이자 시간을 좀먹는 벌레"라고 표현하며 하루 3시간만 잤다고 한다. 반면 아인슈타인은 하루 10시간은 자야 충분히 활동할 수 있다고 했다. 또한 윈스턴 처칠이나 레이건 전 미국대통령은 낮잠을 즐긴 것으로 유명하다. 이렇게 개인마다 수면 시간의 길이와 양상에는 차이가 많다. 저명한 심리치료사인 폴 매케나는 수면에서 중요한 점은 길고 짧음보다 어떻게 잘 자고 상쾌한 컨디션을 유지할 수 있는가라고 말했다.

역사 속의 인물들도 편안한 잠을 자기 위하여 자신만의 방법을 고안했었는데, 클레오파트라는 침실을 장미꽃으로 가득 꾸미고 머스크 향을 맡았다고 한다. 윈스턴 처칠은 두 개의 침대를 방에 두고 한 쪽에서 잠들지 못하면 다른 침대에서 자곤 했다. 찰스 디킨스는 머리가 북쪽을 향하지 않으면 잠들지 못했으며 침대 정중앙에 누워야만 잠이 들었다고 한다.

나는 전공의 수련을 받던 무렵, 항상 잠이 부족했기에 머리만 닿으면 숙면으로 빠져들곤 했다. 지금도 오전 진료가 끝나면 점심식사를 가볍게 한 뒤 잠깐 누워 15분 정도 잠을 청한다. 그 잠깐의 잠은 피로를 해결해 주고 오후 진료를 활기차게 할 수 있는 원동력이 된다.

수면은 처음 얕게 시작해서 깊어질 때까지 4단계로 구성된 비(非)렘수면(Non rapid eye movement)과 그 후 얕게 자면서 꿈을 꾸는 렘수면 (rapid eye movement)으로 구성되어 각 사이클이 한 번 도는데 90분 정도 걸리고 이 사이클이 하룻밤에 4~5회 돌아가게 된다. 새벽에는 렘수면이 조금씩 길어지면서 기상할 준비를 한다. 수면 중에도 인간은 활동을 한다. 뇌파가 움직이고 근육 및 안구 운동을 하며 체온, 호흡, 맥박의 변화가 오고, 호르몬의 분비와 음경의 발기 등 여러 신체의 변화를 보인다. 자는 동안 뇌는 면역기능을 조절하고 체력을 축적하여 새롭게 정보를 받아들일 준비를 하고 기억을 회복하는 일을 한다. 잠이 든 직후에는 성장호르몬이 분비되어 어린이의 경우 키를 크게 해주고, 성인은 손상된 세포를 복구하고 피로를 회복하도록 돕는다. 반면 새벽에는 코티솔호르몬이 많이 분비되어 눈을 뜬 후 생기는 스트레스에 대처할 수 있도록 도와준다. 그러므로 수면은 사람에게 없어서는 안 될 소중한 에너지 충전의 원천이다.

불면증이란 습관적으로 잠을 이루지 못하는 상태로 짧고 얕은 수면,

꿈을 많이 꾸는 수면 등 수면의 양과 질에 문제가 생겨 다음날 상쾌한 컨디션을 유지할 수 없는 증세를 일컫는다. 불면증이 지속되면 두통과 소화불량, 신경쇠약, 우울증이 동반되기도 한다. 병원을 찾는 많은 불면증 환자들은 스트레스를 많이 호소하고 술 담배를 많이 하거나 비만하다.

셰익스피어의 희곡『멕베스』에서 맥베스의 부인은 남편의 왕위 쟁탈을 위하여 선왕 덩컨을 살해한 뒤 불안을 견디지 못하고 몽유병에 걸린다. 그녀는 밤마다 눈은 떠 있으나 의식은 닫힌 채로 알 수 없는 말들을 중얼거리며 궁정을 헤맨다. 몽유병은 꿈을 꾸는 렘수면 시기의 증상인데 스트레스가 많은 현대인들은 몽유병까지는 아니더라도 잦은 꿈으로 기상 후 상쾌하지 않은 몸 상태를 호소하는 경우가 많다.

숙면을 취하기 위해서는 낮의 긴장감을 가능한 줄이며 능동적으로 많이 웃고 침실의 조명을 어둡게 해줄 것을 권한다. 침실 온도는 25도가 좋다. 더운 여름에는 타이머를 사용한 에어컨 작동이 도움이 된다. 몸에 맞는 침구와 베개도 중요할 것이고 술 담배와 카페인을 멀리하는 것도 필수이다.

나는 취침 전 술을 많이 마시는 환자를 자주 접하는데, 술은 당장에는 잠을 오게 하지만 이뇨작용으로 쉽게 깨도록 만들고 궁극적으로는 숙면을 방해한다. 그러므로 술과 담배를 멀리하고 유산소운동과 숙면에 좋은 음식을 섭취하는 것이 좋다. '트립토판'이라는 아미노산은 분해될 때 어둠이 깃들면 잠이 오게 해주는 멜라토닌을 생성하는데, 트립토판 성분이 들어간 고기, 달걀, 우유와 멜라토닌이 함유된 케일, 옥수수, 생강차 등도 숙면에 도움이 된다.

응급실에 실려 갔던 그 불면증 환자는 아직까지 수면제를 처방받고 있다. 지금은 그녀의 딸이 약을 맡아 하루 1정 이상은 먹지 않게 하고 있다.

불면증이라는 말을 몰랐던 나도 나이 오십에 들어선 탓인가 요즘에는 밤에 자리에 누우면 백 가지 고민에 점점 정신이 명료해지는 날들이 생긴다. 베개를 바꾸고 핸드폰 등 전자기기도 멀리해 보았지만, 나에게 가끔씩 찾아오는 이 밤의 불청객은 아마도 불면증 환자를 도우라는 실습체험인가 싶다.

해설

# 다섯 여의사의 사랑법

임헌영/ 문학평론가

해설

# 다섯 여의사의 사랑법

임헌영/ 문학평론가

## 1. 사랑의 방정식

사랑타령 만큼 진부한 화제가 없는데도 이보다 더 소중한 것 또한 없다. 원래 귀한 것은 평소 귀한 대접을 못 받는다. 태양도, 공기도, 그리고 밥도……. 통계는 없지만 아마 '사랑'이란 단어가 현대처럼 빈번하게 사용되었던 시대도 없을 것이다. 옛날에는 함부로 사랑타령도 못했다. 루쉰(魯迅)은 근대 중국 사회에서 "I love you"를 어떻게 번역할까 고민했던 일화를 재밌게 소개해준다. 오랜 상념 끝에 겨우 찾아낸 말이 "아, 미치겠다"는 생뚱맞은 속긇임이었단다. 아무리 용기 있는 뻔뻔스런 남자라도 할 수 있는 고백은 고작 '미치겠다'는 것 말고는 달리 표현법이 없었다는 것. 남녀 관계에서만이 아니라 어떤 상대에게도 이 후안무치한 단어는 금기어였다.

따지고 보면 세상만사 사랑 없이 되는 일은 하나도 없다. 정치란 국민을 사랑하는 것이며 경제란 소비자를 사랑하는 것이고 교육이란 제자를 사랑하는 것이며 종교란 신도를 사랑하는 것이고 언론과 문학은 독자를 사랑하는 게 아니던가. 어떤 직업도 성공하려면 사랑 없인 불가능하다는 말은 진부하면서도 고귀한 만고의 진리다.

사랑의 극치, 그 절정으로서의 영혼의 오르가즘 중 한 장면은 엔도 슈사쿠(遠藤周作, 1923~1996년)의 소설 『사해의 호반(死海のほとり)』(1973년)에서 볼 수 있다. 서양 중심의 신학과 교회와 선교에 비판적인 이 작가는 20세기 최고 수준의 기독교문학으로 카잔차키스와 겨눌 만하다는 상찬이 아깝지 않다. 예수를 나약한 인간으로 해석하여 패배는 하지만 결코 굴욕은 않는 것으로 묘사한 게 이 소설이다.

피체된 예수가 기적도 못 일으킨 채 온갖 모욕을 당하자 "첫, 무슨 예언자가 저래, 기적도 못 일으키고"라면서 군중들은 웅성거린다. 예수는 침착하게 빌라도에게 말한다.

> "내가 한 번 그 인생을 가로지른다면 그 사람은 나를 잊을 수 없을 거요."
>
> "왜?"
>
> "내가 언제까지나 그 사람을 사랑할 테니까요."
>
> — 엔도 슈사쿠의 『사해의 호반』

의사도 마찬가지다. '내가 한 번 돌본 환자는 나를 잊을 수 없을 것이다'고 말할 수 있는 의사야말로 훌륭하다. 그것은 만병통치의 의료술 때문이 아닌 인술로서의 사랑 때문이어야 한다.

개나 고양이도 자신을 사랑하는지 미워하는지는 안다. 하물며 인간이야.

기적을 일으켜서 대중의 환심을 사로잡는 것은 사랑이 아니라 압도다. 권력이나 돈, 미모, 재능, 애교로 사람을 후려치는 것은 사랑이 아니라 유혹이다. 그런 걸 가진 자를 사랑하기는 쉽다. 그러나 헐벗은 자, 버림받은 자, 병든 자를 사랑하기는 어렵다. 그래서 작가 엔도는 산 자를 살려내는 게 기적이 아니라 버림받는 이들 곁에 머물면서 그들의 벗이 되어주는 영혼의 온기가 참된 기적이라고 풀이한다.

의사란 무엇인가. 온갖 고난 중 가장 견디기 어려운 게 '병든 자'인데, 그 구원의 손길은 오로지 의사만의 몫이 아니던가. 특수 의료기구나 고가의 의약품에 의존해서 환자를 돌보는 의사와 병든 자를 사랑으로 맞이하는 의사의 차이를 베이컨은 이렇게 표현해주고 있다.

> 의사 중에는 환자의 기분을 너무 맞추어 주고, 또는 그 응석을 받아주느라 병의 참된 치료법을 추진하지 못하는 사람이 있다. 또 개중에는 병에 대해서 너무 고지식하게 의술대로만 나아가려 하고, 환자의 상태를 충분히 주의하지 않는 사람도 있다. 모름지기 그 중간의 생각을 가진 의사를 택해야 하는 것이다. 그런 사람이 발견되지 않을 때는, 각각의 성향을 가진 두 사람

을 합치는 것이 현명하다.

— 베이컨의 에세이「건강법」

가장 좋은 의사를 찾는 비법을 베이컨은 장황하게 설명했지만 나라면 그냥 한 마디로 '글 쓰는 의사'라고 하겠다. 정확하게는 인문학을 아는 의사라는 게 더 우아하겠지만 환자 주제에 의사의 인문학 실력을 테스트할 수야 없지 않은가. 의사가 병든 육신의 구원자라면 문학예술은 병든 영혼의 구원자 역을 해주기에 의학과 문학은 숙명적으로 인간학의 합궁이다.

다섯 여의사의 이 에세이집은 바로 진료실에서 베푼 사랑의 카르테로 의술과 문학의 합궁이 빚어낸 무궁한 조화의 산물이리라.

## 2. 김화숙 작가의 현미경적 글쓰기

국립의료원에서 내과 수련과정을 마친 1976년 이후 줄곧 혈액종양내과 분야 연구와 전문의로 활동한 김화숙 작가는 "현미경 보는 것이 좋아" 그 전공을 선택했다는 분이다. 그래선지 김 작가의 글쓰기 역시 현미경적 관찰이 많다. "그 당시 혈액종양 분야의 환자들은 완치라는 단어를 말하기 전에 떠나보내야 했다. 의사란 병을 치료하는 데 한계가 있다는 것을 깨닫고 영원한 이별이 아닌 다시 만날 수 있는 진료실을 원하면서 개원"하게 되어 현대 난치병의 대명사인 백혈병과 에이즈 등에 깊은 관심을 쏟으며 의료활동을 해왔다는 것이다.

현미경을 유난스레 사랑하는 이 작가는 네이슨 울프(Nathan Wolfe, 스탠포드 대학의 인간 생물학과 교수로 바이러스 전문가)가 『바이러스 폭풍』에서 "문명은 최첨단을 달리고 있지만, 대참사를 부르는 병원균에 대해서는 지식과 대응이 미흡하다"고 꼬집는다. 그 예로 "2001년 한 해 동안, 9·11 뉴욕테러(2,977명 사망) 사건을 포함하여 전 세계에서 약 8천 명이 테러로 목숨을 잃었다. 그러나 2009년 3월 말 미국 샌디에이고에서 신종 인플루엔자 A(H1N1, 돼지독감)가 발생하여 전 세계적으로 28만4천 명이 사망했다"(「세월이 치료하는 질병」)는 사실을 적시하고 있다.

인플루엔자만이 아니다. "암과 백혈병을 뛰어넘는 에이즈는 양지에서 말할 수 없는 무서운 질병"으로 "다른 질병과 달리 동정을 받을 수" 조차 없으면서 "수년간 증상이 없다가 에이즈 바이러스에 의해 면역력이 떨어지고 관리를 잘 못하면 면역 체계가 손상되어 감염, 암 등이 생겨 사망하게 되기 때문"에 긴 잠복기간으로 해서 더 공포의 대상이 된 질병이라는 것이다. "2013년 말 국내 에이즈 바이러스 누적 감염자는 한국 국적자 9천5백여 명, 외국인이 1천여 명으로 국가 공식 통계가 1만 명이 넘었다"는데, 가공할 에이즈의 위력도 결국 세월이 해결하지 않겠느냐는 낙관론으로 끝맺고 있다.

「그녀와 함께한 21년」은 진료로 펼친 사랑법의 모범답안이다. 38세에 깊은 산사에서 조용히 숨을 거둔 그녀는 김화숙 작가가 21년 동안 그 삶을 지켜보아야 했던 환자였다. "1980년 3월, 17세의 단발머리 소녀는 모 대학 병원에서 류머티스성 관절염과 막증식성 사구체신염을 진단받고 고열이 소실되지 않아 국립의료원에 1차 입원"하면서 작가와 인연을 맺는다. 점점 악화되어 가던 그녀를 작가는 "자가면역에 의한 교원성 질환(Collagen Disease)을 염두에 두었지만 확실한 진단은 나오지 않았다"고 한다.

이듬해 3월 남편과 미국 학회에 가게 된 작가는 "세인트루이스 대학병원에서 시행한 그 환자의 혈액검사 결과"가 "자가면역항체(Anti-RNP) 수치가 1 : 80으로 나와 결국 혼합성 결합조직 질환(mixed connective tissue disease)"임을 알게 된다. 작가는 국립의료원을 떠나 개원했으면서도 그 환자가 입원하면 다급하게 국립의료원으로 회진을 갈 정도로 의욕을 쏟아 붓는다. "가끔은 교통이 막혀 반나절이 소요될 때도 있었다. 그러나 그녀가 숨이 넘어가다가도 다시 살아나는 순간을 바라보면 가슴이 뭉클해질 때가 한두 번이 아니었다"는 대목은 구도자의 사랑이 느껴질 정도로 감동적이다. 그녀와 이 환자는 피붙이처럼 긴 세월을 함께하다가 떠나보낸 끈끈한 인연을 맺었다.

"남자 친구가 있어도 미래가 두려워 눈물을 흘리며 이별을 해야 했던 그녀, 21년을 내 옆에서 나와 상담하며 나의 지시를 따르고 처방에 따라 하루하루를 지냈던 그녀"였다. 그녀와의 결별은 작가에게 깊은 회한을 남긴 듯한데, 현대 의학의 무궁한 발전에도 불구하고 의료직이 맞부딪쳐야 하는 일종의 숙명이 아닌가 싶다.

지금도 내 귀에는 "선생님 언제면 다 나을 수 있을까요? 결혼할 수 있어요?" 하고 그녀의 속삭임이 들려오는 것 같다. 죽음이 앞에 있는지도 모른 채 항상 희망을 안고 미래를 꿈꾸며 하루하루를 지냈기에 휴식을 취하러 산사에 갔다가 조용히 이 세상을 하직한 것이다. 그녀는 분명 메멘토 모리(Memento Mori) 죽음의 그늘에 대해 생각도, 준비도 하지 않았으리라. 계획된 죽음이 바로 앞에 있다면 우리는 과연 무엇을 준비하고 실천하고 있을까?

— 김화숙 「그녀와 함께한 21년」

「희귀병의 축복」에 나오는 헤어리 세포 백혈병은 "1923년 이왈드(Ewald)가 처음으로 '급성 단핵구 백혈병'이라고 이름 지어 보고"했고, 1970년 프렌더라이츠(Plenderleith)가 "'헤어리 세포 백혈병'이라고 명명한 후 현재는 '백혈병성 망내증' 혹은 '헤어리 세포 백혈병'"이라고 부르는 희귀병이다. 전체 백혈병 환자 중 약 2%만이 이 병을 앓고 있는데, 서구에서 완치 가능한 병으로 임상보고가 되고 있어 '축복'이라는 것이다.

이 희귀병 환자를 만난 작가는 "슬픈 종착역을 말해야만 하는 의사이기에 늘 마음은 울적하고 괴롭다. 나의 곁을 떠나는 환자는 세월이 갈수록 늘어만 간다. 그런데 이 환자는 나에게 희망을 주고 용기를 주었다"고 차라리 기뻐한다. 작가는 이 희귀 백혈병을 진단하여 한국 최초로 학회 잡지에 보고했고, 정성어린 치료를 거쳐 생환한 환자가 퇴원한 후 7년이 지나 두 딸의 어머니가 되어 찾아왔다고 전한다.

정이 들면 사별하는 혈액학을 전공한 나에게 이 환자는 유일하게 보람을 준 환자였다.

— 김화숙「희귀병의 축복」

말할 것도 없이 의료인으로서 최고의 보람을 느꼈을 것 같다.

「사랑과 애환을 담은 백혈병」은 무척 로맨틱하다. 영화 〈러브스토리〉는 가난한 음악도인 여주인공 제니와 명문 부호의 아들 올리버가 사랑하여 어렵게 결합하지만 백혈병으로 안타까운 최후를 맞는 비극적 스토리이다. 의학적인 지식이 없는 사람들도 이 영화 덕분에 몹쓸 불치병으로 백혈병을 기억하게 되었다면서 이야기는 연극 〈오스카! 신에게 보내는 편지〉로 옮겨진다.

프랑스 작가 에릭 에마누엘 슈미트(Eric Emmanuel Schmitt)의 소설『신에게 보내는 편지』를 원작삼아 국내 연극 무대에 올린 이 연극은 "백혈병에 걸려 생명이 희미해져 가는 10살 소년과 소아병동의 간병인 장미 할머니의 우정"이 포인트이다.

"12일 동안 하나님께 자신의 일상을 고백하는 오스카의 편지"로 구성된 이 드라마는 "삶이 원치 않는 방향으로 흘러가더라도 그 삶은 소중하고 아름다운 것"임을 보여준다. 죽음조차 있는 그대로 조명되는 장미 할머니의 모습이 오스카의 남은 삶에 찬란한 빛을 불어넣는 것처럼 관객에게도 삶에 대해 새로운 방향을 제시해 준다고 했다.

마치 이 연극의 한 장면처럼 작가가 체험한 환자와의 결별이 눈물을 자아낸다.

"선생님 나 예뻐요? 내일 우리 언니 결혼식에 가야 하는데 갈 수 있죠?"라고 조르던 혜진은 "대학 입학을 앞두고 급성 백혈병으로 진단받고 항암치료를 받기 위해 입원"했다. "절대로 안 된다"는 작가의 충고를 물리치고 그녀는 "결혼식만 보고 오겠다며 다녀와서 한 달을 넘기지 못하고 세상을 떠났다."

— 김화숙 「사랑과 애환을 담은 백혈병」

또 있다. 아들 현준을 "한 달 전 하늘나라"로 보낸 어머니가 "현준이 생각해서 이 난을 잘 키워주세요"라는 말과 함께 난 화분을 두고 갔는데, 작가는 국립의료원을 사직할 때 "그 화분을 가슴에 안고 햇볕이 따사롭게 드는 대기실 창가에" 놓았다가 마음을 바꾼다.

마음이 놓이지 않았다. 다시 집으로 옮겨 햇살 가득한 거실에 자리를 잡게 하였다. 매일 들여다보며 정성을 들이고 물을 주었지만 도무지 꽃을 피울 생각을 하지 않았다. 그런데 10년이 지난 어느 봄날 거실 가득 향기를 피우면서 꽃망울을 터뜨리는 것이 아닌가. 난 그때 현준이와 이별하던 순간이 떠오르며 찡하게 다시금 가슴이 아렸다.

— 김화숙 「사랑과 애환을 담은 백혈병」

이 글에서 작가는 해를 거듭할수록 계속해서 혈액학을 해야 하는지 방황하던 지난 날을 되돌아본다. 문학작품에서는 백혈병 주제가 죽음과 사랑으로 미화해서 감동을 주지만 자기가 겪은 현실은 결코 아름답지 않았다고 토로한다. "가난과의 전쟁, 자식을 보내야만 하는 부모의 찢어지는 마음을 지켜보면서 나도 같이 마음을 다스려야 하는 일"이 너무도 고통스러워 마침내 혈액학 진료실을 떠날 수밖에 없었던 젊은 날의 그 결단이 당위였음을 설명한다. 사실 거기서 끝맺음을 해도 독자들은 작가를 나무라지 않을 것이다. 그런데 그녀는 진솔하게 "혈액학을 그만두고 개원한 후 나는 이제, 더는 슬프거나 마음이 아프지 않아 다행이다"고 속내를 털어내 보인다. 의료인으로서가 아닌 한 심약한 인간 김화숙으로 돌아온 듯 글에서는 눈 딱 감고 마무리를 해버렸지만 작가의 속마음은 여전히 아프다는 것을 우리는 알 수 있다.

「키 크는 주사」에서는 "부모의 키로 산출해 보면 남자는 (아버지 키+어머니 키+13)/2이며 여자는 (아버지 키+어머니 키-13)/2이다. 이 수치보다 5cm 이상 작으면 성장 진료소를 방문하는 것이 좋다. 3세 이상의 소아가 해마다 4cm 미만으로 성장한다면 성장 지연을 의심해야 한다"는 의학적인 공식이 제시된다. 그러나 "성장호르몬의 효과는 개인마다 다르며 최소 2~4년 꾸준히 받으면 5~6cm는 기대할 수" 있지만, "확실한 보장도 없이 연 1,000만 원의 비용과 2~4년 장기 투여해야만 하는 조건을 따진다면 무리가 있다"고 충고하는데, 이런 글은 좀 더 많은 부모들에게 소문을 내서 다 같이 읽었으면 좋겠다.

이밖에도 변비 문제를 다룬「일상의 골칫거리」와, 비타민D를 중심한 피부 문제를 천착한「햇볕은 피부의 적인가?」역시 일반 독자에게 유익

한 읽을거리가 되는 작품이다. 왜 의료인들이 부지런히 의료수필을 써야 하는지를 새삼 느끼게 하는 글들이기 때문이다. 여객기 안에서 응급처치를 해준 일화를 그린 「창공에서의 진료」는 시공을 초월한 생명을 지키는 의사의 애환이 스며 있으면서 그 삶의 단면을 생생하게 느끼게 해주는 글이다.

### 3. 의료 수필의 정수를 보여준 김태임 작가

"문학이나 역사에 관심이 있었으나 부모님의 권유에 못 이겨 인문학에 대한 동경"을 접고 의과대학을 택했다는 김태임 작가는 문학적 향기가 물씬 풍기는 글들을 보여주고 있다. "모교 병원에 인턴으로 근무하던 중 미국으로 건너가 내과전문의 과정을 밟고 로스앤젤레스 근교 클레어몬트에서 7년간 내과를 개업"하다가 귀국, "약수동에서 30년간 동호의원 원장"으로 병원을 지켜온 그녀다.

마음은 있어도 문학에 집중할 여유가 없었으련만 그녀가 내민 10편의 수필을 읽어보면 그녀가 얼마나 광범한 독서편력과 글쓰기에 혼신을 다하며 살아왔는지 짐작할 수 있다. 그녀가 끊임없이 "따뜻하면서도 깊이 있는 글"을 꿈꾸며 지나간 삶을 적극적으로 반추하는 모습은 가슴이 뭉클하도록 인상적이다. 김태임 작가에게 문학과 의학은 성장기의 꿈을 실현하는 평행선이었던 듯하다. 그녀의 글에서는 첨단적인 전문분야로서의 의학과 더불어 평생을 일관한 문학 애호가로서의 가볍지 않은 인생론이 부단히 교직되고 있다.

삶이 고통임은 철학자가 아니라도 다 아는 사실이지만 이 작가의 접근법은 내과의답게 이분법이다. 육체를 찌들게 하는 병마의 원천을 캐내는 그녀의 진료 철학이 자못 흥미롭다.

> 우리의 아픔과 고통이 어찌 육체적인 것뿐이랴. 살다보면 가슴이 막막한 사랑과 배신의 아픔도 있고, 뼈저린 이별의 고통도 있다. 실패와 좌절로 벽에 부딪친 순간도 있을 것이다. 그러나 이러한 아픔을 통하여 또는 고통을 넘어서 삶이 더욱 성숙해지고 그 폭이 넉넉해지지 않겠는가? 그런 아픔도 지나면 아름다운 추억으로 남게 된다. 육체적인 고통으로 원인을 돌아보면서 저변의 다른 원인을 발견할 수도 있을 것이다. 아픔과 고통을 겪을 때, 평상시의 고통 없는 삶에 대해 감사하는 마음도 생길 것이다.
>
> — 김태임 「견딜 수 없는 고통, 대상포진」

대상포진의 아픔을 인생고로 승화시켜 거기에다 "육체적인 고통으로 원인을 돌아보면서 저변의 다른 원인을 발견할 수도" 있을 것이라는 통찰은 이를 글로 꽉 맞게 구성해낸 평범치 않은 솜씨로 해서 더 주목을 끈다. 작가는 병고의 괴로움조차도 "우리의 삶이 뿌리 깊은 나무처럼 굳건해지고 도도히 흐르는 강물처럼 여유로워질 수" 있게 해준다는 넉넉한 낙관론을 펼쳐서 질병을 받아들여야 할 환자를 일단 정신적 안정권으로 인도해 준다.

"돌이킬 수 없는 일이라면 짜증을 부린들 무엇하며 성화를 내비친들 무엇하겠는가! 이왕 온 손님이니 오래 머물지 말고, 까탈스럽게 굴지 말기를 바랄 뿐이다. 마치 오래된 친구처럼 곰살맞게 대하면 미안해서라도 빨리 떠나지 않겠는가"(「반갑지 않은 손님」)고 미운 병의 등을 사랑으로 토닥여 준다. 그녀의 다정다감한 청진기를 통과하면 제 아무리 위력을 떨치는 독감인들 무섭지 않을 것 같은데, 우리 동네에도 이런 의사 한 분 모셨으면 싶다. 환자로 하여금 공포의 대상으로 병을 대할 것이 아니라 사귐의 대상으로 병을 접수하라는 충고다.

김태임 작가의 이런 입장은「안젤리나 졸리, 그 용기 있는 결단」에서 더 확고하게 모습을 보인다. 그녀는 이 글에서 뉴욕타임스에 실린 졸리의 기고문「나의 의학적 선택」을 펼치면서 현대인들이 의학적 기술을 얼마나 신뢰해도 되는지를 윤리의식이나 자연의 섭리와 결부시켜 점검하는 형식을 취한다.

졸리는 "유방암에 걸릴 확률이 87%이고, 난소암에 걸릴 확률이 50%라는 설명"을 의사에게서 듣고는 이에 능동적으로 대처, 유방 제거와 재건수술을 동시에 받았다고 했다. 유방 제거로 유방암 발병 확률은 5%로 감소됐고, 인공유방은 충분히 아름답다는 자신을 갖게 해주었다는 게 졸리 자신의 주장이다. 이 주장은 많은 동조자를 얻어 예방적 수술의 정당성이 봇물처럼 터졌는데, 김태임 작가는 이에 단단히 쐐기를 박는다. 설사 "유전자 돌연변이가 발견되어 유전적 유방암의 발병 가능성이 높다고 하더라도 아직 발병하지도 않은 병의 예방을 위해 멀쩡한 신체 부위를 미리 제거할 필요가 있을까?"라는 게 이 작가의 견해다. 의사는 당연히 수술을 지지할 것이라는 우리의 통념을 뒤엎는 순간이다. 의료에 문외한인 나 같은 사람도 박수를 치고 싶은 대목이다.

"다수술로 인한 부작용이 생길 수도 있고, 예방적 유방절제술은 유방암 발생 빈도를 낮출 뿐 유방암으로 인한 사망률까지 낮추지는 않았다는 연구보고"까지 거론하면서 작가는 "암에서 해방되었다는 궁극적인 평안은 무덤에서나 가능하며, 이런 부정확한 인기 배우의 발언이 행여 수술열풍으로 이어져서는 곤란하다"고 매서운 일침을 가한다. 의료사고가 의심되는 억울한 죽음이 연달아 이슈가 되고 있는 국내 현실에서 의료인의 입을 통해 듣기 어려운 참으로 귀중한 고언이다.

내과의들이 가장 힘겹게 씨름하는 정신적인 측면의 주제 중에 치매와 우울증이 있다. 작가는 여기서도 자상한 충고를 사양하지 않는다. 이 작가는 농촌지역 60세 이상의 인구에서 약 21%가 치매증상을 보이고, 이 중 63%가 알츠하이머 형 치매임을 걱정하며 구구절절 친절한 당부를 쏟아놓는다.

> 치매 예방을 위해서는 고혈압이나 당뇨병, 고지질증, 심장병 등 성인병이 생기지 않도록 주의하거나 이미 병이 있는 경우에는 잘 관리해야 한다. 음주 흡연은 삼가고 스트레스를 피하도록 노력한다. 규칙적인 운동은 혈액순환을 촉진하고 뇌신경을 보호하여 치매를 예방하는 효과가 있다. 평소 두뇌를 많이 사용하면 도움이 된다. 텔레비전만 보지 말고 책을 많이 읽도록 하자. 사람들을 자주 만나 대화를 하고 노래 부르기 등의 취미생활도 도움

이 된다. 뜨개질 바둑 브릿지게임 카드놀이 고스톱 등은 머리를 써야 할 뿐 아니라 손을 동시에 쓰므로 상당한 효과가 있다.

— 김태임 「피할 수 없는 재앙」

노루궁뎅이버섯 추출물이 뇌의 활성화에 기여하고 있다는 일본 의약계의 연구발표를 소개하며, 우리나라에서도 이런 천연 성분 개발에 관심을 가질 것을 촉구하고 있다. 이 글의 마무리는 그녀답게 버나드 쇼의 묘비명이다.

"오래 살다 보니 내 이렇게 될 줄 알았다. (I knew if I stayed around long enough, something like this would happen.)" 버나드 쇼가 치매에 걸려 죽었다는 기록은 없다. 그러나 오늘날 장수시대의 축복을 누리고 있는 우리들 중 상당수는 치매의 '노예'로 전락하면서 버나드 쇼처럼 탄식하게 되는 게 아닐까!

— 김태임 「피할 수 없는 재앙」

우울증을 다룬 「마음의 감기」에서 작가는 "의료계에서는 정신분열증의 의학적 명칭을 조현(調絃)증으로 바꾸기로 했다"는 정황과, "세계 인구의 3~5%가 앓고" 있는데, "평생 동안 여자의 10~25%, 남자의 5~12%가 적어도 한 번은 우울증"에 걸리며, "우리나라 우울증 환자는 60만으로 추정"된다는 사실을 전해 준다. "OECD 국가 중 자살률 1위"인 우리나라의 경우 그 중 "70~80%가 우울증과 연관이 있다"는 것인데, "스트레스를 받으면 인체는 세로토닌 사용량이 증가하는데, 여성은 남성보다 세로토닌 합성률이 낮아서 상대적으로 쉽게 고갈되기 때문에 여성이 우울증에 더 취약"하다는 사실을 강조하고 있다.

작가가 우울증에 대해 내린 결론은 유익하고 명쾌하다. "누구나 우울증에 빠질 가능성이 있다. 감기처럼 쉬운 마음으로 정신과 의사를 찾고, 감기처럼 쉽게 자신의 우울증을 인정하는 것이 무엇보다도 그 치료의 첩경이다." 한 번쯤 모든 예비환자들이 귀담아두어야 할 경종이면서 의료 수필의 정수를 보여주고 있다.

건강 유지를 위해서 이 작가는 충분한 잠(「안녕히 주무셨어요?」)과 운동(「운동과 건강의 명암」)도 거론하는데, "과하면 부족함만 못하다"는 옛 말을 곁들인다. 이 말은 운동에도 어김없이 해당된다. "일 년을 하루같이 2시간 이상씩 무릎굽혀펴기와 조깅을 하던 한 친척 아저씨는 환갑 나이가 될 즈음 벌써 무릎 연골이 심하게 마모되어 인공관절 수술을 받지 않을 수 없었고 조깅도 더 이상 할 수 없었다"고 주의를 환기시켜준다.

책을 읽고 아름다운 음악에 심취하며 다른 세계로 여행을 떠나는 즐거움 또한 건강한 육체와 정신을 유지하기 위한 한 요소가 아닐까? 운동은 삶의 일부이지 전부는 아닐 것이다.

— 김태임 「운동과 건강의 명암」

「축복 중의 축복」에서 작가는 내과의사로서 성에 대한 내밀한 관찰과 사유를 들려주고 있어 주목을 끈다. 뇌경색으로 왼쪽을 잘 못 쓰는 70대 중반 할머니가 "이 몰골을 하고도 남자 생각이 난다구요! 남편과 잠자리를 갖고 싶은데, 남편은 마음이 통 없으니 어쩌지요?"라고 의사에게 도전적으로 접근해 오면서 이야기는 전개된다.

최근 화이자제약이 발표한 〈아시아-태평양 13개국 성(性)생활 만족도와 삶의 행복지수 상관관계〉 결과를 보면, 우리나라는 성생활 만족도에서 13개국 중 12위로 매우 낮은 점수를 받은 것으로 나타났다. 한국인 남녀 모두 50% 이상이 성(性)생활 향상에 높은 관심을 가지고 있지만 실제 만족도는 남성이 19%, 여성이 11%로 낮게 나타났다. 동시에 성(性)생활 만족도가 높을수록 전반적인 삶의 만족도도 높은 것으로 포착됐다. "성(性)생활에 매우 만족 한다"고 답한 한국 남성 및 여성들의 경우 "어느 정도 만족하거나 전혀 만족하지 않는다"고 답한 사람들에 비해 인간관계 및 인생 전반에 걸친 만족도가 2배 내지 3배가량 높은 것으로 나타났다.

— 김태임 「축복 중의 축복」

킨제이 보고서(1948년) 이후 50년 만인 1998년에 등장한 비아그라란 명칭이 "정력이라는 의미의 비거(vigor)에 나이아가라(Niagara) 폭포를 합친 합성어"라고 알려주면서 이 작가는 "미국의 한 포르노 감독이 남성들에게 '기립(起立)'할 기회를 선사해준 '축복 중의 축복'이라고 평"한 대목을 이 수필 제목으로 차용했다.

우리나라는 "40대 남성의 약 33.2%, 50대 59.3%, 60대 79.7%, 70대 82%가 발기부전"이란 한 조사처럼 "40대 이상 남성 2명 중 1명이 발기부전인 셈"이라, "비아그라가 '해피 드럭(Happy Drug)'으로 불리는 것이며 성공(性功)해야 성공(成功)한다는 말"을 수용한다.

삶의 활력소를 적극적으로 추구하는 이 작가지만, 단연 돋보이는 글은 죽음을 다룬 「올해도 모기에 물리다니」이다. 자살 문제를 취급한 글인데, 사회성과 문학성을 동시에 구현한 수작이다. "보건사회연구원 통계에 따르면 우리나라 국민 중 27.6%는 사는 동안 한 번 이상 이런저런 정신질환을 경험하는데 그 가운데 자살 위험이 높은 '정신건강 고위험자'가 368만 명"이라며 실제 자살률 또한 OECD 회원국 중 가장 높으며 현재도 계속 증가하는 추세다. 여러 자살 유형을 언급하다가 작가는 의사의 본분으로 돌아와 "세계보건기구(WHO)와 국제자살예방협회(IASP)는 2003년부터 매년 9월 10일을 '세계 자살 예방의 날(World Suicide Prevention Day)'로 정"한 사실과, 일본 에도시대의 하이쿠 시인 고바야시 이싸(小林一茶)가 노래한 아래 구절을 인용하면서 노련하게 끝을 맺는다.

얼마나 운이 좋은가!/ 올해도/ 모기에 물리다니!

이렇게 삶이 환희가 아니라 모기에 물리듯이 괴롭지만 그 고통조차 생의 축복임을 이 시인은 역설적으로 노래하고 있다. 그렇다고 이 작가가 맹목적인 삶의 예찬론자는 아니니다. 안락사(euthanasia)를 진지하게 고민할 만큼 의사로서의 입지 이상의 원숙한 인생론적 배려까지 원용한다. 죽음의 시기를 앞당기지 않는 '소극적 안락사'와, 인위적으로 사람의 목숨을 끊음으로 죽음의 시기를 앞당기는 '적극적 안락사'로 구분하면서 작가는 존엄사(尊嚴死)의 역사적인 논의를 축약해 보인다.

작가는 "남겨진 여생을 고통스럽더라도 견디면서 삶을 유지하는 게 좋을지, 무의미한 연명치료를 거부하면서 품위 있게 삶을 마감하는 것이 좋을지는 개인이 깊게 고민하여 선택할 문제"라고 전제하면서 '사전의료의향서'를 미리 작성하라는 대안을 제시한다.

> 우리 의사들은 교황청의 '안락사에 관한 선언'에 쓰인 권고를 유의할 필요가 있겠다. "의료 분야에 종사하는 사람들은 반드시 병자와 임종자에게 유효한 모든 기술을 강구해야 한다. 동시에 그들은 병자와 임종자에게 끝없는 친절과 정성어린 사랑의 위안을 주는 일이 얼마나 절실하게 필요한가를 기억해야만 한다."
>
> — 김태임 「아름다운 죽음 '안락사'」

삶의 문제 못지않게 죽음의 사회성을 파헤치고 결어를 도출해내는 솜씨도 수준급인데, 안락사야말로 현대 의학계가 하루 빨리 해답을 찾아야 할 주제라는 점에서 매우 시의적절한 포착이다.

### 4. 유혜영 작가와 의료인의 사회적 책임

안과전문의로 개업한 지 30년을 맞는 유혜영 작가는 "적극적인 사회활동을 하는 아버지의 영향"으로 자신도 "의료계의 임원을 거치며 의약분업 등 역동하는 의료계의 중심에서 그 고통을 함께하며 진정한 국민을 위한 의료가 무엇인지 고민"했던 의료인이다. 그래서일까. 유난히 의사의 사회적 직능을 다룬 글이 많다.

「내 안의 내 친구」라는 글에서 만나본 유혜영 작가는 진정 아름다운 인성의 소유자라는 생각이 든다. 안과의사인 작가 자신이 눈에 이상 징후를 느끼자 이 작가가 "환자는 가장 훌륭한 교과서라는 말"을 상기하며, "병을 앓다 보니 나도 모르게 환자를 대하는 태도에 변화가 생겼다. 차츰 그들의 어려움도 이해하게 되고 좀 더 자세한 설명을 하게 된다"며 다행스러워하는 대목은 무척 감동적이다. 자기 자신이나 주변의 혈연, 지연의 이익만이 아니라 넓게 사회 저변의 평안을 희구하는 박애가 깔리지 않고는 이런 글은 나오지 않는다.

> 내 안의 내 친구로 인해 나도 환자가 될 수 있다는 것을 경험하며 겸손을 배웠고, 건강의 중요함을 새삼 느끼며 지금까지 병을 모르고 지낼 만큼 건강한 육신을 주신 부모님께 감사하고 있다.
>
> — 유혜영「내 안의 내 친구」

우리가 흔히 만나게 되는 의사는 대개 환자 위에 서서 초월적인 자세로 관찰하는 입장이 되곤 하는데, 사회봉사 활동으로 굳어진 이 작가는 다르다. 적어도 환자와 나란히 서 있는 위치에서 환자에게 한 걸음 다가서는 자세다. 어떤 부류의 환자에게는 이런 의료인이 만만할지도 모르겠다. 「핀잔쟁이 환자」에 등장하는 환자가 아예 의사를 달달 볶는 장면은 무척 코믹하다. 대부분이 오랜 인연을 맺고 있는 관계라 이내 의사의 충고를 수용하고는 "많이 좋아졌어요. 선생님은 마술사 같습니다. 어이구, 이런! 의술을 감히 마술이라 해 죄송합니다"라며 초점이 약간 어긋난 칭찬을 하는데, 의사도 사람이라 "하루 종일 기분이 좋다"는 대목에선 웃음이 난다.

> 이렇게 환자들의 말 한 마디에 따라 기분이 좋았다 나빴다 하는 나는 의사로서의 자질이 아직도 많이 부족한 것 같다. 몸이 불편한 환자들이 어떤 투정을 부려도 감싸안고 보듬으며 마음을 달래줘야 할 텐데 섭섭한 마음은 어쩔 수가 없으니 도를 더 닦아야겠다.
>
> — 유혜영 「핀잔쟁이 환자」

칭찬은 고래도 춤추게 만든다는 건 우리에게 너무나 식상한 주제지만 작가는 1968년 하버드대 사회심리학과 로버트 로젠탈 교수의 실험을 소개해준다. 샌프란시스코의 한 초등학교에서 지능검사 후 "검사 결과와 상관없이 무작위로 20%를 뽑은 명단을 교사들에게 주며 지적 능력이나 학업 성취력이 좋은 학생들이라고 믿게" 만들었다. 그로부터 8

개월 후 지능검사를 다시 한 결과 앞의 명단에 나온 학생들이 다른 학생들보다 "평균 점수가 높을 뿐만 아니라 성적도 높게 나왔다"는 것이다. '로젠탈 효과'는 바로 '피그말리온 효과'를 입증한 것으로 의사 역시 "환자의 칭찬 한 마디에 보람을 느끼며 즐거운 마음으로 진료실을 지키게 된다"는 결론이다.

유혜영 작가는 그런 식으로 이기적인 의사의 자존심 세우기에서만 멈추지 않는다. 작가는 "환자에게 피그말리온 효과를 볼 수 있게 하는 방법"을 탐구하면서, 병원에 올 때마다 "핀잔을 주는 그 환자에게는 어떤 칭찬을 할까 고민 중"이다. 이 작가는 의료 활동만이 아니라 삶에서도 매사 이렇게 지혜로울 것 같다.

핀잔만 당한다면 아무리 인술이라도 의사의 길이 험난할 터이지만 「두 얼굴」에서는 "벌써 10년 넘게 단골 환자"로, "어떨 때는 내가 컴퓨터가 서툴러 헤매는 것을 보고 작동법을 한참 동안 가르쳐주고 가기도" 하는 환자가 있다. 개중에는 멀리서 고의로 "시간에 쫓기며 오는 환자"로 "상당히 부담스럽다. 나도 같이 마음이 급해지기 때문"이라고 하소연인데, 이쯤 되면 의사를 대하는 환자 수칙도 필요하지 않을까 싶다.

작가는 자기를 찾는 환자들의 신뢰를 흐뭇하게 되새긴다. 그들의 공통점은 "의사에 대한 믿음이다. 나만의 특별한 치료법이 있는 것도 아니고 안과의사이면 누구나 치료할 수 있는 병이다. 그러나 주위에 많은 안과가 있는 데도 멀리서 찾아오는 이유는 단 하나, 나에 대한 믿음이라 생각한다"는 것이다.

의사에 대한 믿음의 치료 효과를 증명해주는 것으로 '플라시보 효과'가 있다. 이는 중증이 아닌 소화장애나 다른 증상들이 특별한 효과가 없는 약을 투여했을 때 증상이 호전되는 것을 말한다. 의사에 대한 믿음만으로도 치료 효과가 입증되는 것이다. 병원에 다녀만 와도 증세가 좋아진다는 환자도 있다. 즉 의사의 말을 듣고 마음이 진정되어 호전되는 것으로 죽을병에 걸린 줄 알았다가 별 거 아니라는 의사의 말에 감쪽같이 좋아지는 것이다. 이것 모두 의사에 대한 믿음에서 오는 효과이다.

— 유혜영 「두 얼굴」

이 효과와 대척점에 있는 것이 「VIP증후군」이다. "매우 중요하게 대우해야 할 사람을 말한다. 사회적 신분이 높거나 의사들의 친인척, 무시할 수 없는 지인의 소개 환자들은 담당의사에게 정신적 스트레스를 주게 된다."

이처럼 의사의 직능에 대하여 보통 환자와 눈높이를 맞출 것을 강조하는 유혜영 작가는 「투 스트라이크!」에서 한국의 남아선호사상 추이와 자신의 두 아들 출산 이야기를 펴놓는다.

병문안 오신 시아주버니의 "제수씨, 투 스트라이크입니다"를 떠올리며 "아기를 낳지 않으려는 젊은이들이 많아지는 사회에서 건강한 자녀를 낳으면 아들딸 구분 없이 모두 '스트라이크!'라 외칠 수도 있을 것이고 시험관아기로 인한 쌍둥이 출산이 늘어나는 요즘 이들이야 말로 진정한 '투 스트라이크!'가 아닐까?"라고 작가는 짐짓 유쾌한 너스레를 떤다. 일거에 두 아들의 어머니가 된 작가의 말인지라 입을 비쭉거릴 사람이 있을지도 모르겠다.

작가는 내친 김에 장수시대와 초저출산 풍조를 대비시켜 화두를 꺼낸다. "가임여성이 1.3명보다 적게 낳는 상태가 3년 이상 지속"되면 초저출산인데, 우리나라는 "작년 한 해 합계출산율(여성 한 명이 평생 동안 낳을 수 있는 평균 자녀 수)이 1.19명으로 OECD 회원국 중 가장 오랜 기간 초저출산율 꼴찌를 하고 있다"라고 지적하며 아래와 같은 문제를 제기한다.

> 인구 감소는 노동력과 소비를 감소시켜 경제를 위축시켜 사회 전반에 재앙을 일으킨다. 노동력이 국가경쟁력의 기초이므로 적정 출산율을 유지시켜야 한다. 생산 가능인구를 유지하기 위해서는 출산율이 2명 이상이어야 한다. 정부는 OECD 평균 출산율인 1.7명을 목표로 정책을 펴고 있다. 저출산 고령화사회에 대한 사업 예산은 58조 원으로 엄청난 숫자이긴 하나 전체 예산의 2%가 안 되는 실정으로 동유럽의 5%에 비해 적은 액수이다. 또한 예산의 70%가 보육정책에 사용되고 있으며 출산에 소비되고 있지 않는 정책 방향에도 문제가 있다.
>
> — 유혜영「돌고 도는 세상」

「황홀한 노년」은 노인복지 문제를 사적인 체험과 가족사적인 관점에서 접근하고 있다. 우리나라는 "2000년에 이미 고령화사회에 진입했으며 2010년 11%로 미루어 2017년에는 고령사회에 도달할 것으로 예측"하지만, 노인에 대한 "대책이 구체화되지 않고 있다가 겨우 2008년 7월부터 '노인장기요양보험'이 시행"되었으나 여전히 '황홀한 노년'은 아득한 이야기라는 비관론이다.

「희망의 힘」은 제롬 그루프먼(하버드 의대 교수로 혈액종양학 전공)의 저서 『희망의 힘(The Anatomy of Hope)』을 읽고 "희망은 맹목적인 낙관과 다르다. 희망은 현실을 직시하게 하여 환자의 질병과 치료법에 대해 관심을 가지게 함으로써 공황상태에 빠지지 않고 판단할 수 있는 능력을 키워준다"고 소개한다. "희망을 가지면 '엔도르핀'과 '엔케팔린'이 분비되어 고통이 완화"되기에 작가는 "갑자기 마음이 가벼워지면서 골프채도 잡고 휘두를 수 있을 것만 같다"고 스스로를 위로하며 가뿐하게 글을 맺고 있다.

「손 씻기 365」는 요즘처럼 신종 질병이 만연하는 세상에서 필수적으로 보급해야 할 정보를 가득 담고 있다. 가장 문제가 되는 것이 악수라는 것이다. "감기 환자가 연이어 악수를 하게 되면 네 번째 악수하는 손에서야 겨우 기준치 이하가 되었다는 실험 결과가 나오기도 한다"며 작가는 농담이셨지만 "무조건 악수 안 하기 운동을 벌이면 어떨까?"라고 비정한 제안까지 내놓는다.

사람의 손에는 한 쪽 손에만도 육 만 마리 정도의 세균이 붙어 있어서 장시간 씻지 않으면 기하급수로 분열하여 엄청난 숫자가 된다. 신종플루나 독감, 급성A형 간염, 눈병 등은 올바른 손 씻기로 어느 정도 예방이 가능하다. 손 씻기만으로 세균을 모두 없앨 수는 없지만 사람 몸에는 어느 정도 세균에 대한 저항력이 있어서 손 씻기로 세균 수를 줄이기만 해도 감염성 질환의 90% 이상을 예방할 수 있다. 2009년 전 세계를 공포로 몰아넣은 신종플루는 공기를 통해 병균이 코나 입으로 직접 감염되기보다는 바이러스가 묻은 손을 코나 입에 댐으로써 감염되는 경우가 더 많다.

— 유혜영「손 씻기 365」

결국 대안은 대한의사협회에서 벌이는 '범국민 손 씻기 운동'인데, 안과의사인 작가의 눈 보호 차원에서도 "눈병에는 손을 자주 씻고 눈을 만지지 않는 것이 최선책이다. 눈을 만지지 않으면 안 걸린다. 얼마나 쉽고 간단한가!"라며 매우 열성적인 계몽 캠페인을 펼치고 있다.

제목만 보면 세모 맞이 한담인가 싶지만「한 해를 마무리 하며」는 질병에는 조기발견밖에 없다는 의료수칙이 주제다. 작가가 "자꾸 신경이 쓰이며 불길한 예감이 들어 선뜩 펴보지를 못하고" 미루기만 하던 건강진단서를 펴보니 "콜레스테롤 수치가 약간 높고 신체활동 부족으로 심뇌혈관질환이 발생될 위험이 있으니 관리가 필요하다"는 통보였다는데, 이걸 계기로 다음에 올 질병에 적극 대비하게 된 이야기이다. 1989년의 TV 연속극 〈겨울안개〉의 주인공이 자궁암으로 죽어가는 바람에 국내 여성들이 너도나도 자궁암 검사를 받던 중 작가의 큰언니도 덕을

봤다는 이야기를 하면서 "건강보험공단과 연세대보건대학원 국민건강증진연구소가 정기적으로 검진을 잘 받는 사람과 그렇지 못한 사람을 1992년부터 12년간 추적 조사한 결과 제대로 받지 못한 사람들의 진료비가 2배 가까이 증가한 것만 보아도 건강검진의 중요성을 알 수 있다"고 역설한다. 유혜영 작가의 이 의료수필 한 꼭지가 얼마나 많은 사람들의 생명을 구하는데 기여할지 모른다는 생각이 문득 든다.

### 5. 낮은 곳을 향한 임선영 작가의 저공비행

개업 30년을 바라보는 산부인과 의사인 임선영 작가는 여기 수록된 12편의 수필들을 받쳐주는 문장력이나 구성이 예사 솜씨가 아닌 걸 보면 문학을 향한 꿈을 오래 가꾸어 온 분인 듯하다. 아무나 흉내낼 수 없는 재치와 패러독스가 깔려 있는 그녀의 글들은 진지한 주제에도 불구하고 읽는 재미를 준다. 이 작가가 의료수필에 접근하는 방식은 독특하다. 진료실을 노크하는 각양각색의 사람들을 색채감 있는 세밀화로 그려내면서 그들이 던진 화두에 초점을 맞춰 환자들에게 필요한 이야기를 풀어낸다.

「의논도 안 하고 가버리는 세월」은 "지역 유지이며, 삼 남매의 어머니이요 번듯한 직장인의 아내"로 이십여 년 단골 고객인 70대 중반의 멋쟁이 수다꾼 노부인이 주인공이다. 남편이 전립선암을 치료 중일 때 "장례식을 잔치처럼 준비하자"는 남편 뜻을 받들어 장례 치를 장소며 손님 접대할 떡집까지 정해놨다던 그녀는 몇 년이 지나 더 화사해진 모습으로 나타나 1년 전 남편이 작고했다고 알려준다. 말투도 명랑해진 그 여인은 어느새 "멋진 데이트 무용담"을 늘어놓는데, 차츰 병원 출입이 잦아지더니 "급기야는 미혼인 딸이 혹시 엄마한테 애인이라도 생길까 눈을 부릅뜬다"고 말한다. 하루는 "석 달째 오라버니가 안면신경마비"로 "사는 재미라고는 전혀 없다"며 푸념을 하지만 그것도 잠깐이다. "봄날도 아닌데 파스텔톤 핑크빛으로 전신 단장을 하고 봄처녀 같은 발랄한 모습으로 사뿐사뿐" 걸어온 그녀는 "안면신경마비가 풀려 재회하게 되었노라고. 그쪽 담당 의사가 약 처방을 못 해준다니 나더러 C라는 약 200mg짜리 다섯 알씩이나 처방해 달라"고 회춘제를 요구하더라는 이야기. 어느 새 우리나라 할머니들이 이렇게 대담해졌나 싶다.

「MRI 기기 안에서 뒤돌아보다」는 독특한 구성이 돋보이는 작품이다. MRI 기기에 머무는 40분 동안 50여 년간 살아온 여정을 차례차례 되짚어보는 회상놀이로 폐쇄공포증을 상쇄한 이야기인데, 유년 시절, 학창 시절, 원색의 풍광을 즐기던 배낭 여행지에서의 행복했던 파노라마를 보여준다. 그러나 작가의 여러 차례 조직검사 결과는 안타깝게도 "비특이적인 림프절 증식"으로 판명된다.

이제껏 지나온 삶을 돌이켜 보면 항상 갑의 위치에만 있었지 진정코 을의 처지가 되어 본 적이 있었던가. 나 자신이 암환자가 되어보니 그냥 정기 검진 받으러 와서도 진찰하는 나의 표정을 유심히 살피는 환자들을 다시 생각하게 되었다. 나쁜 소식이라도 희망적으로 전하는 자세도 터득하게 되었다. 신은 의사로서의 부족한 자질을 채워주시려고 암이라는 질병을 주셨나 보다. 질병 치유와 더불어 겸손과 배려라는 덕목도 선물로 주셨다.

— 임선영 「MRI 기기 안에서 뒤돌아보다」

진찰대의 환자에게 수많은 질병을 선고해온 작가가 암 선고를 받은 아픔을 의료인의 소임에 결부시켜 높직이 승화시키는 마지막 대목은 누구라도 옷깃이 여며질 것이다.

임선영 작가의 진면목은 낮은 곳을 향한 그녀의 시선에 있다. 자연스럽게 그 시선은 산부인과 진료실을 통해서 본 우리 사회의 윤리의식에 초점을 맞춘다.

「내 진료실의 아이들」에서는 "짙게 눈 화장을 한 16세 소녀"가 당돌하게 "제가 부적절한 관계를 좀 했어요. 그게 다예요"라는가 하면, "키만 삐죽 큰 채 엉덩이가 다 보일 정도의 짧은 팬츠"를 입고 "입술은 벌겋게 칠하고 머리는 케냐의 국립공원에서 이제 막 도착한 사자 형상"을 한 애어른이 성관계는 언제 처음 시작했느냐는 질문에 "그거요? 열세 살 때요"라면서 "거침없는 하이킥"이다. 이뿐이 아니다. 치아교정기를 낀 단발머리 소녀는 "제가 매독에 걸렸었어요. 근데 저는 주사 안 맞고 약만 먹었어요. 인터넷 찾아보니 페니실린 주사를 맞아야 한다던데"라며 천연덕스럽기까지 하다. 이 작가의 탁월한 묘사력 때문인지 그들의 대화가 마치 인기 드라마의 한 장면처럼 생생하게 다가온다. "오늘은 여러 번 쿵하고 가슴 한 쪽이 내려앉았다"는 임선영 작가에게 이미 "너덧 가지 성병에 감염된" 10대 소녀들이 "선생님 저 나중에 임신할 수 있어요?"라며 잠재된 모성 본능까지 보인단다.

세모에 진료실을 찾은 환자들을 스케치한 「12월의 환자들」에는 세 말기 암 환자들이 차례로 등장한다. 작가의 낮은 곳을 향한 본격적인 저공비행인데, "1년에 한 분도 만나기 어려운 부인암 환자를 한 달 사이 세 분이나 만나다니! 그것도 세 분 모두 치료 적기를 놓친 경우였다. 부인과 암은 1년에 한 번 산부인과 전문검진으로 조기 진단될 수 있건만…… 한 동안의 부주의가 암으로 귀결되어 고통받는 모습을 어쩔 수 없이 동동거리며 지켜봐야 했던 2012년 12월"의 이야기다. 여기 등장한 여성들은 모두 안타깝게도 치료 시기를 놓친 경우였지만, 작가가 누누이 강조하는 것은 조기 진단의 필요성이다. 그들이 그 암담한 삶에서나마 "비록 조금 늦었을지라도 그녀들이 현대 의학을 믿으며 제발 마지막 희망만은 놓치지 말았으면 좋겠다"며 안타까운 염원을 담는다.

「신이 준 가장 큰 선물」 역시 이런 궤도 속에 있는 인물이 등장한다. "스물네 살의 미혼모인 그녀는 다섯 살짜리 딸아이"와 살고 있다. 첫 딸아이는 "성매매 손님의 아이"였는데, 둘째의 임신도 비슷한 처지였고, 이어 세 번째는 "이번 아이가 아들이었으면 좋겠어요. 알려주실 수 있어요?"라고 요청한다. 이런 현실 앞에서 과연 의사들이 생명의 외경만을 주장할 수 있을까? 임선영 작가는 이에 대하여 "주위의 편견 없이 자기가 낳은 자식은 자신이 거두는 중국 소수민족과 알래스카 원주민의 모계사회가 새삼 부러워 보였다"고 비탄 섞인 결론을 맺는다.

새 생명의 탄생은 이렇듯 덧없지만, 이처럼 한 남자와 한 여인의 관계에서 태어난 생명은 그나마도 부모가 존재한다. 그러나 이제는 그런 풍토마저 사라지려 한다.

「생물학적 뿌리」에서 이 작가는 미국 젊은이의 정자 기증 아르바이트 이야기를 전한다. 2012년에 개봉된 영화 〈Mr. 스타벅〉에 나오는 이야기인데, 실제로 미국의 한 로스쿨 졸업자는 대학 재학 때 하버드대학 입학 허가보다 더 어렵다는 미국 정자은행에 공여자로 지정된 뒤 1주에 2~3회씩 정자를 공여하며 1년 반 동안 1만 달러를 벌었다는 것이다.

「21세기형 가족」은 이제 혼외정사 등의 차원을 넘어 인공수정으로 형성된 족보로 옮겨가고 있다는 말이 과장이 아님을 보여준다. "2009년 6월 세상을 떠난 마이클 잭슨은 놀랍게도 시험관 시술로 태어난 세 명의 그의 자녀들과는 생물학적으로 아무런 관계"가 없음이 밝혀졌고, "실제로 미국에서 가장 큰 정자은행인 '캘리포니아 크리오 뱅크'는 2005년 거래량의 3분의 1인 정자 9,600병이 독신여성에게 팔렸다고 밝혔다"고. 이런 흐름에 대하여 작가는 설사 종교계에서 아무리 강력하게 반대해도 "정자 공여, 난자 공여, 대리모. 결혼한 남녀 부모, 동거 남녀 부모, 동성애 여성 부모(정자 공여자), 동성애 남성부모(정자 공여자, 난자 공여자, 대리모), 독신 모(정자 공여자, 정자 공여자+난자 공여자) 독신 부(난자 공여자+대리모, 정자 공여자+난자 공여자+대리모) 등등 생소했던 단어는 사회가 변해가며 일상에서 듣는 단어"가 되고 말 것이라고 내다본다.

「사전의료지향서」나 「창 안의 풍경」은 죽음의 문제를 향한 그의 묵직한 눈빛이 느껴지는 글이다. 작가 자신은 어머니를 요양병원에 모신 2년 후인 10년 전 갑상선 암 수술을 받을 때 "엉겁결에" 유언장을 작성했었다고 한다. 그리고 그 유언장에 연명치료를 거부하는 사전의료지향서를 첨부했었다. 작가는 어머니를 방문할 적마다 사전의료지향에 대한 자신의 결심을 다시 확인하곤 하는데, 요양병원에서 4년째 지내며 82세 생일을 맞는 어머니를 찾아 "어머니 정말 냄새 좋지? 어머니가 좋아하던 장미꽃이야" 하고 꽃 한 송이를 코에 대주지만 언어기능을 잃은 어머니는 무표정하게 눈을 감아버린다.

어머니 건너편 노인의 유동식 투여량이 줄어든 원인이 가족의 요청이었다는 소리에 마음 한쪽이 "쿵" 하고 내려앉은 것은 "한 번도 만난 적이 없는 보호자의 마음을 어렴풋이 알 것도 같"았기 때문이다. "그 분들을 들먹거릴 필요도 없다. 언제부터인가 어머니에 대한 애틋한 마음이 나에게서도 슬그머니 내려지고 있다"고 짐짓 마음 정리를 해보이는 작가. 누구나에게 부여된 자연사의 고유 권리마저 저당 잡힌 현실을 투시하는 작가의 인간적 고뇌가 가슴이 찡하도록 울림을 준다.

「창 안의 풍경」은 그 요양병원에 머무는 사람들의 이야기다. 기관절개술 후 관을 통해 겨우 발성하는 환자는 물을 달라고 조르고, 간병인은 TV 드라마 〈비밀〉을 보느라고 볼륨을 올린 채 넋이 나갔거나 짜증을 내고, 대학병원에서 여명이 보름 남았다며 퇴원시킨 96세의 할머니는 자식도 못 알아보면서 줄창 노래를 부르고, 함박꽃 같은 젊은 수련 간호사는 부처님 미소를 띠고 대답 없는 할머니들에게 말을 건다. "늘 어머니를 방문하면 이번이 마지막일까? 이별 연습을 하곤" 한다는 작가, 데이비드 호킨스의 『놓아버림』을 반추하며 삶과 죽음의 상념을 창 안의 풍경에 놓아둔 채 내뱉는 푸념이 한 편의 음산한 산문시처럼 구슬프다.

「예쁜 치매 환자」는 자칭 알츠하이머 환자라며 7년째 치매약을 복용 중인 환자 이야기다. '예쁜 치매'란 말할 것도 없이 "문제행동인 욕설·폭력 등을 하지 않고 남들에게 폐를 덜 끼치는 환자"이고, 비결은 "분노와 미움을 버리고 부부 관계나 주변 인간관계를 좋게 해야 한다"는 것. 긍정적인 모습을 그리며 노력하기에 따라서는 이렇게 '예쁜 환자'가 될 수도 있다는 것이 이 글의 초점이다.

「나도 폐경기다」는 작가 자신의 체험을 바탕으로 여성들의 갱년기를 자신 있게 처방한 문답형 의료수필이다. "오래 전에 자궁적출술을 받아 생리가 없었던" 작가는 "평균 폐경 나이 즈음부터 주기적으로" 호르몬 수치를 검사받았었는데, 5년 전 폐경기가 도래했다는 낌새를 채게 된다. 그 낌새를 채는 장면 묘사가 걸출한 신예작가 못지않다.

> 거실에 앉아 티브 시청을 하던 어느 날 등 뒤쪽으로 깃털 부채를 살랑살랑 흔들듯 더운 바람이 살짝 지나갔다. 몇 번이나 반복됐다. 둔한 나는 처음에 그게 무엇을 의미하는지 잘 몰랐다. 가만히 등 뒤로 손을 가져가니 열감

이 느껴졌다. 석 달 전 시행한 호르몬 검사에서는 아직 폐경 수치는 아니었는데 몸이 먼저 말을 하는 것이었다.

(중략)

아! 나도 폐경기구나! 깨달음의 경지에 오른 선승처럼 내 몸을 뒤돌아보았다.

— 임선영 「나도 폐경기다」

바로 그 분야 전문지식을 탄탄히 지닌 작가인지라 자기의 자궁적출술 이력을 감안하여 "에스트로겐 성분만 들어 있는 제제"를 선택, "주저하지 않고 호르몬 보충제를 복용하기 시작"한다. 작가가 부종, 유방압통을 줄이기 위해 처방을 바꿔나가다 최종적으로 바꾼 약은 "복용 후 몸속에서 에스트로겐 프로게스테론 안드로겐 성분으로 대사되어 조직친화적으로 작용하는 합성제제" 예상대로 부작용도 없고 "드디어 나에게 꼭 맞는 약을 찾았다"고 흐뭇해 한다. "자신의 몸으로 임상시험을 한 거나 진배없었다. 폐경기 증상으로 약 처방을 위해 진료실을 찾는 환자들에게 나의 경험이 큰 도움이 되었다"는 것이다.

"폐경 후 호르몬 치료하면 유방암에 잘 걸리지 않나요?", "호르몬 치료를 계속해도 되나요? 한 번 시작하면 절대로 끊으면 안 되나요? 언제가 마지노선인가요?" 등등 환자들이 호르몬 치료를 받는 단계에 따라 던질 법한 질문을 설정한 문답형 구성인데, 〈유엔 인구기금 2012 세계 인구 현황 보고서〉를 인용하여 "한국 여성의 평균 기대 수명은 84세로,

2012년 국립보건연구원의 보고에 의하면 우리나라 여성 평균 폐경 연령은 49세로 나타났다"면서 "호르몬 없이 그냥 살기엔 폐경 후 35년은 너무 길지 않은가!"는 말로 끝맺는다. 스스로 호르몬 요법의 모르모트가 되어 갱년기 여성들의 궁금증을 퀴즈처럼 풀어낸 의료수필이라 시선을 끈다.

「원숭이 습격사건」은 작가가 중국 여행 중 원숭이 세 마리의 공격을 받아 부상한 이야기를 다룬 기행 의료수필이다. 이런 기행 의료수필은 앞으로 개발해 봄직한 분야다. 온갖 기행문이 다 있는데, 각국 병원에 머물거나 이번에 에블라처럼 특정 질병을 퇴치하기 위해 활동하는 의료인들이 생생한 현지 이야기를 취재해서 써준다면 대단히 의미 있는 글이 될 것이다.

### 6. 인정 넘치는 김금미 작가의 행복론

"1997년 일산서울내과의원을 개원하여 17년째 일산의 동네 의사로 환자들과 애환을 함께"하고 있는 내과의 김금미 작가는 "환자에겐 정 많은 의사로, 남편에겐 같은 곳을 바라보는 동반자로, 아이들에겐 쿨한 엄마로 보이고 싶지만 언제나 부족한 한 사람일 뿐이다"라고 자신을 한껏 낮춘다. 이런 겸허한 삶의 철학을 지닌 작가니까 그녀가 소중히 여기는 생로병사에 대한 접근은 극히 인간적일 수밖에 없다.

작가의 시선에 비친 현대인은 "성인 10명 중 1명이 당뇨를 앓고 있고, 고혈압은 더욱 흔하게 발병해서 60대 이상 성인의 절반 이상이 고혈압"

을 가지고 있다. 그런데 이 작가의 진료실에 와서 만성 성인병을 진단 받는 환자의 표정은 천차만별이다. 세상이 무너진 것처럼 절망하거나 질병과 전면전을 벌일 전투태세를 갖추는가 하면, 긍정적으로 받아들여 치료에 순응하기도 한다.

환자들이 이렇게 제각기 방어를 펴지만 이 작가가 환자를 달래는 방법은 간단하다. 당뇨병이란 싸워서 이길 상대가 아니라 평생 "기분 좋게 함께 가야하는 친구 같은 존재"임을 먼저 상기시킨다. 환자 쪽에서 두 손 들고 반길 보너스는 "맛있게 먹는 즐거움"을 포기하지 말라는 그녀의 충고다.

"당뇨병에서 음식은 술과 담배, 설탕이 많이 든 음식, 콜라, 건강식품 등을 빼고는 다 드셔도 됩니다. 밀가루, 면, 돼지고기, 닭고기 등도 괜찮고요, 전체적인 칼로리가 일정 선을 넘지 않게 하면서 골고루 적당하게 드세요." 난치병의 대명사처럼 되어 있는 당뇨 환자에게 되레 '먹는 즐거움'을 일깨워주려고 애를 쓰는 이 인정 많은 의사의 달콤한 충고야 말로 전국의 당뇨병 환자들이 들으면 하느님! 소리가 나올 것 같다. "환자들의 길잡이가 되어 그들이 자신의 병과 친해지고 잘 지낼 수 있도록 열심히 도와주어야겠다"는 게 그녀의 진료 수칙이다. 난치병의 완쾌를 호언장담하는 의사가 아니라 병과 친해지도록 도와준다는 이 진솔함이야말로 인문학적 향기가 묻어나는 겸손이며 값진 인생론이 아닌가.

환자에게도 먹는 즐거움은 반드시 필요하다. 질병 때문에 제대로 먹지 못하는 환자들을 위하여 캔 하나에 완전 균형 영양식을 담아 200칼로리를 섭취할 수 있는 제품도 개발되어 나오긴 하지만, 아무리 힘들어도 밥과 반찬을 제대로 먹기 원하지 캔 영양식을 원하는 경우는 없다.

— 김금미 「먹는 즐거움」

그런데 이렇게 환자들에게 충고하는 작가가 자신의 건강에는 소홀했다니 안타깝다. 사실 의사의 존재를 항상 자기를 치유해줄 초능력자로만 보아온 환자들이 듣는다면 의사 자신의 이런 고백에 귀가 솔깃할 것이다. 의사도 아플 수 있다니! 안 됐지만 동병상련의 반가움마저 들 만하다.

어느 봄날, 아침부터 어지럽고 힘들더니 혈액검사를 해봐야겠다는 생각이 들었다. 의사인 나도 아픈 것은 겁난다. 검사 결과 심한 빈혈이 발견되었다. 환자들에게는 주기적인 검사를 권하지만 정작 내 건강에는 소홀했던 것 같다. 빈혈의 원인을 찾기 위해서 처음으로 대장내시경을 예약했다.

— 김금미 「먹는 즐거움」

이 글의 마지막 부분에서 작가는 진단을 받은 끝에 "나의 빈혈의 원인은 별다른 이유가 발견되지 않았다. 아마도 바쁘고 신경 쓰는 일이 많았던 탓에 제대로 안 먹어서 생긴 결과인 듯하다. 새로 생긴 퓨전 음식점이 인기라고 하던데 이번 주말엔 꼭 가봐야겠다"고 역시 '먹는 즐거움'을 스스로에게 처방하는 대목이야 말로 그녀답다.

사람(뿐이 아니라 모든 생물)이 먹는 것 다음에 중요한 건 잠이다. 잠든 던컨 왕을 살해한 장면을 셰익스피어가 "맥베스는 잠을 죽였다"고 표현한 것은 희대의 명구절인데, 이게 유명해진 것은 잠이 인간에게 가장 소중한 휴식이라 누구도 이를 방해해서는 안 된다는 하늘의 뜻을 대변했기 때문이다. '잘 먹고 잘 자고 잘 싸고'란 관용어는 생물학적인 인간 존재의 가치를 가장 잘 나타낸 말이다.

「밤의 불청객」에서 작가는 "1879년 토마스 에디슨이 백열등을 발명하기 전까지는 대부분의 사람들이 10시간 이상을 잤다. 백열등이 등장하여 밤을 밝히게 되면서 인간의 수면습관에도 큰 변화가 생기기 시작하여 약 100년 사이에 8시간 이하가 되어버렸다. 그래도 평생 25년 이상을 잠으로 세월을 보내는 셈이다"고 알려준다. 하긴 호롱불도 귀했던 우리 어린 시절만 해도 겨울 해가 지면 이른 저녁을 먹고 이튿날 동이 틀 때까지의 시간을 대개 잠으로 채웠다.

실은 모든 인간은 잠 앞에서도 평등하지 않다는 게 작가의 주장이다. 에디슨은 "수면이란 원시시대부터 시작된 나쁜 습관이자 시간을 좀먹는 벌레"라고 표현하며 "하루 3시간만 잔 반면 아인슈타인은 10시간은 자야 충분히 활동할 수" 있었다는 잠의 불평등성을 거론하면서 잠의 철학을 이렇게 요약해준다.

저명한 심리치료사인 폴 매케나는 수면에서 중요한 점은 길고 짧음보다 어떻게 잘 자고 상쾌한 컨디션을 유지할 수 있는가라고 말했다.

역사 속의 인물들도 편안한 잠을 자기 위하여 자신만의 방법을 고안했었는데, 클레오파트라는 침실을 장미꽃으로 가득 꾸미고 머스크 향을 맡았다고 한다. 윈스턴 처칠은 두 개의 침대를 두고 한 쪽에서 잠들지 못하면 다른 침대에서 자곤 했다. 찰스 디킨스는 머리가 북쪽을 향하지 않으면 잠들지 못했으며 침대 정중앙에 누워야만 잠이 들었다고 한다.

— 김금미 「밤의 불청객」

편안한 잠을 위한 작가의 처방은 "트립토판 성분이 들어간 고기, 달걀, 우유와 멜라토닌이 함유된 케일, 옥수수, 생강차 등"이다. 트립토판이 아미노산은 분해될 때 잠이 오게 해주는 멜라토닌을 생성한다는 것이다. 인간은 이렇게 잘 먹고 잘 자기만 하면 행복할 수 있을까? 환과고독(鰥寡孤獨)은 자고로 나라도 못 고치는 인생사의 불행이다. 보기에 따라서는 이건 의사의 영역이 아닐 수도 있지만 이런 걸 방치하고는 사실상 육체의 병도 치유가 불가능해질 것이다.

「정이 고픈 사람들」은 바로 이런 인생사의 뒷면을 다루고 있다. 오랫동안 진료를 해오던 한 만성질환 환자 할머니가 다급해져 도우미를 필요로 하는데, 간호사의 대답은 "인천 사는 딸이 한 분 있는데요. 전화를 했더니 바빠서 못 온다고 끊어버리네요"였다. 나중에 기력을 회복한 할머니는 "오늘 눈을 감으면 내일 눈뜨지 않았으면 좋겠다고 생각했어요. 그런데 이렇게 병원에 또 와서 신세만 지고 가네요"라는 가슴 아픈 독백을 남긴다.

한 할아버지는 진료실을 나설 때마다 "또 와서 미안해요"라고 한다. 김금미 작가가 독거노인에 관심을 갖는 이유도 이들 때문이다. "최근 집계된 국내 독거노인은 120만 명"인데, "이들의 90% 이상은 실제로는 자녀"가 있지만, 여러 이유로 기피하기에 "환자 상태에 관해 의논할 일이 있으니 자녀의 연락처를 달라고 하면 그냥 웃으며 입을 닫아버린다. 사랑하는 아들딸에게 부담을 줄까봐 그 자체를 거절하는 분도 있다"는 것이다.

그녀의 진료실을 드나드는 노인 환자들이 "배가 고픈 것보다 따뜻한 정이 더 고프다"는 현실은 사실 의사의 권능 저 너머에 있다. 그런데도 병원에서 그런 절박성을 자주 대하다 보니 그녀가 의사 직분을 넘어선 범사회적 고민까지 하게 된 현실을 털어놓는다. 일본 노인들은 자기 집을 개방하거나 마을의 공동장소에서 함께 생활하며 풍요로움을 누린다면서 "우리도 현재 각처에 분포돼 있는 노인정을 잘 활용하면 독거노인들이 위험에서 벗어날 수도 있고 삶의 질을 좀 더 높일 수 있는 계기가 되지 않을까"고 묘안까지 제시하기에 이른다.

「어머니의 외출」은 "사랑하는 부모님의 건강을 직접 지켜드리고 싶은 마음에 내과를 택"했다는 작가의 어머니 간병기이다. 급성 담낭염 수술 후 석 달 만에 감행한 첫 외출의 성공을 묘사하면서 두 번째 외출을 기대하는 것으로 마무리되는데, 의료인이 가족 환자를 돌보면서 겪는 체험담에서 얻은 노년기 건강 수칙에 귀를 기울여 봄직하다.

요즘 연세가 들수록 고기, 계란, 우유 등을 일부러 잘 안 먹는 노인들이 많다. 고지혈증이나 혈압에 안 좋을까봐 피한다는 것이 그 이유다. 70세 넘은 환자들이 갑자기 기운이 없다고 하여 자세히 여쭤보면 식사를 일부러 줄인 경우다. 나는 어머니를 떠올리며 걱정하지 말고 잘 드시라고 열심히 설명한다. 연세 드신 분들의 건강의 척도는 질병 유무가 아니라 가지고 있는 질병을 적극적으로 치료하면서 얼마나 좋아하는 음식을 잘 드시고 좋아하는 사람들과 잘 만나고 행복하게 지내는가의 여부에 달렸다.

— 김금미 「어머니의 외출」

「이별 후에」는 시어머니를 저 세상으로 보내고 아픈 마음을 달래지 못해 우울증을 겪던 작가의 체험을 곁들인 글이다. 작가는 이 글에서 질병으로 사랑하는 가족을 잃고 살아가는 사람들의 이야기를 찬찬히 전해준다. 남편의 폐암을 빨리 발견하지 못한 죄책감으로 남편을 보낸 뒤 아예 절로 들어가 봉사활동에 5년을 바치고 요양보호사 자격증을 따서 아픈 사람을 돌보는 직업인이 된 아내도 있고, 아침부터 밤까지 혼자 식당을 운영하면서 신부전증으로 혈액투석을 하는 남편을 봉양했지만 끝내 사별하고 피폐해진 자신을 추스르지 못하는 아내도 있다. 의사 자신도 "함께 질병을 상담하고 치료해왔던 환자들이 사망할 때면 그 남아 있는 배우자가 겪는 변화와 함께 나 자신도 조금씩 우울함을 경험하게 된다"고 고백한다.

윌리엄 워든의 저서『유족의 사별 슬픔 상담과 치료』에 의하면 가족의 사별 후 남아 있는 가족들은 슬픔, 분노, 죄의식, 불안, 외로움, 무기력함, 멍함, 믿지 않으려함. 수면장애, 얼빠진 행동, 사회적 위축, 쉬지 않는 과잉행동, 우울, 환각 등을 호소한다. 나의 환자들도 배우자의 사망 후 대부분 죄의식, 무기력함, 우울함, 슬픔 등을 주로 보였다.

— 김금미「이별 후에」

“어떤 힘든 일이 있어도 항상 긍정의 에너지를 주고 응원해주던 분, 나는 그 응원 덕분에 힘을 받곤 했다”고 고인이 된 시어머니를 떠올리는 작가. 뭔가 일이 안 풀릴 때는 시어머니와 함께 걸었던 아파트 산책로에서 “어머니, 이런 일이 있었는데 잘 풀리지 않고 있어요”라고 시어머니에게 자기도 모르게 말을 걸다가 “금미야. 다 잘 될 거야. 아무 걱정하지 마라”는 환청을 듣는단다. 그녀가 얼마나 정 깊은 며느리였을지 그냥 짐작이 간다.

진료실의 노인 환자들과 밤낮 지지고 볶는 김 작가지만 가정에서 그녀가 얼마나 생기발랄한 우등 엄마인가를 엿보게 하는 작품이「졸리지 않은 금연 교육」이다. 흡연 퇴치 일선에 나선 여전사의 면모로도 손색이 없다.

대부분의 스타들은 가장 아름다운 모습으로 대중의 기억에 남으려 하지만 율 브리너는 투병 중 금연 광고를 촬영하였다. 그의 사후에 공개된 금연 공익 광고에서 율 브리너는, "여러분, 이 광고를 볼 때쯤 나는 죽고 없을 것입니다. 나는 시간이 얼마 남지 않았습니다. 여러분, 무조건 금연하십시오"라고 호소했다. 그의 메시지는 대중에게 큰 반향을 일으켰고, 금연 운동이 더욱 강화되도록 하였다.

한국의 코미디언 이주일도 담배를 많이 피우다가 결국 폐암에 걸렸다. 웃음을 주었던 그가 폐암 투병 중이라는 사실은 온 국민에게 큰 충격이었다. 그도 자신의 모습을 솔직하게 공개하면서, "털고 그냥 끊어버리면 이런 고통을 안 당할 텐데. 국민들이 모두 알아듣고 동참해주기를 바랍니다. 여러분, 담배 맛있습니까? 담배는 독약입니다"라고 절실하게 전했다.

— 김금미 「졸리지 않은 금연교육」

딸의 학교에서 했던 금연 수업 전말기인 이 글은 강의 내용의 풍부한 정보성과 재치도 좋지만 그날의 청중들은 그녀가 마지막에 첨부한 사진을 "제일 인상 깊게" 보았단다. 그녀가 보여준 마지막 사진 설명은 바로 '여러분, 2학년 3반 1번 금교진입니다. 친하게 지내세요!'였다나.

### 7. 맺는 말

의사라는 직업, 사(士, 事, 師)자 항렬 직업 중 인류 역사 이래 불변의 위치를 차지하고 있는 법학과 의학과 신학 중 유일하게 이과 분야인 의사는 인간의 생로병사를 다룬다는 점에서 가히 석가의 고뇌에 육박한다. 그래서 궁극적으로 문사철(文史哲)을 등질 수 없다. 네 가지 고뇌 중

병에 치중해 오던 고전적인 의학이 최근에는 생명공학에다 노인문제까지 다루면서 예전 같으면 언감생심이었던 신의 영역에까지 도전하고 있다.

다섯 전문의의 의료수필 48편은 진료실에서 펼쳐온 사랑법에 대한 절절한 감동을 불러일으킨다. 그녀들의 청진기를 통한 세상 읽기는 존경스러운 목회자의 헌신 못지않게 아름답고 숭고한 사랑을 담고 있다. 여성 특유의 예리한 관찰과 함께 애잔한 시선으로 진료실을 찾는 사람들과 인연을 이어가는 모습이 환자가 갖는 의료인에 대한 선입관을 넉넉히 뒤집게 한다. 각자의 분야에서 걸러낸 유용한 의학 정보와 일가견도 고맙다. 이런 의료인들이 건재하는 한 이 살벌한 세상도 언젠가는 봄날 같은 훈풍으로 채워지지 않을까 싶다.

그래서 이 글은 이 수필집의 해설이라기보다 그들이 변치 않고 이 살벌한 사회의 지붕 아래서 이지러지고 쓰러지는 약자의 보호망이 되어 주었으면 하는 간절한 열망을 전하는 한 문학인의 메시지라고 생각해 주었으면 좋겠다.

몇 년 전 체호프가 병원을 차려 걸작 『갈매기』와 『외삼촌 바냐』 등을 쓰면서 지역 주민들에게 의료봉사를 했던 모스크바 근교 멜리호보(Melikhovo)엘 갈 기회가 있었다. 체호프가 직접 지역 주민들에게 인술을 펼쳤던 시설과 박물관, 특히 그가 사랑했던 아름다운 정원이 잘 보존되어 있었다. 그 시설은 동양의 의사들이 유토피아로 여기는 행림춘만(杏林春滿)을 연상하기에 손색이 없었다. 그는 위대한 작가로서 인문주의자였으며, 그런 이념적 바탕에서 주민들에게 헌신적으로 봉사했는데, 그건 오로지 민중에 대한 깊은 사랑이었다. 그는 인세로 생긴 수입을 보태서 학교와 진료소를 계속 증축했다. 그는 자기 뜰에 호흡기 병을 많이 앓던 추운 지방의 환자들을 위하여 갖가지 약초를 손수 재배했는데, 품종을 그대로 이어가며 아직도 잘 보존되고 있었다.

다섯 여의사들의 이 첫 수필집이 의료인들의 이상향인 행림춘만의 첫 걸음이 되기를 간절히 기대한다.

다섯 여의사의 사랑법
그들과의 동행

지은이_ 김화숙 김태임 유혜영 임선영 김금미
펴낸이_ 조현석
펴낸곳_ 북인
디자인_ 김왕기

1판 1쇄_ 2015년 05월 21일

출판등록번호_ 313 - 2004 - 000111
주소_ 121 - 842 서울 마포구 서교동 467 - 4, 301호
전화_ 02 - 323 - 7767
팩스_ 02 - 323 - 7845

ISBN 978 - 89 - 97150 - 82 - 3 03810



책값은 뒤표지에 있습니다.
저자와의 협의 아래 인지를 생략합니다.